AF209162

Süße Rache
prickelnd und scharf

Silvia Kaufer

MIX
Papier aus verantwortungsvollen Quellen
Paper from responsible sources
FSC® C105338

Bibliografische Information der Deutschen

Nationalbibliothek

Die Deutsche Nationalbibliothek verzeichnet diese Publikation in der Deutschen Nationalbibliografie; detaillierte bibliografische Daten sind im Internet über www.dnb.de abrufbar.

Impressum:

Ideen und Texte: Silvia Kaufer
Umschlagsgestaltung: Silvia Kaufer
Bildquelle: Canva

Herstellung und Verlag: BoD – Books on Demand, Norderstedt

ISBN: 9783759706188

© 2024 Silvia Kaufer

Alle Rechte vorbehalten. Jede Nutzung in anderen als den gesetzlichen zugelassenen Fällen bedarf der vorherigen schriftlichen Einwilligung der Autorin.

Ähnlichkeiten von Romanfiguren mit real existierenden Personen sind rein zufällig.

3. Auflage

Süße Rache prickelnd und scharf
Erotikroman

Kapitel 1

„Hallo Rosalie, ich bin wieder da", begrüßte Finnja ihre Sekretärin, während sie den schneenassen Regenschirm in den dafür vorgesehenen Ständer stellte. Rosalie, gerade fünfzig geworden, war schon seit der Gründung ihres Fotoateliers vor ein paar Jahren, ihre rechte Hand. Obwohl sie sich immer noch siezten, war Rosalie in alle den Jahren eine sehr gute Freundin für sie geworden.
„Hallo Finnja, das ist schön, dass Sie wieder da sind. Aber Sie hätten ruhig etwas besseres Wetter mitbringen können", scherzte Rosalie.
„Sie wissen doch, ich bin nur für die kleinen Wunder zuständig", antwortete Finnja lachend, bereits auf dem Weg in ihr Büro.
Finnja knipste die hohe japanische Bodenleuchte an. Auf einem Flohmarkt hatte sie sich in diese Lampe sofort verliebt und seit dem hat diese einen festen Platz in ihrem Büro. Als die Lampe anfing mit einem warmen orangen Licht zu leuchten, durchzog den Raum eine sehr angenehme Atmosphäre. Finnja liebte diesen Flair, konnte sie dabei doch am besten arbeiten, kamen ihr dabei doch die allerbesten Ideen. Und in ihrem Job lebte sie nun mal von genialen Ideen.
Finnja schaute auf die Uhr. Es war kurz vor zwei. Ihr verblieb noch eine viertel Stunde bis zu dem Termin mit ihrem Steuerberater. Es ging zum Jahresende zu und da war dieses steuerliche Gespräch immer eine Pflicht.

7

„Rosalie, was steht heute, an diesem verschneiten Mittwoch eigentlich noch an, außer dem Steuertermin?“, fragte Finnja ihre Sekretärin, die immer alles wusste.

„Für heute wäre es das gewesen. Ihr nächster Termin ist erst morgen Nachmittag.“

„Prima! Es muss ja auch nicht immer so hektisch zugehen wie die letzten Tage“, antwortete Finnja und reckte sich. „Ich freue mich so richtig auf die freien Weihnachtstage. Ausschlafen, mit meinem Mann so richtig lange gemütlich frühstücken und einfach nur jeden Tag aufs Neue genießen.“

Noch aber ahnte Finnja nicht, dass sich heute noch etwas ereignen würde, was ihr Leben komplett verändert wird. «Genuss» wird für sie eine ganz neue Bedeutung bekommen.

Rosalie nickte lächelnd und gönnte ihrer Chefin diese Erholung. Finnja war eine sehr gute und fleißige Fotografin. Sie wurde hauptsächlich von Firmen gebucht und war somit auch viel auf Auswärtsterminen. Das kleine Fotostudio, wo sie früher viele Familienaufnahmen machte, Passfotos und ähnliche Projekte erledigte, nutzte sie nur noch wenig. Ein bisschen Ruhe wird ihr gut tun. Als das Telefon klingelte, ging Rosalie zurück in ihr Büro.

„Finnja, Ihre Freundin Lulu ist am Apparat.“ Rosalie stellte das Gespräch durch.

„Lulu, was für eine Überraschung“, freute sich Finnja.

„Ohh Süße, schön deine Stimme zu hören. Finnja, du bist meine letzte Rettung“, kam es lachend, aber auch verzweifelt von Lulu zurück.

„Was ist passiert? Bist du mit deinem Auto gegen einen Blumentopf gefahren, hast du deine Haare grün gefärbt oder haben alle deine Models über Nacht zwanzig Kilo zugenommen?“

Finnja musste bei der Vorstellung ihrer Ideen selbst herzlich lachen und wusste, dass es gar nicht so abwegig war, dass eine ihrer Antworten zutraf.

Sie kannte Lulu schon seit Kindheitstagen. Sie gingen zusammen in den Kindergarten, drückten zusammen die Schulbank und machten als Jugendliche München unsicher. Wann immer es möglich war, waren sie zusammen unterwegs. Dann verliefen sich ihre Wege etwas, aber sie blieben immer in Kontakt. Lulu machte eine Ausbildung als Modedesignerin und absolvierte danach ein 3-jähriges Praktikum bei Modeateliers in Rom und Paris. Ihr großes Heimweh trieb sie dann aber wieder zurück nach München. Dort eröffnete sie ein kleines Modeatelier mit dem Namen „LuLuS pfundige Mode" und begann mit einer eigenen ausgefallenen Kollektion für Mollige. Ihre Mode kam so gut an, dass sie vor Aufträgen kaum noch wusste, wohin damit, obwohl sie selbst gertenschlank war.

„Witzbold!", kommentierte Lulu Finnjas Antwort. „Es ist viel schlimmer. Ich habe für meine Modenschau am Samstag keine Fotografin."

„Hä? Wieso das? Deine Freundin macht doch diesen Job, oder nicht?", fragte Finnja verwundert.

Lulu war seit einem Jahr mit der Fotografin Mona liiert. Bei einer Modenschau eines bekannten Designers, hatte Lulu sie kennengelernt und sich Hals über Kopf in sie verliebt. Nachdem die beiden zusammengekommen waren, hatte Mona dann auch die fotografischen Arbeiten übernommen. Finnja tat das damals sehr leid und sie war auch etwas verletzt, denn davor war sie Lulus Fotografin und musste nun den Platz für Mona räumen. Aber ihrer tiefen Freundschaft hatte das keinen Abbruch getan.

Nur sahen sie sich danach etwas weniger als vorher, was Finnja nicht ungelegen kam, denn sie kam mit Mona überhaupt nicht zurecht.

„Mona und ich haben uns getrennt. Von beidem! Vom heißen Bett aber auch von der Arbeit."

„Ohh, das tut mir sehr leid." Finnja fühlte aufrichtig mit, denn sie wusste, wie sehr Lulu Mona liebte.

„Ich werde es überleben. Es gibt noch andere Menschen auf dieser schönen Welt, die es wert sind, vernascht zu werden." Lulu lachte herzlich.

Durch ihre bisexuelle Neigung war Lulu sehr offen, was die Liebe und auch den Sex betraf. Sie hatte mal einen Mann als Partner und dann auch mal wieder eine Frau. Aber in den letzten Jahren hatte sie für sich immer mehr festgestellt, dass sie vom Herzen her eigentlich eher Frauen liebte. Seitdem hatte sie mit Männern zwar ihren Spaß, lachte und ulkte rum, aber sexuell waren Männer für sie kein Thema mehr.

„Na ja, so wie du dich anhörst, muss ich mir wohl keine Sorgen um dich machen."

„Nein. Alles okay. Weißt du, irgendwann hatte es zwischen Mona und mir nicht mehr gepasst und dann war da auch keine Liebe und auch kein Kribbeln mehr. Und ich denke, wenn man das merkt, ist es einfach besser, man trennt sich.

„Wenn das Mal immer so einfach wäre", brummelte Finnja in den Hörer und hatte selbst schon über eine Trennung von ihrem Mann nachgedacht.

„Wenn beide das so sehen und auch so empfinden, ist eine Trennung unproblematisch. Mona sah das, Gott sei Dank, genauso wie ich. Nur, sie hat schon wieder jemand Neues."

„Du findest auch wieder eine neue Frau, da habe ich gar keine

Zweifel. Und wahrscheinlich noch vor dem Jahresende", stellte Finnja mit sicherer Überzeugung fest.

„Ja kann sein. Aber eine neue Frau beziehungsweise eine neue Liebe muss jetzt erst mal warten. Meine Modenschau ist wichtiger, sie geht jetzt vor alles. Und dafür brauche ich dich Finnja. Es ist so..."

„Einen kleinen Moment bitte Lulu", unterbrach Finnja das Gespräch, als sie Rosalie den Raum betreten sah.

„Finnja, Ihr Termin, Steuerberater Schönbauer ist da."

Finnja nickte und gab Rosalie ein Zeichen, dass sie gleich kommen würde.

„Lulu, mein Termin ist da. Aber was hältst du davon, wenn ich nachher zu dir ins Atelier komme? Ich will eh noch in die Stadt, dann käme ich kurz zu dir, wir trinken einen Kaffee zusammen und du erzählst mir in Ruhe wie, wo und was du alles mit deiner Modenschau geplant hast?"

„Perfekt! Also bis nachher, ich liebe dich Süße", kommentierte Lulu diesem Vorschlag und bevor Finnja noch etwas sagen konnte, hörte man auch schon ein Tuten im Hörer.

So kannte sie Lulu. Sie war einfach unkompliziert, weltoffen, dynamisch, ein bisschen verrückt und sie sagte ganz spontan, was sie gerade dachte oder fühlte. Finnja bewunderte diese Eigenschaften, die sie selbst nicht hatte. Oft hatte sie sich gewünscht, nur ein bisschen so zu sein wie Lulu. Wie oft schon wollte sie jemanden ins Gesicht sagen, was sie von ihm hielt. Aber der Anstand und ihre Erziehung hielten sie meist ab davon. Und auch sonst trennten sie Welten. Aber jetzt hatte sie keine Zeit mehr darüber zu philosophieren. Sie schaute noch mal kurz in den Spiegel und ging dann hinüber, in den kleinen Besprechungsraum.

„Hallo Herr Schönbauer, einen schönen guten Tag." Finnja ging lächelnd auf ihren Besuch zu.

„Hallo liebe Frau Berger", begrüßte Steuerberater Schönbauer seine Klientin. „Sie werden ja von Jahr zu Jahr hübscher", bemerkte er mit einem verschmitzten Lächeln.

Finnja lachte. „Und sie werden doch wirklich von Jahr zu Jahr schmeichelhafter. Ich hoffe, dass sie mir auch schmeichelhafte Zahlen mitgebracht haben", lenkte Finnja ganz galant auf das steuerliche Thema um.

Sie lernte ihren Steuerberater vor einigen Jahren bei einem Existenzgründungsseminar kennen und fand ihn auf Anhieb sympathisch. Nun ist sie dreißig Jahre alt und er könnte, vom Alter her ihr Vater sein. bereits nach den ersten Sätzen hatte sie vollstes Vertrauen zu ihm und so betreut er ihre geschäftlichen Aktivitäten seit dem ersten Tag.

Steuerberater Schönbauer schlug die Akte auf und dann folgte ein Gespräch, wie es Finnja von ihm gewöhnt war. Sachlich, präzise, ohne Umschweife, aber dennoch mit einem gewissen Schlag Humor und vor allem mit großem Einfühlungsvermögen.

„Also zusammenfassend kann ich sagen, Ihre Zahlen sehen eigentlich ganz gut aus, obwohl Ihre Umsätze zum Vorjahr ein wenig zurückgegangen sind."

„Ja, das liegt daran, weil ich den Auftrag von Lulus Modeatelier dieses Jahr nicht mehr hatte."

„Dafür haben Sie aber die Produktfotografie des Online-Kaufhauses bekommen. Die Zahlen entsprechen ungefähr dem, was Sie auch mit dem Modeatelier gemacht hatten."

„Ja", erwiderte Finnja und rümpfte die Nase. „Mit dem Unterschied, dass mir die Produkt-Fotografie lang nicht so viel Spaß macht, wie das Fotografieren in der Modebranche."

„Warum suchen Sie sich dann nicht einen anderen Auftrag? Einen der Ihnen wirklich Freude macht?" Steuerberater Schönbauer schaute Finnja väterlich an.

„Weil das heutzutage nicht so einfach ist. Ich bin ja nicht die einzige Fotografin auf dieser Welt."

„Das stimmt. Und Sie sind auch nicht die Einzige, die einen Job macht, den sie nicht mag. Finnja versuchen Sie trotzdem einen Auftrag zu finden, wo Sie mit Herz dabei sind. Nur dann kommen auch wirklich gute Bilder heraus."

Finnja liebte die offene und direkte Art ihres Steuerberaters und sie wusste, dass er mit seiner Aussage recht hat. Aber unangenehme Themen schob sie immer wieder gerne beiseite. Wenn es nicht unbedingt sein musste, wollte sie sich mit Negativen nicht auseinandersetzen.

„Na ja, aber mal ganz ehrlich, Geld verdiene ich ja damit, und wie man an den Zahlen sieht, auch nicht gerade schlecht. Da muss man halt auch mal zurückstecken können und was tun, was einem nicht so viel Spaß macht."

Finnja spürte, dass sie gerade dabei war, eine Entschuldigung dafür zu finden, dass sie sich jetzt nicht mit etwas Negativem auseinandersetzen muss.

„Man kann das so oder so sehen", kommentierte Steuerberater Schönbauer. „Meine Mutter und sie ist jetzt schon fast neunzig, zitierte immer den deutschen Schriftsteller Friedrich Siegburg, der da sagte: Wir arbeiten nur, weil uns das Talent zum Glück fehlt."

Finnja zog ihre Augenbrauen hoch. Sie probierte diesen Spruch auf Anhieb, zu verstehen. Aber es gelang ihr nicht.

„Ich glaube, hierüber muss ich erst einmal nachdenken. Aber, wenn ich zu einem Ergebnis gekommen bin, sage ich Ihnen Bescheid."

„Genauso machen wir es", lächelte Steuerberater Schönbauer, während er eine andere Auswertung aufschlug, um noch andere wichtigen Unternehmenszahlen zu besprechen.

Nach einer weiteren halben Stunde war auch das jährliche Steuergespräch beendet.

„Ich denke, wir haben alles Wesentliche besprochen", sagte Steuerberater Schönbauer, während er sich erhob. „Ich werde die Steuererklärung spätestens im Februar vorbereiten und dann machen wir noch mal einen Termin. Einverstanden?"

„Selbstverständlich bin ich einverstanden. Ich freue mich schon darauf, Sie von meinem «Talent zum Glück» Ergebnis zu unterrichten", sagte Finnja grinsend und begleitete ihren Besuch zur Tür.

Mit einem aufmunternden Kopfnicken drückte Steuerberater Schönbauer Finnjas Hand, zwinkerte ihr noch einmal zu und verließ das Büro.

Exakt zehn Minuten später saß Finnja in ihrem Auto und war auf dem Weg zu Lulus Atelier. Es schneite schon den ganzen Tag und sie musste sehr vorsichtig fahren. Auf den Straßen ging es nur schleppend voran, aber Finnja brachte das nicht aus der Ruhe. Sobald der Wintereinbruch kam, herrschte Chaos auf den Straßen. Das wusste man als Autofahrer und stellt sich somit auch jedes Jahr erneut darauf ein. Dann endlich war es geschafft und Finnja fand glücklicherweise, direkt vor dem Atelier einen Parkplatz.

Sie betrat den Empfangsraum und wurde von einer jungen, sehr elegant gekleideten Dame begrüßt. Lulu hat ihr Personal aufgestockt, bemerkte sie, als sie sich umschaute.

„Darf ich Sie bitten mit mir zu kommen", säuselte die hübsche Empfangsdame, nachdem sie bei Lulu telefonisch Finnjas Besuch angekündigt hatte. Finnja hätte den Weg zwar selbst gefunden, so oft war sie schon hier. So aber trottete sie der eleganten Lady hinterher. Dann waren sie in der Chefetage angekommen. Hinten am Ende des Gangs war Lulus Büro. Finnja schaute noch mal kurz in den großen Spiegel an der Wand und war mit dem, was sie da sah, sehr zufrieden. Sie hatte zwar keine Modelfigur, aber ihre Figur war keineswegs schlecht genug, um sich dafür zu schämen. Früher bekam sie öfter mal einen Abnehm-Rappel und hatte so schon alle möglichen Diäten ausprobiert. Sie nahm mit jeder Diät unzählige Kilos ab, hatte diese aber nach Erreichen ihres Ziels auch sehr schnell wieder drauf. Ihr Mann Antonio meinte zwar, dass ihre weiblichen Kurven genau an den richtigen Stellen seien und ihr großer, wohlgeformter Busen eine gewisse Gemütlichkeit ausstrahlte. Wenn sie aber sah, wie er den jungen super schlanken Frauen nachschaute, konnte sie seinen Worten nicht so wirklich Glauben schenken.

Irgendwann begann Finnja ihren Körper so zu lieben und anzunehmen, wie er war, mit all seinen natürlichen runden Formen und auch dem üppigen Busen. Sie begann immer öfter, ihre sportliche Kleidung gegen elegante Outfits zu tauschen. Auch sehr figurbetonte Kleidung, die für sie früher undenkbar gewesen wäre, gehörte nun zu ihrem Alltag. Natürlich durften dann auch sexy Unterwäsche, wie mit Spitzen besetzte BHs oder Strapse nicht fehlen.

Heute trug Finnja einen sehr eng anliegenden, figurbetonten schwarzen Hosenanzug mit einem breiten goldenen Gürtel und passenden hohen High Heels. Das Halskettchen, mit einem kleinen Brillanten versehen, brachte ihr schönes einladendes Dekolleté noch mehr zur Geltung. Ihr dunkelbraunes wunderschönes Haar gaben ihrem Gesicht einen kecken, lausbubenhaften Charme. Das

Spitzbübische konnte sie deshalb auch mit ihrem sehr dezenten Make-up und dem leicht roséfarbenen Lippenstift nicht mindern.

„Frau Ludwig lässt bitten." Mit diesen Worten öffnete die junge Frau die Bürotür und bat sie hinein. Luisa Ludwig, die von allen nur Lulu genannt wird, kam mit ausgebreiteten Armen lächelnd auf Finnja zu.

„Ja hallo meine Süße, herzlich willkommen!", rief Lulu mit freudestrahlender Stimme. Sie nahm Finnja überschwänglich in den Arm und drückte sie ganz fest an sich. „Menschenskind, du siehst heute ja richtig sexy aus", stellte sie bewundernd fest, während sie einmal um Finnja herum ging.

„Danke schön, Lulu", antwortet Finnja und spürte, wie gut ihr dieses Kompliment tat. „Das Kompliment gebe ich aber auch sehr gerne an dich zurück. Du siehst nämlich auch verdammt gut aus mit deiner neuen Haarfarbe."

Finnja bewunderte Lulu und diese Bewunderung war ein aufrichtiges, ehrliches, freundschaftliches Gefühl. Lulu war fast so alt wie Finnja, aber vom Äußeren her ein ganz anderer Typ. Sie war sehr groß, super schlank und hatte lange, dunkelbraune Haare. Mit der neuen Haarfarbe hatte sie das Dunkelbraun in ein strahlendes Mahagonirot verwandelt.

„Komm setz dich, der Kaffee läuft gerade durch. Erzähl, was gibt es Neues bei dir?"

An Lulus Neugierde hatte sich nichts geändert. Sie war wie ein Bach, der überläuft, und ihr Temperament war nicht zu bremsen. Somit kamen ihr auch immer wieder neue Gedanken und Ideen, die sie dann mit ihrer Mode umsetzte.

„Na ja, das Übliche, kennst du ja. Viel Arbeit mit dem Fotografieren für das Online-Kaufhaus, andere stressige Fototermine und so weiter."

„Okay. Das ist nichts Neues. Was gibt es privat? Nachwuchs in Sicht?"

Finnja schaute irritiert an sich herunter. „Äh, sehe ich so aus, als ob ich schwanger wäre?"

„Nein, sorry", lachte Lulu herzlich und klopfte sich auf die Schenkel. „Hätte ja sein können, schließlich haben wir uns ja fast eine Woche nicht mehr gesehen." Lulu provozierte auf ihre eigene ironische Art.

„Nee, nee, da hat sich nichts getan. So wenig Sex wie Antonio und ich eben haben, da kann nichts dabei rauskommen, am wenigstens ein Baby", antwortete sie bedauernd, während sie sich einen Kaffee einschenkte.

„Ohh, das hört sich nach einer beruflich gestressten Unternehmerin und einer privat, sehr gefrusteten Ehefrau an."

„Hä? Hallo! Ich bitte dich. Ich bin doch nicht gefrustet." Finnja war empört, aber tief im Inneren wusste sie, dass es eigentlich genau so war.

Mit Antonio verstand Lulu sich überhaupt nicht mehr, ganz im Gegensatz zu früher. Seit einem heftigen Streit zwischen ihnen, findet sie ihn nur noch arrogant, gefühllos und überheblich. Außerdem warf sie ihm sexuelles Machogehabe vor und, dass es ihm nur noch um seine eigene sexuelle Befriedigung ginge. Er war meistens ein Streitthema und somit wurde über ihn auch nur das Notwendigste gesprochen.

„Antonio ist nicht nur ein gut aussehender, sehr erfolgreicher Anwalt, sondern auch ein treu sorgender Ehemann. Ich habe also absolut keinen Grund mich zu beschweren."

„Ja natürlich", konterte Lulu theatralisch. „Ihr beide seid ein wunderbares harmonisches Paar, beide sehr gut aussehend, habt auch beide einen sehr guten Job, ein tolles Haus, zwei große Autos,

17

könnt mehrmals im Jahr in Urlaub fahren und könnt euch leisten, was das Herz so begehrt. Stimmt, eigentlich fehlt es euch an nichts!"

„Genau so ist es." Finnja rümpfte die Nase und nickte trotzig.

„Dann sag mir bitte Finnja, wann hat Antonio das letzte Mal für dich gekocht? Wann hat er dich das letzte Mal zu einem romantischen Dinner eingeladen? Wann hat er dich das letzte Mal so richtig genommen? Wann hat er sich hinter dich gestellt, dich wirklich als seine Frau begehrt, deine Hüften gepackt und seinen harten Luststab an deinen Po gedrückt, sodass du dachtest, vor Lust verrückt werden zu müssen? Wann hat er dir das letzte Mal Blumen mitgebracht und dich dann, vor dem Kamin mit seiner Zunge von einem Orgasmus zum nächsten schweben lassen? Wann..."

„Lulu, sei ruhig, bitte", schrie Finnja ihre Freundin fast an. „Ich weiß es ja, ich weiß ja, dass du recht hast." Finnja vergrub ihr Gesicht in ihre Hände. Ihr liefen Tränen die Wangen herab. „Ich weiß es doch, dass unsere Ehe nur noch auf dem Papier besteht, aber ich liebe ihn nun Mal."

Lulu nahm Finnja in den Arm. Sie kannte Antonio auch schon sehr lange und sie wusste, dass er seit einiger Zeit sein ganz eigenes Leben lebte. Sie wusste aber nicht, was wirklich zu diesem Persönlichkeitswandel führte. Sex, Drugs und Rockn'Roll - das war seine jetzige Welt und Finnja verschloss ihre Augen davor, sie wollte das nicht wahrhaben. Lulu wusste, dass Finnja das alles auch bekannt war, und dass sie für ihren Mann nur noch ein Objekt war. Ein Objekt, das die Wäsche wascht, die für ihn kocht, wenn er dann doch mal zu Hause war und die parat steht, wenn er Lust auf Sex hatte und mal kein anderes Objekt verfügbar war.

„Finnja Süße, bitte wach auf. Was du an ihm liebst, ist, dass er dich körperlich beherrscht. Du bettelst um seine Anerkennung, um seine Aufmerksamkeit. Für dich ist das Liebe, für ihn ist es Macht. Er bestimmt alles in seinem Leben. Er legt fest, wann er befriedigt werden will und von wem. Und du bist immer dann zur Stelle, wenn gerade mal keine Andere da ist. Das ist keine Liebe Finnja, das ist Abhängigkeit. Du bist blind, mach endlich die Augen auf. Es ist dein Leben, genieße es."

„Wie soll ich mein Leben genießen? Ich habe ihm bei der Hochzeit ewige Treue geschworen, zählt das gar nicht?"

Ihre Eltern haben sie sehr christlich erzogen und Werte wie Treue, Fleiß, Anstand, Disziplin standen hoch im Kurs.

„Doch Finnja, das zählt sogar sehr viel! Aber nicht, wenn ein Mann sich so schäbig verhält wie er. Antonio hat deine Liebe und deine Treue einfach nicht verdient."

Finnja wirkte erschöpft. Ja sie wusste das alles, aber sie liebte ihren Mann und ganz tief in seinem Herzen liebte er sie doch auch. Das zumindest sagte sie immer wieder zu sich selbst und musste sich dann wenigstens nicht mehr mit etwas Negativem auseinandersetzen.

„Ich mache mir Gedanken darüber, aber jetzt lass uns bitte über deine Modenschau reden."

Dann erzählte Lulu von ihrer bevorstehenden Modeschau. Sie berichtete über den Ablauf und dem geplanten Programm.

„Sag mal was hältst du davon, wenn du bereits morgen nach deiner Arbeit zu mir kommst und einfach über Nacht hier bei mir bleibst. Am Freitagmorgen fahren wir dann zusammen nach Salzburg, verbringen dort ein schönes Wochenende und fahren am Sonntagabend zusammen zurück."

„Na ja, das müsste ich erst mal mit Antonio besprechen."

„Tue das. Du bist hier jederzeit herzlich willkommen, das weißt du. Entscheiden musst du das allerdings selbst. Wenn das morgen nicht klappt, kommst du halt direkt am Freitagmorgen zu mir. Aber das Wochenende bleiben wir in Salzburg, da gibt es keine Diskussion." Lulu machte so eine Modenschau nicht zum ersten Mal und wusste sehr genau wie stressig das wird.

Kapitel 2

Eine Stunde später verabschiedete sich Finnja von Lulu. Den geplanten Einkaufsbummel ließ sie ausfallen, sie hatte hierauf jetzt absolut keine Lust mehr. Stattdessen fuhr sie in die Anwaltskanzlei, wo ihr Mann als angehender Juniorpartner tätig war. Die Kanzlei lag nur zwei Straßen von ihrem Fotoatelier weg und wie oft haben sie sich früher zum Mittagessen in der Fußgängerzone getroffen oder sind abends noch etwas zusammen essen gegangen. Aber das war früher einmal.

Es war schon kurz vor 18:00 Uhr, als sie das Foyer der Kanzlei betrat. Es herrschte Hektik in der großen Halle. Eine große Gruppe aufgeregter Japaner war überall zu sehen.

„Wieder so eine große Unternehmensfusion", ging es Finnja durch den Kopf.

Mittendrin sah sie den roten Haarschopf von Frau Zürli, der Empfangsdame. Normalerweise kommt niemand an ihr vorbei und sie kündigte auch jeden Besuch bei den Herren telefonisch an. Aber diesmal war sie umringt von geschwätzigen Japanern und bekam es nicht einmal mit, dass Finnja an der Gruppe vorbei ging, in den Aufzug stieg und nach oben fuhr.

Im 3. Stock angekommen verließ Finnja den Aufzug. Es war still, niemand war zu hören oder zu sehen. Finnja kannte den Weg zu Antonios Büro. Ganz oft war sie früher hier gewesen, bis ihr Mann einmal äußerte, dass er ihre Besuche in der Kanzlei nicht mehr wünschte. Sie hatte sich zwar gewundert, es aber ohne weitere Diskussion akzeptiert. Seitdem war sie nur noch selten hier gewesen, aber es hatte sich räumlich nichts verändert.

Ihr Kommen heute war eher eine Ausnahme. Sie wollte mit ihrem Mann absprechen, ob es möglich war, dass sie über das

Wochenende mit Lulu nach Salzburg fuhr. Es war nicht so, dass sie um seine Erlaubnis fragen musste, sondern eher so, dass sie nur dann fahren würde, wenn er sie nicht brauchte. Insgeheim wusste sie jedoch, dass er sie die letzten Jahre schon nicht mehr brauchte und es ihm egal war, ob sie zwei, drei oder zehn Tage weg war. Die letzten Jahre hatte es ihn eigentlich nie wirklich interessiert, was sie machte oder wie es ihr ging.

Finnja betrat den Vorraum von Antonios Büro. Sie roch den Duft seines Rasierwassers und trotz des Gespräches mit Lulu freute sie sich auf ihn. Sie sehnte, nein sie lechzte förmlich danach, von ihm in die Arme genommen zu werden und seine Lippen auf ihrer Haut zu spüren. Ganz so wie früher, wo er sie stundenlang zärtlich verwöhnte.

Der Vorraum war leer, alle Computer waren ausgeschaltet. Auch sein angrenzendes Büro war wie ausgestorben. Im hinteren Teil seines Büros gab es noch eine Tür. Sie führte zu einem privaten kleinen Apartment. Dieses war als ein Rückzugsort mit Schlaf- und Duschmöglichkeit gedacht. So ein Raum war Bestandteil aller Büros der geschäftsführenden Anwälte, sodass sie bei Bedarf auch mal im Büro übernachten konnten. Antonio nutzte diese Möglichkeit in den letzten Jahren sehr oft. Er arbeitete viel und sehr oft auch bis spät in die Nacht hinein. Dann wollte er sie, beim Heimkommen nicht mehr stören. Zumindest sagte er das immer.

„Wir haben so viel zu tun, da ist Nachtarbeit schon fast normal und du weißt ja, von nichts kommt nichts", hörte Finnja ihn sehr oft sagen. Aber sie hatte Verständnis dafür, wie für so vieles.

Finnja betrat Antonios Büro und rief seinen Namen. Aber sie hörte hierauf keine Antwort. Vorsichtig öffnete sie die Tür zu dem Privatraum. Was sie da allerdings zu sehen bekam, verschlug ihr förmlich die Sprache. Da lag ihr Mann, in dem großen, breiten Bett. Er hatte seine Augen geschlossen, seine Krawatte war gelockert, sein Hemd nach oben geschoben und die Hose war geöffnet. Über ihm war eine etwas fülligere blondhaarige Frau gebeugt. Sie trug eine weiße Bluse, einen hellgrauen Rock, schwarze Strapse und ihre langen blonden Haare verdeckten gerade ihre lustvolle Aktivität. Finnja hörte ihren Mann stöhnen, lustvoll stöhnen und auch keuchen. Seine rechte Hand lag auf dem Kopf der Frau und bestimmte das Tempo, mit dem sich ihr Kopf hoch und runter bewegte. Kehlige Laute kamen aus ihrem Mund und sie genoss es sichtlich sehr, was sie da gerade mit ihren Mund verwöhnen durfte.

Finnja biss sich auf die Lippen, um nicht laut aufzuschreien. Sie schloss die Tür wieder hinter sich und ging wie in Trance zu ihrem Auto.

Wie betäubt fuhr sie mit dem Auto weg. Sie fuhr ziellos durch die Stadt. Passanten und die anderen Verkehrsteilnehmer nahm sie nicht mehr bewusst wahr. Tränen liefen ihr übers Gesicht. An einem kleinen Waldstück, außerhalb der Stadt blieb sie stehen. Jetzt konnte sie ihren Tränen freien Lauf lassen. Nach einiger Zeit stieg sie aus. Es war stockdunkel, aber es war ihr egal. Der Schmerz war größer als die Angst vor der Dunkelheit.

Finnja setzte sich auf die kleine Holzbank, die jemand provisorisch gebastelt hatte. Dann kamen ihr die Bilder von ihrem Mann und der blondhaarigen Dame wieder in den Sinn. Hatte er schon länger diese Affäre? War es nur ein Ausrutscher? Sie saß einfach nur da und starrte in die Dunkelheit. Sie brauchte sich diese Fragen doch eigentlich gar nicht zu stellen, ging es ihr durch den Kopf. Sie wusste bzw. sie vermutete doch schon lange, dass ihr Mann sich auch mit anderen Frauen vergnügte. Aber so etwas zu vermuten

oder es in Wahrheit zu erleben, so wie sie es eben in live sehen musste, das war schon ein sehr großer Unterschied. Plötzlich war sein Fremdgehen so real, so
wahnsinnig schmerzhaft. So etwas war in der braven Erziehung ihrer Eltern nicht vorgesehen. So etwas gab es für ihre Eltern einfach nicht.
Aber wie sollte sie jetzt reagieren. Einfach darüber wegschauen, sich weiter etwas vormachen? Ist jetzt vielleicht der Zeitpunkt gekommen, dass sie ihr Leben neu ordnen musste? Musste das Schicksal sie erst einmal brutal mit der Nase drauf stoßen? Lulu hatte recht, es ist ihr Leben und viel zu lange schon, hat sie auf ihren Mann Rücksicht genommen. Ihre Wünsche standen immer hinten an. Vielleicht musste sie es wirklich erst einmal so knallhart vor Augen geführt bekommen, damit sie es endlich kapiert und anfing in ihrem Leben etwas zu verändern.
Sie fror und ging zurück zu ihrem Auto. Sie startete den Motor, um dass es ein klein wenig wärmer wurde. Erschöpft lehnte sie sich in dem Autositz zurück, schloss die Augen und versuchte, etwas Klarheit in ihr Gefühlschaos zu bringen. Sie erinnerte sich daran, wie sie ihren Mann kennengelernt hatte. Es war vor einigen Jahren gewesen, an einem kalten Dezembertag. Es schneite schon seit Tagen und sie kam völlig durchgefroren und wegen eines Staus viel zu spät zu einem Kundengespräch. Der Kunde war wegen der Wartezeit schon leicht verärgert und das ließ er Finnja beim Hereinkommen auch spüren. Etwas frostig stellte er ihr damals die wartenden Damen und Herren vor, unter anderem auch Antonio Berger. Schon beim ersten Blick in seine Augen verspürte Finnja ein leichtes Kribbeln im Bauch. Als sie während ihrer Präsentation auch noch anfangen musste zu niesen, wäre sie am liebsten im Boden versunken, so peinlich war ihr das. Antonio bemerkte ihre

Peinlichkeit. Er reichte ihr, mit einem provokativen Lächeln im Gesicht, ein Päckchen Papiertaschentücher und sie setzte ihren Vortag fort. Das Blitzen in seinen Augen machte sie immer wieder unsicher, aber das schien niemand anderes zu bemerken. Und so bekam sie am Schluss auch den Auftrag.

Antonio lud sie nach diesem Termin noch zu einer Tasse Kaffee ein und da verliebte sie sich Hals über Kopf in ihn. Er verzauberte sie mit seinem umwerfenden Charme und es verging kein Tag, an dem sie sich nicht sahen. Ein Jahr später heirateten sie. Ihre Eltern liebten ihren Schwiegersohn von der ersten Minute an und ließen nichts auf ihn kommen. Wie oft musste sie sich von ihrer Mutter anhören, wie viel Glück sie doch hat, so einen Mann abbekommen zu haben. So fleißig und so fürsorglich wie er sei, das gäbe es heutzutage nicht mehr so oft. Ihre Mutter war Antonios Charme total verfallen. Er schnippte mit dem Finger und ihre Mutter sprang. Finnja wusste, dass sie mit ihren Eltern niemals über Eheprobleme hätte reden können. Sie würden immer zu Antonio halten, ihrem Antonio, der erfolgreiche und beliebte Rechtsanwalt, mit damals gutgehender Kanzlei in München. Sie sollte, nach dem Willen ihrer Eltern, in seiner Kanzlei mitarbeiten, aber den Wunsch erfüllte sie ihnen nicht. Sie machte sich mit einem Fotoatelier selbstständig.

Die Karriere stand für beide an erster Stelle und der Erfolg gab ihnen recht. So ging es finanziell sehr schnell aufwärts und sie konnten sich ein wunderschönes Häuschen in München leisten. Das Häuschen war fast schon ein kleiner Palast und lag geschützt auf einer kleinen Anhöhe. Es war innen sehr romantisch eingerichtet und für Finnja war das ihr wichtigster Rückzugsort. Sie war gerne zuhause, wenn im Moment auch oft sehr allein.

Plötzlich schreckte Finnja auf. Es war stockdunkel und sie saß immer noch in ihrem Auto. War sie etwa eingeschlafen? Sie schaute auf die Uhr und stellte fest, dass sie tatsächlich zwei Stunden hier gestanden hatte. Sie startete den Motor und fuhr langsam, sehr nachdenklich, nach Hause.

Ihr Mann war nicht da oder noch nicht da. Wahrscheinlich wird er heute Nacht auch gar nicht nach Hause kommen. Sie wollte die Zeit nutzen, über alles nachzudenken und es gab sehr viel, worüber sie sich klar werden musste.

Sie fror und so ging sie in die Küche, um sich einen Früchtetee zu machen. Sie übergoss den Teebeutel mit heißem Wasser und machte einen Löffel Honig hinein. Dann ging sie zu dem kleinen Regal, nahm die Rumflasche herunter und verfeinerte den Tee noch mit einem kräftigen Schuss dieser braunen Flüssigkeit.

Mit dem heißen Getränk setzte sie sich gemütlich vor den offenen Kamin, der mittlerweile schon eine wohlige, angenehme Wärme ausstrahlte.

Sie stellte sich die Frage, ob ihr Mann und sie sich überhaupt noch etwas zu sagen hatten. Früher führten sie stundenlang intensive Gespräche über Gott und die Welt. Er erzählte ihr auch sehr oft von seiner Arbeit, was ihn so beschäftigte und worüber er nachdachte. Aber auch von den teils herzergreifenden Schicksalen, die ihn als Anwalt täglich begleiten. Damals war er noch Einzelkämpfer und sie war sehr stolz auf ihn, denn er galt als der „Anwalt mit Herz" und seine Fälle gingen ihm sehr oft auch persönlich sehr nahe. Ihrem Mann ging es immer um Gerechtigkeit, sein Honorar war für ihn zweitrangig. Und dann kam das Angebot einer der renommiertesten Anwaltskanzleien, dass er dort, mit der Option Juniorpartner zu werden einsteigen konnte. „Das ist meine große Chance", sagte er damals und nahm das Angebot an. Trotz der vielen Arbeit, die er nun hatte, kam das Eheleben nicht zu kurz. Ihr Mann plante immer noch Zeit für sie beide gemeinsam ein und so unternahmen sie auch sehr viel zusammen. Wie oft sagte er ihr, wie stolz er sei, sie neben sich zu haben. Er verwöhnte und überraschte sie immer wieder aufs Neue, war stets nett, freundlich und zuvorkommend, sodass sie sich bei ihm wirklich als Frau fühlte. Er war der perfekte Mann, der perfekte Liebhaber und auch der perfekte Schwiegersohn.

Aber dann kam ein Zeitpunkt, wo er ganz plötzlich begann sich zu verändern. Finnja sprach ihn immer wieder darauf an, aber sie bekam nie eine Antwort auf ihre Fragen.

So gewann sie den Eindruck, je erfolgreicher ihr Mann als Anwalt wurde, je mehr Geld er verdiente, je mehr veränderte er sich. Was war im Leben ihres Mannes plötzlich passiert? Diese Frage stellte sich Finnja so oft.

Plötzlich war ihm auch nichts mehr gut genug. Es mussten die teuersten Anzüge sein, im Restaurant der teuerste Wein und der beste Platz natürlich mit privatem Service. Er gab oftmals soviel Trinkgeld, dass es Finnja schon peinlich war. Es folgte die Mitgliedschaft im Golfclub und auch in dem angesehenen Rotary-Club. Und das war dann der Zeitpunkt, wo er begann auch an ihr und ihrem Äußeren herumzumäkeln. Obwohl sie sich schon elegant und für ihren Geschmack auch sehr sexy kleidete, war ihm das immer noch nicht sexy genug. Aber zu mehr Freizügigkeit war Finnja nicht bereit, und so nahm er sie immer seltener zu irgendwelchen Treffen mit. Dieses Jahr war sie nur drei Mal mit ihm auf einer Veranstaltung gewesen, aber auch nur deshalb, weil die Anwesenheit der Partner gewünscht war.

Trotz allem, war er weiterhin sehr nett zu ihr, aber nicht mehr so wie früher, so zuvorkommend oder hilfsbereit. Und von einem

Begehren oder Verlangen nach ihr war auch nicht mehr so viel zu spüren. Nein, er war einfach nur nett und legte einen wohlerzogenen, höflichen Ton an den Tag. Irgendwelche Gespräche fanden, wenn überhaupt nur noch sehr oberflächlich statt. Gemeinsame Unternehmungen waren eher selten und so war sie meistens allein zuhause oder sie war mit Lulu unterwegs.

Das Liebesleben war mehr Pflicht als Spaß und ging über eine schnelle Nummer, in der Missionarsstellung nicht mehr hinaus. Obwohl Finnja alle möglichen Verführungstechniken anwandte, ließ seine Lust auf sie fast vollkommen nach. Sie konnte sich im Moment gar nicht mehr daran erinnern, wann sie eigentlich das letzte Mal zusammen geschlafen hatten. Ein zärtlicher Kuss so zwischendurch, gab es nur noch selten und wenn dann nur, weil es zu einem Ritual gehörte. Ja es schien, als ob man das perfekte und glückliche Ehepaar nur noch nach außen hin demonstrierte. Finnja hätte so gerne ein Baby, aber ihr Mann vertröstete sie immer wieder auf später. Später? Was heißt später? Finnja hatte sich mittlerweile schon damit abgefunden, dass ihr Babywunsch unerfüllt bleiben wird. Doch konnte das alles gewesen sein? Was sind denn der Inhalt und der Sinn einer Ehe?

Finnja war durcheinander. Ihre Gedanken schwirrten wir eine Gruppe Fliegen durch ihren Kopf. Langsam begann der Rum im Tee seine Wirkung zu entfalten und Finnja wurde immer ruhiger. Sie schien fast schon ausgeglichen. Die Probleme und Sorgen wirkten auf einmal viel leichter, sie schienen nicht mehr so schlimm und waren irgendwie auch ganz weit weg.

Noch wusste Finnja nicht, dass sie alle diese Probleme schon in der nächsten Stunde, erneut wie ein Hammerschlag treffen würden. Finnja genoss dieses momentane leichte Gefühl und entschloss sich, noch einen Tee zu machen. Der Rum im Tee tat ihr gut. Sie übergoss erneut einen Teebeutel mit heißem Wasser und machte noch einmal einen kräftigen Schuss Rum hinein. Diesmal war der Schuss sogar noch etwas kräftiger als der vorige. Dann ging sie wieder zurück ins Wohnzimmer und setzte sich wider vor den Kamin. Sie schaute, auf die im Feuer knisternde Holzscheite und lauschte der leisen romantischen Musik im Hintergrund.

„Was für ein schöner Moment", dachte sie und vergaß in diesem Augenblick alle ihre Sorgen. Draußen schneite es, es war bitterkalt, aber drinnen hatte sie es wohlig warm. Finnja genoss Schluck für Schluck dieses wundervolle heiße Getränk, das wie ein kleiner Helfer, ihrem Körper und auch ihrer Seele so richtig gut tat.

Das Feuer im Kamin hatte aber nicht nur die Feuchtigkeit und die Kälte aus dem Raum vertrieben, auch ihr war es jetzt so richtig warm geworden. Sie öffnete den Reißverschluss ihres Overalls, sodass man den schwarzen Spitzen-BH mehr als nur erahnen konnte. Sie bewegte ihren Po auf dem Sofa ein wenig unruhig hin und her. Ihr Slip war verrutscht und zwickte zwischen ihren Beinen, was wiederrum eine leichte Reibung verursachte. Das Zwicken brachte ihren Unterleib in Wallung und es begann genau dort, vor Erregung zu pochen. Bei dem Gedanken daran, dass sie sich selbst doch ein wenig verwöhnen könnte, konnte sie ihre Gedanken nicht weiter verfolgen, denn genau in diesem Augenblick hörte sie, wie sich die Haustür öffnete.

Ist ihr Mann doch noch nach Hause gekommen? Finnja stand auf, sie wollte nach draußen zur Haustür gehen, doch dann zögerte sie. Sollte sie ihrem Mann sagen, dass sie ihn mit der anderen Frau gesehen hatte? Sollte sie ihn zur Rede stellen? Sie dachte kurz nach, entschied sich aber erst einmal abzuwarten. Und dann kam ihr Mann auch schon zur Türe herein.

„Hallo, du bist ja noch wach", begrüßte Antonio seine Frau, wie immer nett und unverbindlich. Er gab ihr einen flüchtigen Kuss auf die Wange und ging hinüber zur Bar, um sich einen Cognac einzuschenken.

Finnja roch sein herbes Rasierwasser, gemischt mit dem Duft eines süßlichen Frauenparfüms. Er wirkte wie immer, oder doch nicht? Finnja versuchte, in seinen grünen Augen eine gewisse Veränderung zu erkennen. Aber vergebens.

„Ich war heute übrigens bei Lulu. Sie hat am Wochenende eine Modenschau und ich soll fotografieren. Dafür wäre ich allerdings von morgen bis zum Sonntagabend oder sogar bis zum Montag unterwegs. Wäre das okay für dich?"

„Klar. Job ist Job", antwortete er, während er den ersten Schluck von seinem Cognac genoss. Das war Antonios Antwort, wie immer in letzter Zeit kurz und bündig.

„Ich werde mir noch einen Tee machen. Willst du auch einen?" Finnja wartete seine Antwort nicht ab, sondern begab sich direkt in die Küche. Antonio folgte ihr wortlos.

„Was hast du den heute so gemacht?" Finnja war gespannt auf seine Antwort, während sie Wasser aufsetzte.

„Ich habe wie immer gearbeitet. Fast durchgehend, bis heute Abend. Wir hatten eine sehr lange anstrengende Sitzung und dann hatte ich keine Lust mehr." Antonio lächelte sie an. „Ich habe die Sitzung verlassen und bin nach Hause gefahren, um noch ein bisschen Zeit mit dir zu verbringen."

Finnja war zuerst total überrascht, denn so ein Satz kam schon monatelang nicht mehr aus seinem Munde. Doch dann fiel ihr ein, was sie ja nur wenige Stunden vorher live sehen durfte.

„Du bist doch ein elender Schurke", dachte Finnja, während ihn ihre blaugrünen Augen anblitzten. „Fremdgehen zählt für dich jetzt schon zu einer «geschäftlichen Sitzung». Dass du dich überhaupt von der Blondine trennen konntest und nach Hause gekommen bist, ist ja schon merkwürdig genug. Dass du dich aber zuerst von einer prallen Blondine verwöhnen lässt und mir kurz danach, den Wunsch nach gemütlicher Zweisamkeit vorspielst, ist ja wohl mehr als unverfroren." Genau das hätte sie ihm jetzt sagen können, aber es blieben nur die Gedanken und der innige Wunsch, ihm eine kräftige Ohrfeige zu verpassen. Sie stand nur da wie angewurzelt.

„Du siehst so richtig scharf aus mit dem halb geöffneten Hosenanzug und diesen prallen Brüsten. Die sehen so aus, als ob sie gleich rausspringen wollten", sagte Antonio mit rauchiger Stimme und einem lüsternen Blick.

Finnja schaute erschrocken auf ihr Dekolleté. Sie sah den Reißverschluss, der wirklich schon sehr weit geöffnet war. Der schwarze Spitzen-BH hatte Last, ihre üppigen Brüste noch so einigermaßen zu umschließen und es fehlte nicht viel, dass sie von selbst heraussprangen. Finnjas Herz klopfte wie wild und im ersten Augenblick wollte sie den Reißverschluss auch wieder schließen. Doch dann tat sie genau das Gegenteil.

Sie öffnete ihn, sie öffnete ihn sogar noch weiter und bewegte die Öse sehr aufreizend und ganz langsam nach unten, bis kurz vor ihrem Schritt.

„Dass dir meine Brüste überhaupt noch auffallen, wundert mich jetzt doch jetzt etwas", raunte Finnja mit einem angriffslustigen Funkeln in den Augen. Sie spürte, wie das Pochen in ihrem Unterleib stärker wurde und sich ein intensives Verlangen nach etwas Hartem einstellte.

„Deine Brüste müssen einem ja auffallen, so groß und prall, wie sie sind." Antonio stand bewegungslos da und genoss ganz in Ruhe seinen Cognac. Er schwenkte sein Glas, ohne den Blick von Finnja abzuwenden.

Antonio Berger war wahrhaftig ein stattlicher, gut aussehender Mann und mit seiner tollen Ausstrahlung hatte er Finnja damals schon in seinen Bann gezogen. Dass er bereits das Alter von vierzig Jahren erreicht hat, sah man ihm nicht an.

Seine schwarzen Haare trug er mit Gel geglättet, lässig nach hinten. Seine Haarpracht war schon von einigen wenigen grauen Strähnen durchsetzt, die sich an den Schläfen bereits bemerkbar machten.

Antonio war ein charismatischer, attraktiverer und zugleich starker Mann mit markant männlicher Ausstrahlung.

Er verfügte über ein natürliches Selbstbewusstsein, Scharfsinn, sowie hoher Intelligenz. Von Elternhaus her brachte er eine gute Erziehung mit, war immer höflich, hatte vorbildliche Manieren und verfügte über einen stilsicheren Geschmack. Sein markantes Gesicht war leicht gebräunt und seine dunklen Augen hatten einen ganz besonderen Glanz. Sein Dreitagebart verlieh seinem Gesicht etwas Abenteuerliches und Männliches. Heute trug er einen perfekt geschnittenen, hellgrauen Anzug sowie ein dunkelgraues Hemd mit passender Krawatte.

Seine männliche Erscheinung faszinierte Finnja immer wieder, aber seine momentane Teilnahmslosigkeit brachte sie fast zum Kochen. Sie drehte sich um und ging hinüber zu dem großen hölzernen Küchentisch, der direkt vorm Fenster stand. Sie schaute hinaus in den Garten und beobachtete die Schneeflocken. Ihr Herz klopfte wild. Was sollte sie jetzt tun? Doch bevor ihr eine Antwort einfiel, stand Antonio direkt hinter ihr. Fordernd legte er seine Hände auf ihre Hüften. Sie musste sich leicht an dem Küchentisch abstützen, um nicht umzufallen. Sie spürte sein nicht rasiertes Kinn in ihrem Nacken, roch seinen männlichen Duft und spürte, wie er sich fest an ihre weiblichen Rundungen drückte. Ihre Gedanken kreisten wirr in ihrem Kopf herum. Sie musste an den Besuch in Antonios Büro denken. Ihr schossen die Bilder der jungen, blonden Frau durch den Kopf, wie sie da so voller Hingabe, über dem gebräunten Körper ihres Mannes gebeugt war und seinen Lustpfahl mit Genuss verwöhnte.

Je mehr sie an diesen Anblick dachte, desto erregter wurde sie. Allein diese Vorstellung, dass diese blonde, etwas mollige Frau, gerade das stramme Prachtstück ihres Mannes im Mund hatte und ihn auf diese Art und Weise zum Höhepunkt brachte, ließ sie fast verrückt werden. Ihre Spalte wurde bei dieser Vorstellung von Sekunde zu Sekunde feuchter. Obwohl sie bei den Gedanken daran, wie ihr Mann vor Lust stöhnend auf dem Bett lag, einen unglaublichen Zorn in sich verspürte, begann sie dennoch, die Berührungen ihres Mannes zu genießen. Sein harter Schritt drückte sich fest an ihren Po. Er öffnete den Reißverschluss ihres Hosenanzuges nun ganz und streifte das Kleidungsstück etwas ungestüm von ihrem Körper. Nun war sie fast nackt. Sie stand vor dem Küchentisch, nur noch mit schwarzen High Heels, halterlosen Strümpfen, BH und einem schmalen Slip bekleidet.

Antonio stand weiter hinter ihr und öffnete ihren schwarzen, mit Spitzen besetzten BH. Zwei wundervolle weiche Brüste mit erigierten Brustwarzen kamen zum Vorschein. Seine Hände wanderten über ihren Körper. Alles andere als zart drückte er fest und unsanft ihre Brüste zusammen. Er knetete sie regelrecht durch. Finnja griff nach hinten, ganz unverfänglich griff sie nach seinem Hosenschlitz und öffnete den Reißverschluss. Gekonnt befreite sie seinen Luststab aus seinem Gefängnis. Sie fühlte dieses wunderbare Prachtstück in ihrer Hand. Es war groß, steinhart und dennoch fühlte es sich sehr weich an. Sie umschloss ihn fest mit ihrer Hand und begann diesen auf und ab zu bewegen. Sie wollte seinen Liebesbolzen noch mehr, noch intensiver verwöhnen, aber er schob ihre Hand weg. Er drückte ihren Oberkörper nach vorne herunter und spreizte mit seinen Füßen ihre Beine. Zweifelsfrei zeigte er ihr, wer hier bestimmt, wo es lang geht und wer, wen, auf welche Art verwöhnen wird.

Ohne weiteres zärtliches Vorspiel schob er ihren schmalen Slip ein Stückchen zur Seite. Ihre Pobacken wurden sichtbar und auch ihre rosarote Spalte. Dann zog er den Strang ihres Slips mit einem festen Ruck nach hinten, sodass dieser die beiden Schamlippen teilte. Er schob von hinten seine Hand in ihren Schritt, zupfte genüsslich an ihren Schamlippen, erst die eine, dann die andere, dann beide zusammen. Aus Finnjas Liebesgrotte tropfte der Liebessaft.

„Kann es sein, dass genau das meinem kleinen Luder gefällt?", fragte Antonio mit rauchiger Stimme.

„Oh ja, bitte mach weiter", flehte Finnja und stützte sich auf ihren Ellenbogen ab. Sie warf ihren Kopf in den Nacken und genoss diese Berührungen.

Dann begann er von hinten ihren Lustknopf zu massieren. Erst ganz zart. Dann aber wurde sein Rubbeln immer schneller und härter, bis sie dachte, es nicht mehr aushalten zu können. Fest drückte sie ihm immer wieder ihren strammen Po entgegen. Es war kein zärtliches Streicheln mehr, sondern ein sehr forderndes Rubbeln, was sie in diesem Moment aber noch viel mehr erregte. Finnja hätte es jetzt zwar auch sehr gerne genossen, wenn er sie zur Abwechslung mal ganz zart mit seiner Zunge verwöhnt hätte, aber dafür hatte Antonio ebenso gar keinen Sinn.

Ja, er wollte diese rosarote feuchte Lustgrotte verwöhnen, aber auf seine ganz spezielle Art. Ihm stand der Sinn im Moment nicht nach einem zärtlichen Verwöhn-Programm, genau das hatte er ja erst vorhin in seinem Büro. Nein, jetzt stand ihm der Sinn nach etwas Deftigem und dafür kam ihm diese mittlerweile nasse Liebesspalte seiner Frau gerade recht. Antonio wusste von seinen Fähigkeiten. Er wusste, was Frauen mögen und wie er sie gefügig machen konnte. Sein gutes Aussehen und sein beruflicher Erfolg waren da noch zwei zusätzliche Aspekte, die ihm bei den Frauen immer wieder leichten Zutritt verschafften. Er genoss es Frauen zu verführen. Er brauchte den Sex, dieses Spiel, dieses Spiel der Macht. Er brauchte es als weitere Bestätigung.

Antonio hielt sich nicht weiter mit dem Vorspiel auf. Finnja war zum Glück schon so nass, dass er gleich eindringen konnte. Er schob seinen Lustpfahl zwischen ihre Beine und ließ ihn in ihrem Dreieck verschwinden. Er bewegte sich einige Male hin und her, mal langsam dann sehr heftig und kurz bevor er spürte, dass Finnja vor ihrem Höhepunkt stand, zog er seinen Luststab wieder heraus. Er wollte die Situation genießen, und zwar auf seine ganz eigene Art.

Sachte drückte er Finnjas Oberkörper wieder nach unten. Sie stützte ihren Kopf auf ihren Armen ab. Sie fühlte sich total ausgeliefert. Antonio schaute nach rechts und sah dort den kleinen Pinsel liegen, den Finnja beim Kochen benutzte, um Fleisch einzupinseln. Er nahm ihn auf und streichelte mit den zarten Borsten ganz sanft über Finnjas wohlgeformten Rücken. Er küsste ihren Nacken, streifte mit der Feder über ihre Schulterblätter, den Rücken entlang, immer tiefer, bis zu ihrem Po.

Finnja schauderte es bei diesen Berührungen und Antonio hörte mit einer gewissen Genugtuung ihr Stöhnen, vermischt mit kehligen Geräuschen. Er strich mit dem Pinsel einige Male über ihre Pobacken.

„Komm du kleines Luder. Mach deine Beine weiter auseinander",
befahl er ihr. Ihm machte es gerade sehr großen Spaß sie zu
beherrschen, ja, sie sollte ihm willig sein.
Finnja gehorchte und spreizte ein wenig mehr ihre Beine. Ihr
Körper brannte vor Verlangen. Sie war verrückt danach ihn endlich
in sich zu spüren.
„Komm noch etwas mehr. Ich will was sehen." Sein Ton wurde
schärfer. Finnja gefiel dieser Tonfall gar nicht, aber ihre Lust war
zu stark und so kam sie seinem Wunsch nach.
Antonio sah ihre rosa glänzende Lustgrotte direkt vor sich. Er
wusste, was seine Frau jetzt wollte. Er wusste, dass sie ihn in sich
spüren wollte. Aber er tat ihr den Gefallen nicht, noch nicht. Er
nahm wieder den Pinsel und strich damit ganz zart ihre
Innenschenkel entlang. Von unten nach oben, erst rechts, dann
links und wie aus Versehen, berührte er damit immer mal wieder
ihre Knospe. Finnja schrie auf vor Lust.
Antonio legte den Pinsel beiseite und knetete mit seinen Händen
erst leicht, dann immer fester ihre Pobacken. Ganz zart drückte er
ihre beiden Pobacken auseinander. Dann nahm er seinen Luststab
und rieb ihn mal zart, mal heftiger an Finnjas Knospe. Nur ein paar
Mal, schließlich wollte er seiner Frau ja noch etwas bieten.
„Antonio, bitte, quäle mich nicht so." Finnja stöhnte, es war ein
flehendes Stöhnen. Sie war erschöpft, sie wollte nur noch erlöst
werden, erlöst von dieser Wollust.
„Okay, wie du willst", erwiderte Antonio, wobei Finnja sein
schadenfrohes Grinsen in diesem Moment nicht sehen konnte.
Langsam drehte er Finnja um, sodass er ihr in die Augen schauen
konnte. Es machte ihm Spaß sie sexuell zu quälen. Nicht mit
Schmerzen, nein, darauf stand er überhaupt nicht, sondern mit Lust.
Mit einer Lust, die allerdings nur er bestimmte. Er nahm sie an

ihrer Taille, hob sie hoch und setzte sie mit ihrem blanken Po auf den Küchentisch. Dann schob er sie etwas zurück und drückte ihren Oberkörper sachte nach hinten.

Der Küchentisch war sehr hart und Finnja fühlte sich ihm, in dieser Position total ausgeliefert. Aber es ängstigte sie nicht, im Gegenteil, sie war vor Erregung nur noch aufgeregter und gespannt, was er nun mit ihr machen würde. Finnja wusste, dass ihr Mann nicht auf Sexpraktiken stand, die körperliche Schmerzen verursachen würden. Sadomaso, Peitsche oder ähnliches war im zuwider. Und so konnte sie ihm blind vertrauen.

Die Ungewissheit, was er nun mit ihr machen würde, erregte sie immer mehr. Antonio stellte ihre Füße rechts und links auf die Küchentischplatte und drückte ihre Schenkel auseinander. Der Anblick, der schwarzen High Heels erregten ihn sehr. Er sah in ihr Gesicht. Pure Gier sprach aus seinen Augen. Mit festem Griff drückte er ihre Hände nach oben, hielt sie fest, sodass sie sich nicht wehren konnte. Und dann küsste er sie ganz zart auf den Mund, berührte mit seiner Zunge die Ihrige. Er ließ seine Zunge an ihrem Ohr, ihrem Hals, ganz langsam nach unten gleiten, ganz langsam, immer weiter nach unten, bis zu ihrer Muschi, ohne diese aber zu berühren. Immer wieder berührte er mit der festen Zungenspitze das feuchte Umfeld, ließ die Lustgrotte aber aus. Für sie war das mehr als quälend, und das wusste er. Langsam fuhr er mit seiner Zunge wieder nach oben und knabberte an ihrem Ohrläppchen. Finnja hielt es nicht mehr aus, das war pure Folter, Folter mit purer Zärtlichkeit. Sie wollte Erlösung, sie wollte nun endlich ihren Orgasmus erleben. Sie legte ihre Hand auf ihre nasse Lustspalte und begann sie zu streicheln. Doch das gefiel Antonio so gar nicht. Mit festem Griff nahm er ihr Handgelenk und drückte ihren Arm wieder nach oben. Ihre Erregung fing nun an wehzutun. Sie legte die Beine um ihn, aber er sträubte sich. Er drückte ihre Beine wieder nach unten. Seine Lippen bewegten sich über ihren Hals, ihre Brust, saugten fest an den harten Nippel, bis Finnja leicht aufschrie vor Lust. Er aber leckte unbeirrt weiter, an ihrem Bauch entlang, bis nach unten zwischen ihre Schenkel.

Finnja wand sich hin und her und er spürte, dass sie kurz vor einer Explosion stand. Aber er wollte sie noch ein bisschen leiden lassen. Antonio begann an diesem Spiel nun erst so richtig seinen erotischen Spaß zu bekommen. Er zog langsam seinen Gürtel aus der Hose, drückte beide Arme von Finnja nach oben und band diese mit dem Gürtel zusammen, ganz leicht ohne Druck. Finnja hätte ihre Hände problemlos aus der Schlaufe ziehen können, aber das wollte sie gar nicht, sie genoss das Spiel, ein Spiel des Ausgeliefertseins.

Seine Hände, seine Fingerspitzen streichelten über ihre Hüften und nähert sich langsam, quälend langsam, ihren Leisten. Dann endlich vergrub er seinen Kopf zwischen ihren Schenkeln und ließ seine Zunge, zwar nur ein einziges Mal, aber mit einer gewissen Härte, über ihre harte Knospe gleiten.

„Oh Gott, Antonio, nimm mich jetzt bitte", seufzte Finnja.

„Du willst, dass ich es dir jetzt besorge, ja? Ist es das, was du willst?" Antonio schaute Finnja grinsend an.

Finnja nickte. „Oh ja bitte. Ich habe mich so danach gesehnt. So lange hast du mich schon nicht mehr so heiß verwöhnt." Finnja keuchte, ihr Puls raste und ihr Herz klopfte bis zum Hals.

„Oh, du bist vielleicht ein ungeduldiges Mädchen!" antwortete er und gab ihr einen kleinen Klaps auf den Po. Dann küsste er ihre rosa fleischfarbene Knospe.

„Na so etwas, mein ungeduldiges Mädchen ist ja noch gar nicht richtig feucht. Da müssen wir unbedingt etwas dagegen tun!"

„Nein Antonio, bitte", kam es flehend von Finnja. „Ich bin nass genug, mehr geht schon gar nicht mehr. Bitte komm, lass mich dich endlich spüren."

Antonio grinste triumphierend. Ja, er hatte es wieder einmal geschafft. Er hatte wieder einmal eine Frau bis zur Aufgabe gebracht. Auch sie hätte jetzt alles mit sich machen lassen.

In diesem Moment sah Finnja in die Augen ihres Mannes. Aber was sie da sah, war keine Begierde. Was sie sah, war ein lüsterner, kalter und berechnender Blick in tief dunklen Augen. Das waren nicht die Augen mit diesem warmen herzlichen Blick, den sie immer so liebte. Nein, das war überhaupt nicht mehr der Mann, den sie liebte. Es waren die Augen eines Monsters. Jemand der andere beherrschen wollte und für den Sex und Gefühle nur noch Triumph waren.

Er sah eine Frau nicht mehr als Frau, sondern als eine Trophäe. Und sie war eine der Trophäen. Sie war die aktuelle Trophäe, die er gerade eben besiegt hatte. In Finnja stieg purer Hass auf. Hass auf diesen Mann, auf diesen Menschen, der sie im Moment nicht begehrte, sondern einfach nur maßlos benutzte. Sie schloss ihre Beine und wollte aufstehen, aber da hatte sie die Rechnung ohne ihren Mann gemacht.

„Hab ich erlaubt, dass du deine Beine wieder schließen darfst?" fragte er mit einem sehr scharfen Ton. „Komm, spreize sie!" Seine Stimme bebte und sein Ton war streng und befehlend.

Finnja gehorchte mit einem Schauder und kam seiner Aufforderung nur zögerlich nach. Antonio half nach und drückte ihre Schenkel wieder auseinander. Langsam näherte er sich ihrem Gesicht. Sie roch den Cognac, den er getrunken hatte. Er küsste sie sehr zart, fast berührungslos auf den Mund, bevor er sich dann ausgiebig der rosaroten, glatt rasierten Schnecke widmete. Er leckte, saugte und knabberte an ihrer Lustperle, während er die Liebesgrotte gleichzeitig mit seinen Fingern ausfüllte. Finnja stöhnte laut auf vor Lust. Ihre Lust und der Hass auf diesen Mann hatten nun die gleiche Intensität. Antonio massierte mit der anderen Hand ganz zart die kleine Öffnung am Po. Die weiche Haut und der Duft ihrer Lustgrotte erregten ihn so sehr, bis auch er es nicht mehr aushalten konnte.

Finnja war kurz vor ihrem Höhepunkt, aber das war ihm egal. Er stoppte die Massage ihrer Lustgrotte, packte sie mit beiden Händen an ihrer Hüfte und ließ seinen Zauberstab, zuerst ganz langsam, cm für cm, in ihrer Spalte verschwinden. Dann aber forderte er mit heftigen Stößen sein männliches Recht. Er nahm keine Rücksicht auf Härte, Schmerzen, Verlangen oder Lust. Jetzt wollte er seinen Triumph auskosten. Genau jetzt war er soweit und jetzt forderte er sein persönliches Recht.

Die Lust war stärker als der Schmerz und das Gefühl war so unsagbar stark. Finnja löste ihre Hände aus der Schlaufe und massierte mit ihren Fingern ihren Lustknopf. Sie massierte in der gleichen Stärke und in gleichem Tempo, wie die Stöße ihres Mannes waren. Und dann kam auch sie endlich auf ihre Kosten. Sie schrie vor Schmerz, aber noch mehr vor Verlangen und Lust. Endlich durfte sie diesen Moment der Erlösung erleben. Sie genoss in diesem Moment einen wahnsinnigen Höhepunkt, einen Höhepunkt, auf den sie so lange verzichten musste. Trotz des Hasses, der sich in ihr aufbaute, genoss sie diesen wahnsinnigen Augenblick.

Auch Antonio trieb auf seinen Höhepunkt zu. Er wechselte einige Male das Tempo, kniff seine Augen zusammen, bevor er dann laut zu keuchen begann und ebenso laut aufstöhnte. Mit einem erlösenden kehligen Laut machte er kenntlich, dass auch er es geschafft hatte.

Sichtlich zufrieden und völlig befriedigt, befreite er sich aus Finnjas Beinen, mit denen sie seinen Körper immer noch umschlungen hielt. Er zog sich wortlos an und tat so, als wenn eben rein nichts geschehen wäre. Finnja versuchte, ruhig zu bleiben. Sie versuchte ihre Gedanken und ihre Gefühle, zu sortieren. Aber das war fast unmöglich.

Antonio verstaute sein Hemd in der Hose und machte den Reißverschluss zu. „Das hat mir echt Spaß gemacht. War eine echt geile Nummer. Du hast nichts verlernt", sagte er wie bei einem Abschlussplädoyer und ging in Richtung Tür.

Gerade als er den Raum verlassen wollte, hörte er Finnjas Stimme. „Diese geile Nummer Herr Anwalt, kostet einhundertfünfzig Euro."

Antonio stockte. Er zuckte zusammen, als ob er gerade eine Ohrfeige bekommen hätte. Im ersten Augenblick war er schockiert und entrüstet. Er wollte seiner Frau das Passende zu ihrem Kommentar sagen. Aber plötzlich fand er Gefallen an diesem Spiel. So kannte er seine Frau gar nicht.

Er drehte sich um. Finnja saß immer noch auf diesem harten Küchentisch. Mit ihren schwarzen High Heels, randlosen Strümpfen, schmalen Slip und mit immer noch gespreizten Beinen. Mit leicht zusammengekniffenen Augen und einem provokanten Lächeln, ging er langsam auf sie zu. Ihr Slip bedeckte ihre Lustgrotte zwar schon wieder, aber das Pochen darunter, konnte man auch so noch deutlich sehen. Antonio zückte seine Geldbörse und nahm vier Fünfzig-Euro-Scheine heraus.

„Diese scharfe Nummer ist mir sogar zweihundert Euro wert",

sagte er mit einem hämischen Grinsen. Langsam schob er mit seinen Fingern ihren Slip beiseite. Die Lustgrotte glänzte immer noch und er musste sich schwer zurückhalten, diese glänzende Lustknospe nicht noch einmal zu lecken. Er nahm die beiden Geldscheine und klemmte sie unter den Rand des Slips. Dann drehte er sich um und ging zur Tür.

Und wieder hörte er Finnjas Stimme.

„Antonio komm doch bitte noch mal zurück."

Antonio stockte erneut. Er war leicht unsicher und irritiert. Was kam nun? Dieses Spiel war neu für ihn, insbesondere, da er so etwas von seiner Frau nicht kannte. Er drehte sich um und ging mit aufrechter Haltung auf seine Frau zu. Diese Haltung gab ihm Sicherheit und Macht. Finnja saß immer noch genau so da, unverändert, in der gleichen Pose. Sie hatte den Slip nicht mehr zurückgeschoben und Antonio schluckte, als er ihre rosa glänzende Lustgrotte vor sich sah. Er spürte, wie die Lust erneut in ihm aufstieg.

„Möchtest du etwa noch einmal genommen werden?", fragte er arrogant lächelnd und sehr siegessicher.

Finnja streichelte zart über ihre rosa Knospe, griff dann an ihren Slip und zog die beiden Geldscheine heraus.

„Hier hast du fünfzig Euro."

Antonio nahm lachend den Geldschein entgegen. „War ich so gut, dass Du mich jetzt sogar dafür bezahlen willst?"

Finnja schaute ihn einen Augenblick an. „Nein Antonio, so gut warst du nicht." Finnja wusste, dass sie gerade maßlos lügt. Selten hatte sie einen so geilen Sex gehabt wie der, den sie gerade erlebt hatte. Beim Gedanken daran, wie ihr Mann sie noch eben nach allen Regeln der Kunst verwöhnte, fing ihre Muschi direkt wieder an zu pochen.

„Weißt du, ich war heute im Kino und den Film, den ich dort gesehen habe, ist mir dieses Geld wert." Finnja tat nach außen hin kühl und außergewöhnlich ruhig.

„Im Kino? Ich dachte du warst bei Lulu." Antonio verstand im Moment gar nichts.

„Ja, erst war ich bei Lulu. Danach bin ich in deine Kanzlei gefahren, weil ich mit dir etwas besprechen wollte."

Antonios Augen flackerten. Seine Hände begannen zu schwitzen. Er ahnte, was jetzt kam.

„In dem Vorzimmer und im Büro von dem Anwalt Antonio Berger war aber niemand mehr. War aber auch ganz klar, denn Herr Anwalt war hinten, in seinem Sitzungssaal. Dort fand gerade eine sehr anstrengende Konferenz statt. Diese Sitzung muss wirklich sehr anstrengend gewesen sein, denn der Herr Anwalt stöhnte und keuchte vor lauter Anstrengung. Weißt du Antonio, für einen Pornofilm im Kino hätte ich ja auch Eintritt bezahlen müssen. Also ist es nur mehr als fair, wenn ich für diesen einzigartigen Film und diesen wahren Augengenuss auch etwas bezahle. Den Gaumengenuss hatte ja diese wunderschöne, junge blonde Frau. Aber Geschmack hast du wenigstens, das muss man dir lassen."

Finnja zitterte innerlich und sie begann zu frieren.

Antonios Augen schauten kühl, ohne irgendeine Regung. Er legte den Geldschein neben sie auf den Küchentisch, drehte sich um und ging wortlos zur Tür.

„Ach Antonio. Moment noch!"

Antonio stockte. Sein Puls raste und er wollte nur noch raus hier. Dennoch drehte er sich noch einmal um, zu seiner Frau.

Finnja saß auf dem Küchentisch und streichelte mit ihrem Zeigefinger ganz zärtlich und provokativ ihre Lustgrotte.

„Wenn du wieder mal Lust auf meine feuchte Grotte hast Antonio, dann vergiss deine Geldbörse nicht. Meine Lustperle steht dir in Zukunft nur noch gegen Bares zur Verfügung."

Verführerisch strich sie sich über ihre Knospe, während sie ihre Beine genussvoll und sehr herausfordernd noch etwas weiter spreizte.

Antonio schluckte, dieser Anblick machte ihn fast verrückt. Er drehte sich um und verließ den Raum. In diesem Moment ahnte er noch nicht, dass sich gerade eben das Spiel um 180° gedreht hat. Finnja war nicht enttäuscht, verärgert oder gar traurig. Im Gegenteil. Den Blick, den sie vorhin in den Augen ihres Mannes gesehen hatte, öffnete ihr nun endlich die Augen. Sie fragte sich nur, warum ihr dieser Blick eigentlich nicht schon viel früher aufgefallen ist. Als sie diesen triumphierenden Blick ihres Mannes sah, passierte etwas in ihr. Genau in diesem Augenblick war irgendetwas mit ihr geschehen, aber sie konnte nicht beschreiben, was es war, noch nicht. Durch ihre Bezahl- Aktion fühlte sie einen richtig großen Triumph. Sie fühlte sich rundherum nur gut.

„So und nun ist deine Zeit gekommen liebe Finnja", sagte sie zu sich selbst, während sie ihren Slip richtete. Sie sprach, als ob noch jemand neben ihr sitzen würde, dabei war sie alleine. „Ab jetzt wirst du dir alles nehmen, was du möchtest. Ab jetzt geht es nur noch um deine Gefühle, um deine Lust und um deine Begierde. Vergiss die Werte wie Treue, Anstand und Rücksichtnahme. Aber jetzt denkst du nur noch an dich."

Sie begann an dem für sie immer wichtigen Begriff der Liebe zu zweifeln. Gab es heutzutage eigentlich noch die wahre Liebe oder ist das alles nur Heuchelei? Sie selbst glaubte immer daran, aber nun? Wahrscheinlich war auch das wieder nur so eine Wertvorstellung ihrer Eltern und genau diese Werte stellte sie eben gerade alle in Frage. Sie beschloss, auch das Thema Liebe abzuhaken. Für sie hat sich das Thema Liebe hiermit erledigt. Scheinbar geht es in der heutigen Welt nur noch um Sex und Befriedigung. Damit beendete sie ihr Grübeln und nahm sich vor, ihre bis dahin geheimen Sexträume wahr werden zu lassen.

Und dann hörte sie die Haustüre ins Schloss fallen. Antonio zog es vor, diese Nacht im Büro zu schlafen. Innerlich sehr zufrieden und auf eine unerklärliche Weise verändert ging Finnja zu Bett.

Es war kurz nach 7.00 Uhr als Finnja aufwachte. Das Bett neben ihr war leer. Antonio hatte es vorgezogen im Büro zu übernachten, was aber nichts Neues für Finnja war. Sie war es mittlerweile gewohnt allein aufzuwachen. Finnja ging in die Küche, machte sich einen Tee, dachte mit einem Grinsen an den gestrigen Rum und verkroch sich noch mal in ihr Bett.

Ihre Gedanken gingen zurück zu dem gestrigen Abend. Sie erinnerte sich daran, wie Antonio sie auf den Küchentisch hob und sie mit dem Pinsel verwöhnte. Es erregte sie sehr, als er sie aufforderte ihre Beine zu spreizen. Allein bei dem Gedanken daran, wie sie auf diesem harten Küchentisch vor ihm lag, nur mit den High Heels und dem schmalen Slip, den er ja mit einem festen Ruck zur Seite geschoben hatte, begann es in ihrer Muschi wieder zu klopfen. Sie fühlte ein Kribbeln in der Bauchgegend und sie spürte, wie ihr Puls schneller schlug. Diese erregende Anspannung war kaum zu ertragen! Sie sehnte sich auf einmal wieder nach seinen Berührungen, seinem Duft und seiner wahnsinnigen Männlichkeit.

Dann aber konnte sie sich auch wieder an diesen arroganten, triumphierenden Blick erinnern. Sie spürte wieder diesen unglaublichen Hass in sich aufsteigen. Und dann stand ihr

Entschluss fest und sie fühlte, dass es eine richtige Entscheidung war.

Niemand wird sie mehr benutzen. Sie wird jedes erotische Abenteuer, was da draußen in der großen weiten Welt auf sie wartet in vollen Zügen genießen. Sie wird Praktiken kennenlernen und auch ausprobieren, die sie sich bisher noch nicht mal in ihren kühnsten Träumen hätte vorstellen können.

Dennoch war eines für sie absolut klar. Sie würde sich von ihrem Mann nicht trennen, auf keinen Fall. Sie liebte ihn ja, seinen Männlichkeit, seine Ausstrahlung, sein Sexappeal und damit verbunden natürlich auch ihr Leben, ihre berufliche Freiheit, ihren Luxus und die finanzielle Unabhängigkeit.

Nur eines wird sich ändern. Sie bestimmt nun für sich selbst, was ihr gut tut. Sie entscheidet in Zukunft wann, wo und mit wem sie sexuelle Lust erleben würde. Jetzt, wo sie diese Entscheidung getroffen hatte, ging es ihr richtig gut. Noch ahnte Sie nicht, dass sie, mit ihrer gerade gewählten sexuellen Freiheit an ihre psychischen Grenzen stoßen wird.

Ihr ganzer Körper war angespannt und sie fühlte, wie ihre Brustwarzen sich langsam aufrichteten. In ihrer Vorstellung nahm Antonio ihren Kopf in beide Hände und zog ihn zu sich. Seine heißen Lippen bedeckten ihren Hals mit Küssen, während seine Hände auf Erkundungstour gingen. Sie spürte, wie sie vor Lust zerfloss. Sein Atem erreichte stoßweise ihr Ohr und die kleinen Härchen an ihrem Körper begannen sich, überall aufzurichten. Ihre Hände ersetzten nun die Berührungen ihres Mannes, nach denen sie sich, insbesondere nach diesem wahnsinnigen Sex gestern, wieder sehnte. Ja, ihr Mann wusste, was einer Frau gut tut und wie man ihre Lust ins Unerschöpfliche bringen kann. Aber er musste lernen, dass eine Frau keine Trophäe ist. Und diese Lektionen wird sie ihm wohl beibringen müssen.

Ihre Finger umspielten ihr feuchte Lustgrotte und sie musste sich beherrschen, um vor Verlangen nicht laut aufzuschreien. Sie fühlte die Feuchtigkeit ihres Lustzentrums und bebte leicht vor Begierde. Ohh, wie sie es genoss, dieses tolle prickelnde Gefühl. Ja genau dieses erregende Gefühl, das wird sie sich jetzt öfter gönnen, dieses Beben, dieses Pochen und diese Begierde. Ihr Körper spannte sich, sie bäumte sich auf und stöhnte laut, als ein Gefühl der wohligen Entspannung durch ihren Körper strömte.

Sie genoss diese Welle der Wollust noch eine ganze Zeit lang, bevor sie sich dann entschloss aufzustehen und sich für ihren Tag fertig zu machen. Außerdem wollte sie auch gleich ihre Sachen packen und heute Abend schon bei Lulu übernachten. So konnten sie dann morgen früh ganz entspannt nach Salzburg fahren.

Kapitel 3

Kurz nach 11.00 Uhr traf sie zwar verspätet, aber wie immer sehr gut aussehend, perfekt gestylt und äußerst gut gelaunt im Atelier ein.

„Einen wunderschönen guten Morgen Rosalie, wie geht es Ihnen heute?", kam es fast singend von Finnja.

„Ohh, da hatte aber Frau eine wundervoll erfüllende Nacht. Kann das sein?", lachte Rosalie und zwinkerte ihr zu.

„Sieht man mir das an?" Finnja tat gespielt überrascht.

„Ich bin zwar schon fünfzig, aber schließlich auch eine Frau. Wenn ein Mann mich so richtig gut verwöhnt hatte, so mit allem Drum und Dran, dann kann ich am nächsten Tag auch Bäume ausreißen." Finnja lachte herzlich, ohne weiter auf das Thema einzugehen. Sie ging in ihr Büro und schloss die Tür hinter sich. Dann setzte sie sich an ihren Schreibtisch und begann mit ihrer Arbeit. Rosalie brachte zwischendurch einen Kaffee herein, aber ansonsten war es ruhig an diesem Morgen. Drei Stunden später, Finnja war gerade mit einer Auftragskalkulation fertig, klopfte es an der Tür.

Zuerst sah Finnja einen großen Strauß rote Rosen die Tür hereinkommen und dahinter das wunderbare, markante Gesicht ihres Mannes durchleuchten.

„Guten Morgen Finnja", kam es etwas kleinlaut.

Als Antonio den Raum betreten hatte, schloss Rosalie von außen die Tür. Sie wusste, wenn ein verheirateter Mann mit roten Rosen ankam, konnte das nur Eins bedeuten und das war nicht gerade etwas Positives.

„Komisch", dachte sie nur, „das würde aber gar nicht zu der guten Laune passen, die ihre Chefin heute Morgen ja sichtlich hatte." Sie machte sich aber keine weiteren Gedanken mehr, sie hatte ja genug zu tun.

Finnja stutzte im ersten Augenblick. Sie war etwas unsicher, wie sie reagieren sollte, aber dann erinnerte sie sich wieder an ihre getroffene Entscheidung.

„Guten Morgen, mein Schatz." Finnja ging strahlend auf ihren Mann zu, streckte ihm ihr kleines Kinn entgegen, spitzte die Lippen und wartete auf ein Guten-Morgen-Küsschen. Antonio war sehr irritiert und so war sein Kuss auch eher nur gehaucht statt leidenschaftlich. Er hatte sich auf eine Standpauke eingestellt, auf hysterisches Geschrei, Streit oder auch nur eine gebrochene, in Tränen aufgelöste traurige Frau. Aber so eine Reaktion hatte er definitiv nicht erwartet.

„Habe ich den Kuss eben nur geträumt oder haben deine Lippen mich wirklich berührt?", fragte Finnja ernst.

„Entschuldigung, aber ich habe nicht viel geschlafen, bin übermüdet und habe heute noch einen anstrengenden Tag vor mir."

„Och", kam es mit gespieltem Mitleid aus Finnjas Mund. „Das tut mir aber leid. Warum hast du denn so wenig geschlafen?"

„Finnja ich möchte mich bei dir entschuldigen. Es tut mir leid", sagte Antonio und überreichte ihr die Blumen.

Finnja nahm dankend den Blumenstrauß entgegen und brachte ihn nach draußen, damit Rosalie ihn ins Wasser stellen konnte. Wieder zurück, schloss sie die Tür und setzte sich vorne auf die Schreibtischkante. Finnja trug Strapse unter ihrem schwarzen kurzen Rock und eine hellblaue sportliche Bluse. Sie spreizte leicht die Beine, sodass ihr Rock ein wenig höher rutschte. Antonio stand fast ein wenig erstarrt vor ihr und konnte ihr Handel nicht einsortieren. Was hatte sie vor, ging es ihm durch den Kopf.

„Sag, für was willst du dich entschuldigen? Für diesen außergewöhnlich großartigen Sex? Für diese geile Nummer? Oder dafür, dass du gestern mein Vötzchen zum Kochen, nein zum Überlaufen gebracht hast? Für was Antonio?"

Antonio wurde nervös. Er war mit dieser Situation wahrhaftig überfordert. Wenn er eine Situation vorher durchspielen konnte und alle Eventualitäten gecheckt hatte, war er sich immer sehr sicher, absolut siegessicher. Das war es, was ihn beruflich auch so erfolgreich machte. Aber wenn Dinge einen ganz anderen Verlauf nahmen, als er vorher kalkulierte, warf ihn das aus der sicheren Bahn.

„Ich will mich entschuldigen für das, was du gestern in meinem Büro gesehen hast, das zwischen mir und dieser anderen Frau." Antonio schaute auf Finnjas Beine, auf die schwarzen Netzstrümpfe und er spürte eine Regung in seiner Hose.

„Ach so, dafür", antwortet Finnja gleichgültig, während sie auf dem Schreibtisch etwas zurückrutschte, sodass ihre Füße nun keinen Bodenkontakt mehr hatten. Der extrem kurze Rock rutschte dabei noch etwas höher, und Antonio sah, dass ihr Slip nicht mehr als ein zarter Hauch war.

Finnja bemerkte seine große Unsicherheit und das tat ihr gut, so verdammt gut. Selten sah sie ihren Mann so irritiert und sie kostete diesen Moment voll aus. Sie bemerkte seinen glasigen Blick.

„Regt dich dieser Anblick auf meinen Slip etwa an?", fragte sie provokant.

Antonio schluckte verlegen. Er kannte sich im Moment selbst nicht mehr und das nervte ihn gewaltig. Natürlich hätte er sich jetzt auch umdrehen und gehen können, aber das ging nicht. Er musste diese Situation mit seiner Frau erst wieder in Ordnung bringen. In wenigen Tagen war die Weihnachtsfeier der Kanzlei und da wurde erwartet, dass die Ehepartner mit dabei waren. Der Seniorchef legte äußersten Wert darauf, dass der Ruf der Kanzlei und auch der ihrer Anwälte einwandfrei waren. Scheidung, Trennung oder sonstiges gesellschaftlich Anstößiges konnte ihn den Job kosten. Außerdem stand eine Beförderung in die Chefetage an und die wollte Antonio keinesfalls riskieren. Also musste er bei Finnja, auch wenn ihm das so gar nicht gefiel, für gute Stimmung sorgen.

Nervös rieb er seine Hände gegeneinander. Gerne wollte er eine charmante lockere Antwort geben, aber es fiel ihm keine ein.

„Welchen Mann würde dieser Anblick nicht anregen?", kam es dann doch mit leicht kratziger Stimme.

Finnja lächelte. Ja, sie war über diesen Verlauf sehr zufrieden.

„Und wie sieht es damit aus?"

Sie spreizte ihre Beine ein wenig mehr und schob ihren Slip leicht beiseite, sodass Antonio etwas von ihrer rosafarbenen Pussy sehen konnte. Antonio schluckte und nickte nur. Und dann bewegte Finnja ihren Zeigefinger ganz zärtlich über ihren Kitzler.

„Nun sag schon. Erregt dich das? Gefällt dir das, was du da siehst?" Finnja streichelte ihre Klit etwas stärker. Ihr Atmen wurde lauter und kleine kehlige Geräusche untermalten ihr Rubbeln.

Antonio nickte erneut und ging auf sie zu. Ganz nah stand er nun vor ihr. Er wollte sie küssen, doch dazu kam es nicht. Finnja nahm seinen Kopf und drückte ihn nach unten. Antonio ging in die Knie. Seine Lust war so stark, dass es ihm in der Hose weh tat. Ja, er wollte sie verwöhnen, lustvoll und leidenschaftlich, genau so wie er es immer tat. Er roch ihre Erregung und er spürte, wie sehr sie es jetzt brauchte. Ja, ging es ihm in diesem Moment siegesbewusst durch den Kopf, daran hatte sich wirklich nichts geändert. Frauen werden immer schwach bei ihm, egal welche Frau es auch ist.

„Verwöhn diesen kleinen pochenden Kitzler", hörte er Finnja nun sagen, wobei es sich schon fast wie ein Befehl anhörte.

Aber das brauchte sie definitiv auch nicht zweimal zu sagen. Selbstbewusst leckte er zart die mittlerweile pitschnasse Muschi. Finnja hatte ihre Augen geschlossen. Sie genoss sein flinkes Zungenspiel und konnte ein kehliges Stöhnen nicht mehr unterdrücken. Mit gekonnter Bewegung umspielte Antonios Zungenspitze ihren harten Lustknopf. Dabei griff er sich an seine Hose, öffnete den Reißverschluss und holte seinen harten Lustbolzen heraus. Er rubbelte ihn und keuchte. Er wollte diese kleine Lustgrotte aber erst noch ein klein wenig genießen, bevor er seinen Luststab darin komplett versenken würde. Doch plötzlich hörte er Finnja mit kehliger Stimme etwas flüstern.

„Sorry Herr Anwalt, aber Ihre Zeit ist leider abgelaufen. Nur die ersten fünf Minuten sind gratis, sozusagen zum Probieren. Danach kostet leider jede angefangene Minute."

Finnja nahm seinen Kopf, schob ihn zurück, richtete ihren Slip, rutschte vom Schreibtisch herunter und setzte sich mit überschlagenen Beinen auf ihren Ledersessel. Wie gut, dass ihr Mann gerade nicht ahnte, wie scharf sie im Moment wirklich war und wie schwer ihr dieser Abbruch fiel. Aber sie musste ja auch erst mal lernen, mit ihrem neuen Leben und mit dieser, für sie neuen Selbstbestimmung der eigenen Lust umzugehen, sagte sie verständnisvoll in Gedanken zu sich selbst. Es klang schon fast wie eine Entschuldigung zu ihrer Muschi, dass sie heute Antonios strammen Freund nicht in sich spüren durfte.

Antonio war geschockt. Er richtete sich wieder auf, ging ein paar Schritte zurück und lehnte sich mit dem Rücken an die Wand. Das war ihm noch nie in seinem Leben passiert, dass eine Frau, während er ihre heiße Muschi leckte, das Spiel abgebrochen hatte.

„Hör zu mein Schatz", entschärfte Finnja die Situation, als sie sah, wie Antonio gerade krampfhaft versuchte seinen harten Luststab wieder einzupacken. Ihr Tonfall war so weich wie Butter. „Deine Entschuldigung, mit diesem wundervollen Rosenstrauß, nehme ich selbstverständlich an. Das heißt aber nicht, dass ich die Bilder, von deiner privaten Konferenz mit deiner blonden Gespielin aus meinem Gedächtnis gelöscht habe."

Finnja kam hinter ihrem Schreibtisch hervor und ging auf ihren Mann zu. Zärtlich streichelte sie ihm über die Wange. Antonio war so betroffen, dass er mit einer dicken Beule in der Hose, regungslos vor ihr stehen blieb.

„Nach außen hin, mein Schatz, werden wir auch weiterhin das glückliche und harmonische Paar spielen. Also brauchst du dir keine Sorgen um deinen Job zu machen. Ich werde dich auf unserer Weihnachtsfeier definitiv nicht enttäuschen."

Finnja lächelte etwas geheimnisvoll. Insgeheim freute sie sich sogar schon auf die «feinen Herren», die ihr bei dem Sommerfest schon hinterher gafften. Die Blicke, der ach so sauberen Anwälte, zogen sie damals förmlich aus. Selbst jetzt konnte sie noch spüren, wie die lüsternen Blicke ihren Körper, ihre Beine und ihren Busen streichelten. Finnja konnte damals schon ein gewisses gieriges Verlangen von Antonios Chef fühlen. Und so konnte sie sich gerade, bei dem Gedanken an die bevorstehende Weihnachtsfeier, ein Lächeln nicht verkneifen.

„Intern mein Liebling, werde ich ab sofort meine Lust ausleben, und zwar wo, wie und wann und mit wem ich das gerade will."

Antonio war es nicht möglich auch nur einen Ton zu sagen. Er war geschockt, überrascht, empört... Er war alles zusammen und er fühlte sich im Moment überhaupt nicht wohl in seiner Haut.

„Aber Antonio", säuselte Finnja, „du bist ja mein geliebter Ehemann und so darfst du selbstverständlich, diese kleine Muschi auch in Zukunft verwöhnen. Schließlich muss meine Grotte ja auch weiterhin die ehelichen Pflichten erfüllen."

Finnja lächelte aufreizend und rieb mit einem gewissen Druck über Antonios harte Beule. Antonio war froh, dass er an der Wand lehnte, denn seine Knie wurden immer weicher.

„Hm, ich glaube, dass dein strammer Freund und meine kleine Muschi in Zukunft noch so einige schöne Stunden zusammen erleben werden." Finnjas Druck auf seine Beule wurde stärker. Antonio stand kurz vor dem Höhepunkt, aber er war unfähig sich zu rühren. Finnja spürte seine aufkommende Erregung und es machte ihr Spaß.

„Schade nur, dass ich deinem Freund jetzt keine mündliche Erleichterung verschaffen kann. Aber ich habe gleich einen Termin und wie sagst du immer: Job ist Job."

Finnja rieb mit der linken Hand nun noch etwas fester seine Beule, die immer härter wurde und zog gleichzeitig mit der rechten Hand seinen Kopf zu sich herunter. Mit ihrer Zunge strich sie über seine warmen Lippen. Das war zu viel für Antonio. Er presste seinen Rücken an die Wand und seine Beule immer fester gegen ihre reibende Hand.

„Oh ja, reib bitte fester", kam es stöhnend über seine Lippen. Er hatte seine Augen geschlossen und konnte so, den mit Genugtuung gefüllten Blick, von Finnjas Augen nicht sehen.

Ein tiefer lauter Seufzer ließ erkennen, dass Antonios praller Freund sich gerade mit voller Wucht erleichtert hatte. Die Beule unter Finnjas Hand wurde auf einmal wieder ganz weich.

„Ohh, was ist denn da passiert?" fragte Finnja gespielt überrascht.

„Soll meine Sekretärin dir helfen, den Fleck da vorne aus deiner Hose herauszuwaschen?"

Antonio war immer noch sprachlos und ließ sich von Finnja anstandslos zum Ausgang bringen. Er nickte Rosalie beim Vorbeigehen nur zu, und gerade als er durch die Eingangstür das Büro verlassen wollte hörte er, wie ihm Finnja noch etwas zurief.

„Antonio. Deine kostenlose, mündliche Probelektion war übrigens wunderbar."

Ohne sich noch einmal umzuschauen, verließ er das Büro. Er wusste, dass er bei seiner eigenen Frau, den Status des beherrschenden Mannes gerade eben verloren hatte und das nagte wahnsinnig an seinem Selbstwertgefühl.

„Was ist denn mit Ihrem Mann passiert? So demotiviert sah ich ihn ja noch nie?" Rosalie war überrascht, denn sie kannte Antonio nur als den Mann, der alle Situationen beherrschte.

„Och, nichts Schlimmes. Eine Konferenz ist gerade nur nicht so gelaufen, wie er es gedacht hatte. Das frustriert ihn natürlich etwas."

„Ach so, etwas Geschäftliches. Ich dachte schon, es wäre etwas zwischen Ihnen beiden vorgefallen."

„Zwischen uns beiden? Ach wo, da ist alles Bestens. Er hat mir doch diese wunderschönen roten Rosen mitgebracht und das will was heißen", lächelte Finnja belustigt und Rosalie war beruhigt.

„Ach Finnja, ihr heutiger Termin wurde eben auf nächste Woche verschoben", rief Rosalie Finnja noch zu, als sie schon wieder auf dem Weg in ihr Büro war.

Finnja nickte, ging zu dem Fenster hinüber und schaute hinaus. Das Spiel begann ihr zu gefallen. Was ihr nicht gefiel, war, dass sie das Verwöhn-Spiel vorzeitig abbrechen musste. Wie sehr hätte sie Antonios Lustbolzen in sich gefühlt. Aber das gehörte nun mal dazu, wenn es am schönsten ist aufzuhören. Okay, überlegte sie, wenn sie heute keinen Termin mehr hatte, könnte sie jetzt ja auch nach Hause fahren, ihre Sachen packen und dann zu Lulu fahren. „Rosalie, würden Sie bitte Lulu anrufen und ihr sagen, dass ich spätestens um 18:00 Uhr mit Reiseköfferchen bei ihr bin. Und vermerken Sie doch bitte in Ihrem Terminbuch, dass ich erst wieder am Dienstag im Büro bin."

Oh, wie schön, dachte sich Finnja, drei Tage ausspannen und relaxen, was für ein herrliches Gefühl. Das bisschen Fotografieren mache ich mit Links. Finnja träumte gerade ein bisschen vor sich hin, als sie die Stimme von Rosalie wieder in die Realität zurückholte.

„Also Lulu weiß Bescheid. Ich soll Ihnen ausrichten, dass sie etwas Leckeres kochen würde und bittet deshalb um Pünktlichkeit."

„Tzzztz, ich bin immer pünktlich, das weiß sie doch", murmelte Finnja vor sich hin, während sie ihren Schreibtisch aufräumte. Dann besprachen sie noch die wichtigsten Arbeiten, die Rosalie in ihrer Abwesenheit erledigen muss. Als alles besprochen und geklärt war, zog Finnja ihren Mantel an, nahm ihre Tasche und machte sich auf den Weg nach Hause.

***

Pünktlich war sie bei Lulu eingetroffen. Der Tisch war schon so richtig nett gedeckt und beide freuten sich, den Abend zusammen verbringen zu können. Beim Essen sprachen sie nochmal den Ablauf der Modenschau durch und beide genossen es, dass sie beruflich wieder zusammen gekommen sind.

„Mhh, Lulu du kochst so fantastisch, da könnte man sich mitten in den Teller reinsetzen", sagte Finnja und genoss den letzten Löffel

56

ihres Desserts. „Uhh, ich glaube ich muss mein Rock ausziehen, der ist jetzt, nach diesem tollen Essen total eng und unbequem."

„Tue dir keinen Zwang an. Ich weiß, wie das ist, wenn Röcke zwicken, deshalb ist dieser Minirock hier auch mit einem Gummizug im Bund", lächelte Lulu. „Ja und mit dem leckeren Essen ist es so, dass meine Mama immer sagte, dass die Liebe durch den Magen geht. Und deshalb hat sie mir auch schon sehr früh das Kochen beigebracht. Alles andere ist dann nur etwas Übung und ein bisschen Leidenschaft, wie auch im richtigen Leben", sagte Lulu Wort-betonend mit einem Lächeln auf den Lippen.

„Jaja, die Leidenschaft. Das ist schon so ein Kapitel für sich." Finnja zog ihre Schuhe und den Rock aus, nahm ihr Weinglas in die Hand und machte es sich, nur mit ihrem schmalen Slip unten herum bekleidet auf der Couch gemütlich.

Finnja öffnete eine zweite Flasche Wein, schenkte beide Gläser noch mal voll und gesellte sich zu Finnja hinzu.

„Schau mal, was ich hier habe." Finnja hielt vier Geldscheine hoch.

„Das sind 200 Euro. Was hat es damit auf sich?"

„Die habe ich gestern von Antonio bekommen. Für einen richtig geilen Sex."

Lulu runzelte die Stirn und schaute Finnja fragend an. „Er bezahlt dich dafür, dass ihr miteinander schlafen tut?"

„Nein, nicht dafür, dass wir miteinander schlafen. Sondern dafür, dass die Nummer so geil war."

„Ist das ein Unterschied?" Lulu war irritiert.

„Nachdem was ich gestern erlebt habe, ist das sehr wohl ein Unterschied." Finnja steckte die Euroscheine wieder ein.

„Würdest du mir das bitte etwas näher erklären, denn im Moment verstehe ich rein gar nichts", bat Lulu und nahm einen Schluck von dem lieblichen Rotwein.

Finnja setzte sich im Schneidersitz auf das Sofa. „Als ich gestern von dir weg bin, fuhr ich noch in Antonios Kanzlei vorbei. Ich wollte mit ihm abklären, ob das möglich ist, dass ich bis zum Sonntag mit dir unterwegs bin."

„Das ist ja was ganz Neues, dass du einen beruflichen Auftrag zuerst mit ihm abklären musst", bemerkte Lulu und schüttelte etwas ungläubig den Kopf.

„Mag sein, aber das ist jetzt auch egal. Ich hatte auf jeden Fall das Bedürfnis zu ihm in die Kanzlei zu fahren und kam diesmal sogar an der Empfangsdame unbemerkt vorbei. Die war nämlich mit lauter Japanern beschäftigt. So bin ich mit dem Aufzug nach oben gefahren und fand ein leeres Vorzimmer vor."

„Dann war Antonio wohl mal wieder unterwegs?"

„Nein, er war in einer Sitzung, in einer sehr anstrengenden Sitzung", berichtete Finnja und konnte sich ein Grinsen nicht verkneifen.

„Warum grinst du jetzt so schelmisch?"

„Naja, weil... Also, da sein Büro auch leer war habe ich die Tür zu seinem kleinen privaten Apartment geöffnet und da habe ich gesehen, dass er wirklich gerade in einer sehr anstrengenden Sitzung war."

„Du wirst mir doch jetzt wohl nicht sagen wollen, dass du ihn in flagranti erwischt hast?" Lulu starrte Finnja mit weit geöffneten Augen und weit offenstehenden Mund an.

„Exakt, genau das. Mein lieber Mann lag auf dem Bett, keuchend und stöhnend und über ihm war eine junge blonde Frau gebeugt, die sich genüsslich an seinen Luststab betätigte."

Lulu wollte etwas antworten, aber sie war so verblüfft, dass sie keinen Ton herausbrachte.

Finnja erzählte weiter. „Ich war in diesem Moment so geschockt, dass ich selbst nichts sagen konnte. Er hatte mich ja nicht einmal bemerkt, geschweige die Blondine. Sie war mit so viel Leidenschaft bei der Arbeit, da hätte sich so manche Sekretärin eine Scheibe abschneiden können.“

Lulu hatte ihre Sprache wieder gefunden. „Ich glaube, ich wäre ausgerastet und hätte zuerst die Alte und dann ihn umgebracht“, kam es erregt aus ihrem Mund.

„Ja das kann ich mir bei dir gut vorstellen“, lachte Finnja. „Aber ich habe natürlich keinen umgebracht. Ich habe mich ins Auto gesetzt und bin zum alten Waldstück rausgefahren. Dort habe ich mich erst mal ausgeheult. Als ich dann nach Hause kam, war Antonio natürlich nicht da. Ich machte mir zuerst mal einen heißen Tee mit einem richtig kräftigen Schuss Rum und habe dann irgendwie auch die nächsten Stunden rumgebracht. Aber frag mich nicht wie, keine Ahnung, ich war auf jeden Fall völlig durcheinander.“

„Hast du Antonio eigentlich, seit seiner Sitzung gestern Abend schon mal wieder gesehen?“, fragte Lulu und sie spürte wie der Hass, den sie für diesen Mann empfand, gerade noch stärker wurde.

„Och, ich habe ihn sogar schon zweimal gesehen und es war jedes Mal wunderbar“, lächelte Finnja schalkhaft.

„Sagtest du eben wunderbar?“ Jetzt verstand Lulu überhaupt nichts mehr. „ Würdest du mir bitte erklären, was daran wunderbar ist, wenn man seinen eigenen Mann mit einer anderen Frau im Bett erwischt.“

„Aber sehr gerne erkläre ich dir das. Durch diese große Portion Rum im Tee ging es mir irgendwann so richtig gut. Ich sah das alles nicht mehr so eng, also zumindest in diesem Moment. Und dann kam tatsächlich Antonio nach Hause. Zuerst erzählte ich ihm, dass ich mit dir auf eine Modenschau fahren werde und somit bis Montag weg bin. Aber er reagierte wie immer, gleichgültig. Job ist Job, hat er nur dazu gesagt. Na ja, und dann fragte ich ihn, was er heute so gemacht hätte. Und er antwortete seelenruhig, dass er eine anstrengende Sitzung hinter sich hätte, und diese verlassen hat, weil er gerne noch einen gemütlichen Abend mit mir verbringen wollte."

„Ich muss dir jetzt nicht sagen, was er für mich ist, oder?" Lulu war kurz vorm Explodieren.

Finnja lachte. „Das wird noch toller, hör´ zu! Ich hätte ihn in diesem Moment, so wie du auch umbringen können, so sauer war ich. Lässt sich vor ein paar Stunden noch von einer Blondine einen blasen und heuchelt mir dann etwas, von einem gemütlichen Zusammensein vor. Ich wusste nicht, wie ich reagieren sollte. So bin ich zum Küchentisch rübergegangen, um ihn erst mal nicht anschauen zu müssen. Aber nur kurz danach, stand er plötzlich hinter mir und drückte sein wirklich hartes Teil fest gegen meinen Hintern."

„Na, das wundert mich schon, dass er innerhalb weniger Stunden überhaupt noch einmal einen hoch bekommen hat", sagte Lulu zynisch.

„Oh ja, sein bestes Stück war total in Aufruhr. Und dann hatten wir einen genialen Sex. Wir hatten noch nie, seit wir verheiratet sind, solch einen geilen Sex."

„Moment mal Finnja! Du wirst mir doch jetzt nicht aller Ernstes sagen wollen, dass du dich, nachdem du deinen Mann in flagranti erwischt hast, von ihm hast vögeln lassen?" Lulu war fassungslos.

„Doch, genau das. Allerdings und jetzt kommt das nicht so Schöne, habe ich leider, schon fast am Schluss dieser wirklichen scharfen Nummer, den Blick in seinen Augen sehen können. Und das Lulu war kein Blick, dass er mich als Frau begehrt oder den Sex mit mir, also mit seiner Ehefrau gerade genießt. Nein, es war ein absolut triumphierender Blick, der besagte, dass er wieder einmal gesiegt hatte. Er hatte sein Spiel wieder einmal gewonnen und ich war für ihn nichts anderes als eine weitere Trophäe."

Lulu schenkte beide Weingläser noch einmal voll und nahm gleich einen großen Schluck. " Erzähl´ bitte weiter, bevor ich mich vergesse und dieses Miststück umbringe."

„Um Gottes willen Lulu, tue das ja nicht. Du würdest mich ja um meinen ganzen Spaß in der Zukunft bringen", flehte Finnja theatralisch.

„Um welchen Spaß bitte?"

„Also, nachdem ich diesen einzigartigen Blick gesehen hatte, ein Blick, der für mich schon fast vernichtend war, passierte etwas in mir. Ich kann dir nicht erklären, was es war, aber es passierte etwas Magisches mit mir."

Finnja sah Lulu an, die erwartungsvoll auf die Fortsetzung der Geschichte wartete.

„Weißt du, Antonio servierte mich einfach ab, nachdem er gekommen war, einfach so als ob er gerade mit einer Nutte Sex gehabt hätte. Als er zur Tür ging, rief ich ihm zu, dass diese geile Nummer einhundertfünfzig Euro kosten würde. Er kam mit einem arroganten Blick zu mir zurück, gab mir vier Fünfzig- Euro-Scheine mit den Worten, dass ihm diese scharfe Nummer diesen Betrag wert sei."

Lulu bekam so richtig leuchtende Augen. „Finnja, ich weiß nicht was jetzt noch kommt, aber ich fange an so richtig stolz auf dich zu werden. Das ist das erste Mal, dass du deinem Mann Paroli geboten hast. Klasse. Und jetzt erzähl weiter." Lulu hoffte, dass Finnja endlich wach geworden ist. Aber noch wusste sie nicht, was danach noch passierte und sie kannte Finnjas weiche Art und wie schnell, gerade Antonio sie wieder willig machen konnte.

„Nachdem er mir die zweihundert Euro in den Slip gesteckt hatte, wollte er gehen. Gerade als er wieder an der Tür war, rief ich ihn abermals zurück und sagte ihm, dass ich ihn, bei seiner anstrengenden Sitzung mit der Blondine gesehen habe und das mir diese Nummer fünfzig Euro wert sei. Dann gab ich ihm einen Geldschein wieder zurück."

Lulu musste herzlich lachen und konnte sich den Blick von Antonio gerade so vorstellen. Ihr liefen vor Lachen die Tränen herunter. „Bitte Finnja, erzähl weiter!" prustete sie los.

Nun musste auch Finnja lachen. „Also, dem nicht genug, habe ich meinem lieben Mann auch noch mitgeteilt, dass wenn er in Zukunft Lust darauf hat meine Muschi zu verwöhnen, er dafür bezahlen müsse. Daraufhin ist er geschockt aus dem Haus gegangen und hat die letzte Nacht wohl in seinem Büro übernachtet." Finnja nahm ihr Weinglas und trank es auf einen Zug leer.

„Finnja du bist so geil. Das ist die beste Aktion, die du in den letzten Jahren, in Bezug auf Antonio vollbracht hast. Werde jetzt nur nicht weich, wenn er wieder angeschissen kommt" bat Lulu und legte ihre Hand auf Finnjas Knie.

„Ich glaube, da brauchst du keine Angst zu haben, Lulu. Ich habe für mich jetzt entschieden, meine Lust auszuleben und das habe ich meinem Mann auch gesagt."

„Hä, wann hast du ihm das gesagt? Ich denke er war direkt danach in sein Büro zurückgefahren?" Lulu schaute etwas irritiert. Hatte sie da etwa was missverstanden?

„Mein Mann stand heute Mittag mit einem Strauß roter Rosen in meinem Büro und bat mich um Verzeihung." Finnja lächelte verschmitzt.

„Er, der großartige Herr Anwalt hat dich um Verzeihung gebeten? Du hast ihm wenigstens den Strauß rote Rosen um die Ohren geschlagen", fragte Lulu mit ernster Miene.

„Lulu ich bitte dich, wo denkst du hin. Weißt du was so ein großer Strauß rote Rosen kostet? Selbstverständlich habe ich den Strauß von Rosalie in Wasser stellen lassen." Finnjas Ironie war nicht zu überhören.

„Und dann hast du dich wieder von ihm einwickeln lassen, ja? Na ja, der werte Herr Anwalt kriegt doch jede Frau rum." Lulu schaute enttäuscht, obwohl sie noch gar nicht wusste, was dann tatsächlich passiert war.

„Moment, jetzt mal halblang. Ganz so war es nicht. Weißt du, ich habe mich zuerst mal auf meinen Schreibtisch gesetzt. Dann habe ich meinen eh schon kurzen Rock etwas hochgezogen, den Slip zur Seite geschoben, meine Beine aufreizend gespreizt und ihn ganz freundlich gebeten, meine Lustgrotte zu lecken."

„Du hast was?" Lulu war gleichermaßen geschockt wie überrascht und starrte Finnja ungläubig an. „Du hast deine Pflaume freigelegt und ihn aufgefordert sie zu lecken?"

„Ja" antwortete Finnja und war verwundert über Lulus Reaktion. „Und es hat richtig gut getan seine weiche, warme Zunge an meiner Knospe zu spüren. Nur, als ich dann bemerkte, dass er Gefallen daran fand und er seinen Lustbolzen aus der Hose holte, habe ich ihm gesagt, dass seine Zeit vorbei wäre, da nur die ersten fünf Minuten eine Gratislektion seien, so zum Probieren gewissermaßen. Dann habe ich meinen Slip wieder gerichtet, bin vom Schreibtisch heruntergerutscht und habe mich seelenruhig auf meinen Ledersessel gesetzt."

Lulu, die normalerweise sexuell sehr offen ist und so leicht nicht aus der Ruhe zu bringen ist, saß mit offenem Mund da. Sie konnte das gerade nicht glauben, was Finnja ihr da erzählte.

„Ja und bei dieser Gelegenheit habe ich ihm dann gesagt, dass wir selbstverständlich weiterhin nach außen hin, das harmonisch verliebte Paar demonstrieren werden. Nur intern, werde ich jetzt meine Lust ausleben, und zwar dann wo, wann und mit wem ich das will."

„Und was hat er daraufhin gesagt?" fragte Lulu gespannt.

„Ach, eigentlich gar nicht so viel. Ich habe ihm, während ich ihm aufzeigte, wie in Zukunft unser Leben so ablaufen würde, seine Beule kräftig massiert, sodass er gar nicht mehr viel sagen konnte. Aber leider musste ich dann mit der Massage aufhören, als seine Hose vorne einen Riesenfleck hatte. Das Angebot, das Rosalie ihm doch jetzt dabei helfen könnte, den Fleck da vorne wieder sauber zu machen, hat er nicht angenommen, sondern ist mehr oder weniger aus dem Büro geflüchtet."

Lulu schüttelte nur noch mit dem Kopf und lachte sich fast kaputt. Minutenlang krümmte sie sich vor Lachen und wischte sich immer wieder die Tränen vom Gesicht. Irgendwann aber hatte sie sich von ihrem Lachanfall erholt und schenkte beiden noch den restlichen Wein nach.

„Prost meine Süße," zwinkerte Lulu ihrer besten Freundin zu. „Also ganz ehrlich, ich bin begeistert von dir. Das hätte ich dir niemals zugetraut. Alle Achtung."

„Na mal sehen, mit was ich dich in Zukunft noch so überraschen werde", lächelte Finnja lausbübisch zurück.

„Oho, da bin ich aber gespannt", kam es erwartungsvoll zurück. „Aber ich glaube, nach diesem Glas Wein werden wir zwei ins Bett gehen, sonst schlafen wir morgen bei der Arbeit ein. Ich habe dir übrigens im Gästezimmer dein Schlafgemach vorbereitet."

„Das ist lieb von dir. Ja, morgen müssen wir echt konzentriert sein, schließlich geht es ja wieder um richtig Kohle. Aber wir kriegen das schon hin, wir zwei sind doch Profis", lachte Finnja.

Sie schaute Lulu an und war etwas irritiert. Stirnrunzelnd fragte sie: „Lulu, ist alles okay bei dir?"

Lulu nickte und lächelte. „Soll ich dir mal etwas verraten? Die Schilderung deiner Geschichte, also da, wo du auf dem Schreibtisch gesessen und vor deinem Mann deine Pflaume freigelegt hast, mit der Aufforderung, dass er diese jetzt lecken soll, das hat mich ganz schön scharf gemacht. In meinem Lustzentrum pocht es gerade wie verrückt."

Finnja musste herzlich lachen. „Also ich will ganz ehrlich sein. Mir geht es gerade genauso. Meine Pussy pocht so was von wild und ich will nicht wissen, wie nass mein Höschen da unten herum gerade ist."

„Dann schau doch mal nach", ulkte Lulu.

„Das meinst du jetzt nicht im Ernst, oder?", frage Finnja und fühlte wie ihr Puls auf einmal noch schneller schlug.

„Klar meine ich das ernst. Ist doch auch nix dabei. Ach, ich dachte, du hättest dich dazu entschlossen, deine Lust jetzt immer auszuleben?" Lulu provozierte und sie wusste das auch.

„Ja, habe ich auch, aber ...", erwiderte Finnja stotternd.

„Befriedigst du dich eigentlich auch selbst?" Lulu konnte sehr direkt sein, wenn sie provokant sein wollte.

Eine leichte Röte überflog Finnjas Gesicht. „Ähm. Na ja schon, aber dann bin ich natürlich auch immer alleine."

„Oh Gott sei Dank! Ich dachte schon, dass nur der Herr Anwalt deine Lustgrotte kennt", sagte Lulu gespielt erleichtert.

Nun musste auch Finnja herzlich lachen und sie spürte, wie auf einmal die Beklemmung einer Lockerheit wich. Sie stellte exakt in diesem Moment fest, dass ihr diese anerzogenen Werte wieder einmal in die Quere kommen wollten. Selbstbefriedigung war für ihre Mutter eine sehr große Schande. Das hat keine Frau nötig, wenn sie verheiratet ist, war ihre tiefe Überzeugung. Und genau das hatte sie ihr auch immer wieder probiert zu vermitteln. So dauerte es auch sehr lange, bis Finnja ihre Grotte das erste Mal selbst verwöhnte. Sie genoss dieses irre Gefühl damals sehr, aber das schlechte Gewissen plagte sie noch wochenlang danach. Im Laufe der Jahre erkundete sie ihren Körper aber immer mehr und verwöhnte sich seit dem auch relativ oft. Allerdings immer nur im Geheimen und auch nur dann, wenn sie alleine war.

„Wie oft befriedigst du dich eigentlich? Machst du das oft?", fragte Finnja neugierig.

„Ja, mehrmals die Woche, manchmal sogar zweimal am Tag. Kommt immer ein bisschen drauf an, wie heiß ich bin."

„Du hast wohl überhaupt keine Probleme damit es dir selbst zu besorgen und über dieses Thema zu reden, oder?"

„Nein. Es ist ja mein Körper und so ist es für mich auch ganz selbstverständlich mich selbst zu streicheln und zu verwöhnen. Ich habe damit schon begonnen, als ich zehn war."

„Heiland, so jung hast du damit schon angefangen." Finnja war echt überrascht. Mit zehn spielte sie noch mit Puppen.

„Wie war das für dich, als du dich das erste Mal selbst verwöhnt hast?", wollte Lulu wissen.

„Du kannst Fragen stellen." Finnja wusste nicht so recht, wie sie darauf reagieren sollte. „Also ich war schon achtzehn. Es war im

Sommer und ich hatte an diesem Wochenende frei. Meine Eltern waren übers Wochenende zu meiner Tante gefahren und so war ich alleine. Ich wollte im Garten ein wenig lesen und die Sonne genießen. Na ja, so breitete ich meine Decke aus und legte mein großes Badehandtuch darauf. Ich habe mein Sommerkleid und auch meinen Bikini ausgezogen, denn ich fand es schon immer schöner, wenn man streifenfrei gebräunt ist."

„Hattest du keine Angst, dass dich jemand sehen konnte?" fragte Lulu und rutschte unruhig auf dem Sofa umher.

„Nein, unser Garten war ringsherum eingewachsen und so sah mich auch niemand. Also lag ich dann so auf meiner Decke und las in meinem Buch. Plötzlich spürte ich den Wind, wie er ganz zart über meine Grotte wehte. Uhi, das war schon ein irres Gefühl. Aber dann wollte ich dieses Gefühl unbedingt noch etwas intensiver spüren und spreizte die Beine einfach etwas mehr."

„Das kann ich mir so richtig gut vorstellen, wie du da in der Sonne gelegen hast, mit gespreizten Beinen", sagte Lulu leise, während sie ihren Rock etwas nach oben schob und mit ihrem Finger ganz zart über ihren schwarzen Slip streichelte.

Finnja starrte auf Lulus Höschen. Sie sah nichts von Lulus Grotte, aber sie konnte ihre Schnecke unter dem Höschen pochen sehen. Ihr Puls raste und ihr Herz klopfte immer schneller.

„Komm Süße erzähl weiter. Was hast du dann auf deiner Decke gemacht. Du hast doch den Wind nicht die ganze Arbeit alleine machen lassen, oder?" Lulu lächelte.

„Nein natürlich nicht", antwortete Finnja heiser, ohne den Blick von Lulus Slip zu nehmen. Sie spürte, wie ihr Höschen immer nasser wurde. Aber sie konnte sich nicht überwinden, vor ihrer besten Freundin, ihre Hand auch nur ansatzweise in Richtung ihres

Dreiecks zu bewegen. Zu tief saßen noch die eingetrichterten Werte ihrer Mutter.

„Magst du nicht mehr weitererzählen?" holte Finnja sie aus ihren Gedanken heraus.

„Doch, doch", erwiderte Finnja und erinnerte sich zurück an diesen Mittag im Garten. „Also ich lag da in der Sonne und spürte, wie sie brannte. Ich nahm die Sonnencreme aus der Tasche und begann mich einzucremen. Zuerst die Arme, dann die Schultern, den Bauch und den Hals. Für das Eincremen meines Busens nahm ich mir besonders viel Zeit und ich genoss das herrliche Gefühl, als ich meine Brüste zart knetete."

Finnja spürte, wie ihre Nippel ganz hart wurden und wie ein wohliges Kribbeln ihren Unterleib durchfuhr.

„Du hattest damals schon so großartige üppige Brüste", bemerkte Lulu und knöpfte langsam ihre eigene Bluse auf.

Finnja fand Gefallen an diesem schönen Spiel und genoss es sehr zu sehen, wie Lulu langsam und auch ein bisschen provokant aufreizend ihre Bluse öffnete. Sie wusste, dass sie Lulu hundertprozentig vertrauen konnte, und egal was auch kommt, sie das respektieren würde.

„Ja das stimmt, mein Busen ist wirklich wunderschön weich und sehr üppig. Gerade deshalb liebe ich ihn so sehr, weil man sich da so richtig reinkuscheln kann."

Lulu lächelte. „Erzähl weiter, du machst mich mit deiner Geschichte gerade so richtig schön heiß."

„Okay", zwinkerte Finnja Lulu zu. „Also ich begann dann meine Beine einzucremen. Zuerst die Waden und dann die Oberschenkel. Dabei fuhr ich mit meiner Hand ganz zart und langsam an den Innenseiten meiner Schenkel entlang. Ich kann mich noch gut daran erinnern, dass ich mit dem kleinen Finger auf einmal meine Muschi berührte und kurz zusammenzuckte."

„Was so ein kleiner Finger alles bewirken kann", grinste Lulu, die mittlerweile ihre Bluse und BH ausgezogen hatte. Sie lehnte sich auf dem Sofa etwas zurück, schloss ihre Augen, und streichelte, bei leicht geöffneten Schenkeln ihren knabenhaften Busen. Sie war nur noch mit ihren Slip und Strapsen bekleidet,
aber sie legte ihr Dreieck nicht frei. Finnja wurde es total heiß bei diesem Anblick und sie trank noch einmal von ihrem Wein, bevor sie mit kehliger Stimme weitererzählte.

„Weißt du Lulu, obwohl ich wusste, dass unser Garten eingewachsen war, hatte ich damals, in diesem Moment, doch Angst, dass mich jemand beobachten könnte."

„Oh ja, das Gefühl kenne ich", sagte Lulu lächelnd, ohne ihre Augen zu öffnen. „Das Risiko dabei erwischt zu werden, macht mich allerdings immer so richtig tierisch scharf."

Finnja musste lachen. „Ja, genauso ging es mir damals auch. Also ich verteilte noch mal etwas Creme auf meiner Hand und begann dann meine Muschi einzucremen. Ohh Gott, was tat das so gut. Das war das erste Mal, wo ich dieses wahnsinnige Kribbeln ganz intensiv spürte. Jede Berührung ließ meine Muschi ein wenig zusammenzucken. Ich genoss dieses Kribbeln in vollen Zügen und mir war es in dem Augenblick auch völlig egal, ob mich hätte jemand sehen können."

„Hattest du damals schon einen Orgasmus?", fragte Lulu mit weiter geschlossenen Augen.

„Nein, dabei noch nicht. Der kam erst später. Ich fühlte, dass da noch ein kleines Knöpfchen war, was auf Berührungen sehr empfindlich reagierte. Ganz zart streichelte ich diese kleine

Knospe. Aber meinem Kitzler langte das zarte Streicheln auf einmal nicht mehr aus und er wollte mehr."

Finnja war es gar nicht bewusst, dass ihr Finger mittlerweile auch über ihren Slip rieb. Aber auch sie hatte ihre Grotte noch nicht freigelegt. Sie spürte, wie nass ihr Höschen war und es erregte sie total.

„Bist du dem Wunsch deiner Klitoris, sie etwas härter ranzunehmen entgegengekommen?" fragte Lulu und schaute Finnja mit leuchtenden Augen an, während sie sich wieder etwas aufsetzte.

„Na ja, du weißt ja wie das ist, wenn so eine Muschi Wünsche äußert. Meistens gewinnt die Liebesgrotte, oder?" fragte Finnja grinsend.

„Ist dir das unangenehm, so wie wir beide hier jetzt zusammensitzen?" fragte Lulu und ließ ihre Hand wieder über ihren Slip gleiten.

„Unangenehm? Nein. Eher ungewohnt." antwortete Finnja ehrlich.

„Weißt du, ich würde mich jetzt gerne etwas mehr streicheln, meine Schnecke lechzt nämlich gerade danach gerubbelt zu werden. Aber ich weiß nicht, ob dir das vielleicht unangenehm oder peinlich ist. Wir können aber auch gerne jeder in unser Bett gehen", sagte Lulu und trank den letzten Schluck ihres Rotweins aus.

Finnja wusste im ersten Moment nicht wie sie reagieren sollte. Zum einen war sie mit dieser Situation schon leicht überfordert. Zum anderen war sie aber auch total scharf und hatte definitiv keine Lust gerade jetzt ins Bett zu gehen. Und auf einmal sagte sie etwas, worüber sie selbst sehr überrascht war.

„Mach es dir selbst! Jetzt hier vor meine Augen! Zeig mir, was für ein verdorbenes Mädchen du bist", kam es in einem Ton, der keinen Widerspruch zugelassen hätte.

Lulu war überrascht, aber sehr positiv überrascht. Ihr gefiel das kleine Spiel und gerne kam sie Finnjas Wunsch nach.

„Okay meine Süße, wie du willst", grinste Lulu und schob aufreizend ihren Slip beiseite.

Finnja sah nun in voller Pracht die dunkelrote glänzende Muschi ihrer besten Freundin ganz nah vor sich. Noch nie hatte sie eine andere Pussy so nah vor sich gesehen und ihre Fantasien überschlugen sich. Sie musste erst mal tief ein und ausatmen so fasziniert war sie gerade von diesem wunderbaren Anblick. Sie konnte förmlich den Duft von Lulus Erregung wahrnehmen.

Lulu sah wie erregt und unruhig Finnja wurde. Aber sie wollte es ja nicht anders, ging ihr etwas schelmisch durch den Kopf. Behutsam begann sie mit zwei Fingern einen kleinen Tanz auf ihrer Knospe. Langsam fuhr sie mit dem Mittelfinger über ihre längst angeschwollenen Schamlippen und spürte dabei die Nässe, die sich in ihrer Muschi bereits seit dem Beginn von Finnjas Erzählung gesammelt hatte.

Finnja beobachtete fasziniert Lulus Fingerspiel. Mit beiden Händen verwöhnte sie indessen kraftvoll ihren eigenen prallen Busen. Lulu massierte sich nun ihre Klit mit heftig kreisenden Bewegungen. Sie spreizte ihre Beine noch ein klein wenig mehr auseinander und sah, dass Finnja nun so richtig Gefallen daran fand.

Auch Finnja hatte ihren Slip mittlerweile zu Seite geschoben und ihre Pflaume freigelegt. Sie rubbelte mit sehr schnellen Bewegungen ihren harten Kitzler, ohne den Blick von Lulus feuchter Muschi abzuwenden. Dabei stöhnte sie und das Atmen glich schon eher einem Keuchen. Immer wilder und heftiger wurden ihre Bewegungen, immer lauter wurde ihr Stöhnen. Lulu genoss diesen wundervollen Anblick. Sie genoss es zuzusehen, wie Finnja mit nun geschlossenen Augen dasaß und wild und ungehemmt, als ob sie alleine wäre ihren Kitzler rubbelte. Der Anblick von Finnjas rosa nassen Lustgrotte und ihrem harten Kitzler, der immer heftiger von ihr gerieben wurde, machte sie so scharf wie schon lange nicht mehr. Und plötzliche durchzuckte Finnja eine heftige Welle. Sie hatte ihren Höhepunkt erreicht und stöhnte ihn nun hemmungslos hinaus. Dieser Anblick war für Lulu zu viel. Sie rieb ebenfalls, immer wilder und hemmungsloser ihre Klitoris und dann spürte auch sie, wie der Orgasmus immer näherkam. Sie stöhnte laut, als sie eine heftige Orgasmus-Welle überkam. Ihr Unterleib zuckte und zuckte und nur langsam konnte sie sich wieder etwas beruhigen.

„Das war vielleicht scharf", sagte Finnja lächelnd, die das Lustspiel von Lulu sehr wohl aus dem Augenwinkel beobachtet hatte. Entspannt blieben beide auf dem Sofa liegen und genossen diese Situation noch einige Minuten. Sie sahen sich an und jeder hatte ein Lächeln auf den Lippen. Irgendwie ahnten beide, dass dies nicht das letzte Mal gewesen war.

„So und jetzt noch ein Gute-Nacht-Kuss und dann ab ins Bett", sagte Finnja auf einmal. Sie beugte sich zu Lulu rüber und küsste ganz zart Lulus glänzend feuchte Knospe.

„Uhaa, was machst du da?" fragte Lulu stöhnend und ein Schauer lief ihr über den Rücken.

„Nach was sieht es denn aus?" lachte Finnja und spürte, dass der Wein ihr gerade eben einige Hemmungen genommen hatte. Ohne eine Antwort von Finnja abzuwarten, strich sie mit ihrer

Zungenspitze noch einmal ganz zärtlich über Lulus Kitzler hin und her.

Dann stand sie lächelnd auf. Ohne ihren Slip wieder zu richten, bewegte sie sich in Richtung Gästezimmer. Der String rieb an ihrer Spalte, was Finnja ein leichtes Seufzen entlockte.

„Bis morgen Lulu. Ich wünsche dir eine gute Nacht", sagte Finnja lächelnd und schloss die Tür hinter sich.

Irgendwann später konnte man aus beiden Zimmern nochmal ein lustvolles Stöhnen hören und so nur erahnen, dass in diesem Moment die Beiden gerade dabei waren, erneut ihre pochenden feuchten Muschis zu bearbeiten.

Kapitel 4

„Kennst du dieses Lied?", fragte Lulu.

Finnja drehte das Autoradio etwas lauter. „Ja, das Lied kenne ich. Ist das nicht „Wonderful Dream" von Melanie Thornton?"

Ja genau das ist es. Das Lied erinnert mich daran, wie ich damals, zu fast genau der gleichen Zeit, Mona kennengelernt habe.

„Liebst du sie noch?", fragte Finnja, während sie das Lied wieder ein klein wenig leiser drehte.

„Nein!", kam es wie aus der Pistole geschossen.

Bei dieser spontanen Antwort wusste Finnja ganz sicher, dass zwischen diesen beiden wirklich keine Liebe mehr war.

„Weißt du Finnja, auch wenn man einen Menschen nicht mehr liebt und sich von ihm getrennt hat, kann man doch trotzdem noch mit einem zufriedenen und glücklichen Gefühl an die Situationen denken, die man mit dieser Person erlebt hat. Schließlich habe ich Mona ja mal sehr geliebt und die Zeit, die ich mit ihr hatte, die war wunderschön." Lulu schaute kurz rüber und lächelte Finnja an, bevor sie sich wieder der Straße widmete.

„Wenn alle Menschen so denken würden, hätten ganz viele Anwälte nichts mehr zu tun", erwiderte Finnja mit einem Lächeln zurück.

„Ja ja, die lieben Anwälte. Dein Herr Anwalt profitiert ja auch von solchen Fällen, oder nicht?"

„Hm, ich kann es dir nicht mal genau sagen, welche Fälle Antonio im Moment so hat. Über seine Arbeit sprechen wir ja nicht mehr. Ich weiß nur, dass die Kanzlei sehr viele Mandanten hat, die zum einen verdammt reich sind und zum anderen einen sehr großen Einfluss haben, wie Politiker zum Beispiel."

„Naja, jeder soll den Beruf ausüben, den er liebt. Und Anwälte haben manchmal ja auch ihre Daseins-Berechtigung."

Finnja nickte, war aber froh, dass Lulu dieses Thema nicht noch weiter vertiefte. Was ihren Mann betraf, stand sie immer zwischen Lulu und ihm und das war nicht einfach.

„Da vorne ist ja schon die Abfahrt nach Salzburg. Das heißt, wir sind bald da", rief Finnja freudestrahlend und zeigte auf das Schild.

„Das bedeutet, in ungefähr 15 Minuten werden wir bei dem Hotel sein", kommentierte Finnja das Schild.

„Hast du schon einen Ablaufplan für heute Mittag?" wollte Finnja wissen und begann schon mal ihre Schuhe wieder anzuziehen.

„Also ich habe mir gedacht, dass wir zuerst einmal einchecken werden und unsere Sachen aufs Zimmer bringen. Dann allerdings werde ich mich auch schon sofort in die Arbeit stürzen. Saal inspizieren und vor allem schauen, wie weit die Leute mit den Vorbereitungen sind. Ich hoffe nur, dass sie nicht gerade erst mit dem Aufbau angefangen haben, sonst kommen wir nämlich in einen richtig zeitlichen Zugzwang."

„Du bist doch nicht das erste Mal in diesem Hotel. Wie lief es denn in der Vergangenheit?"

„Die letzten beiden Male lief alles perfekt. Da hatte Karl, der Veranstaltungschef, wirklich alles super im Griff. Aber ich weiß halt nicht, ob er auch dieses Mal da ist."

Lulu runzelte die Stirn. Sie war geschäftlich immer zweihundertprozentig und alles musste perfekt geplant und organisiert sein. War es das nicht, konnte sie auch richtig ausrasten.

„Na also, dann wird auch dieses Mal alles perfekt laufen", versuchte Finnja im Vorfeld die Lage zu glätten.

„Abwarten. Außerdem müssen wir unseren VW-Bus ausräumen und sämtliche Kleider schon mal auf die einzelnen Models verteilen." Finnja setzte den Blinker und fuhr vorsichtig die Autobahnabfahrt ab.

„Willst du denn wirklich heute schon einen Probelauf machen?", fragte Finnja und zog die Augenbrauen hoch.

„Ja. Um vier Uhr kommen die ersten Models. Bis wir dann alle Kleider verteilt haben und den Ablauf besprochen haben, wird es mit Sicherheit fünf werden. Und danach muss ich auf jeden Fall mit den Mädchen einen Probelauf machen. Aber heute Abend, nach dem ersten Stress, essen wir zwei dann im Hotel so richtig gemütlich zu Abend, einverstanden?"

„Na klar", bestätigte Finnja mit einem Grinsen. „Nur, heute Abend, ohne Rotwein"

Lulu musste herzlich lachen. „Definitiv. Sonst kommen wir wieder auf so schlüpfrige Gedanken und wer weiß, was dann alles passiert." Lulu schaute zu Finnja rüber und zwinkerte.

„Na ja, soooo schlecht war das Schlüpfrige gestern Abend ja auch wieder nicht. Mir hat es auf jeden Fall Spaß gemacht und meine süße Muschi hat sich so richtig wohl gefühlt." Finnja zwinkerte mit einem Lachen zurück. Sie musste allerdings für sich selbst zugeben, dass sie den Anblick von Lulus nasser Muschi sehr neugierig gemacht hatte. Als sie später alleine in ihrem Bett lag, fragte sie sich schon, wie Lulus Muschi sich so anfühlen würde und wie sie schmecken würde. Lulus Spalte erinnerte sie irgendwie an einen frischen jungen Pfirsich und ihre Gedanken daran, verfehlten ihre Wirkung nicht, wie sie an dem aufsteigenden Kribbeln zwischen ihren Beinen fühlen konnte.

„An was denkst du gerade?" fragte Lulu mit einem frivolen Lächeln.

„Ich plane gerade meinen Nachmittag", lachte Finnja und sah an Lulus Gesicht, dass sie ihr gerade kein Wort glaubte.

„Nein, jetzt im Ernst. Nachdem wir das Auto ausgeladen haben, werde mich erst mal um meine Fotoausrüstung kümmern. Außerdem muss ich mal schauen, von wo aus ich die besten Aufnahmen machen kann, denn in diesem Hotel war ich ja noch nie gewesen."

„Stimmt! Ich war schon mehrfach hier, aber da war immer Mona zum Fotografieren dabei. Du wirst begeistert sein, da bin ich mir sicher. Es ist ein wahnsinnig schöner, ziemlich großer Saal und soweit ich erfahren habe, wurden fast alle Tickets verkauft. Das heißt es werden morgen Abend circa zweihundert Gäste erwartet."

„Wow, das wäre ja Wahnsinn. Und wenn da noch so einige betuchte Boutiquenbesitzer dabei wären, würden das für dich wieder richtig viele Aufträge bedeuten. Ohh, das freu mich für dich."

„Naja, wer weiß, vielleicht springt ja auch für dich der eine oder andere Auftrag raus. Mal abwarten, was sich so ereignen wird. So meine Süße, da sind wir", sagte Lulu, während sie auf den großen Hotelparkplatz fuhr.

„Boah, das sieht ja schon von außen genial aus. War das früher mal eine Burg oder ein Schloss", fragte Finnja und kam aus dem Staunen nicht mehr heraus.

„Du meinst wegen der vielen Backsteinmauern? Ja könnte sein. Wir können ja mal fragen."

Eine Stunde später, nachdem sie eingecheckt und ihre persönlichen Sachen auf ihre Zimmer gebracht hatten, betraten sie den großen Saal. Finnja stockte. Sie war von ihrem Hotelzimmer, was sich als ein Loft herausstellte, ja schon mehr als begeistert, aber dieser Veranstaltungsraum übertraf bei Weitem alles. Sie stand einfach nur sprachlos da und war total überwältigt. So eine tolle Räumlichkeit hatte sie noch nie gesehen. Es war nicht nur ein großer Raum, sondern eine, über mehrere Etagen gehende Halle. Die Decke war unterbrochen mit einem riesigen Glasdach, wo man den Sternenhimmel bei Nacht sehen konnte. Und die Wände waren nicht einfach nur weiß gekalkt, sondern bestanden im Wesentlichen aus historischen Backsteinmauern. Das hier mehrere hundert Gäste Platz haben werden, das war ihr jetzt klar. Auch die Bestuhlung war sehr originell. Es gab hier nicht die typischen Stuhlreihen, sondern überall standen hohe Rundtische mit Barhockern oder auch gemütliche Sitzgruppen. Eine große rustikale Bar rundete das Ganze ab. All das gab diesem Raum eine absolut gemütliche Atmosphäre und Finnja freute sich jetzt noch um so mehr, auf diese Modenschau am nächsten Tag.

„Hallo mein lieber Karl. Das ist ja klasse, dass ihr schon mitten im Aufbau seid", begrüßte Lulu den Veranstaltungschef.

„Ohh, was für ein heller Stern kommt denn da vom Himmel. Grüße dich meine liebe Lulu. Komm lass dich mal drücken."

Karl war ein kleiner, wohl genährter Mann mit Glatze, lustigen Augen und einer ganz gemütlichen Ausstrahlung. Ein heller Stern, der vom Himmel kommt, überlegte Finnja ganz kurz, kam dann aber schnell zur Überzeugung, dass dieser Mann einer Frau nicht so wirklich gefährlich werden konnte. Nachdem Lulu, Finnja mit dem Veranstaltungschef bekannt gemacht hatte und die bereits fertigen Umkleideräume sehen konnte, luden sie gemeinsam das Auto aus.

„Ich wusste gar nicht, dass Kleider so schwer sein können", sagte Finnja stöhnend, während sie die letzte Kiste anschleppte.

„Süße, du musst mehr Sport treiben", lachte Lulu, die mit dem Schleppen der Kisten überhaupt kein Problem hatte. Sie war nach der letzten Kiste noch genauso fit wie bei der Ersten und Finnja konnte sie nur bewundern für diese körperliche Kondition.

78

„So, ich widme mich jetzt aber meiner Fotoausrüstung, wenn das
für dich in Ordnung ist?", fragte Finnja, die sichtlich einen Grund
suchte, um sich ein wenig vor weiterer, körperlicher Arbeit drücken
zu können.

„Klar, mach das", rief Lulu ihr zu. „Jetzt kannst du mir eh nicht
mehr helfen. Ich muss mich nun erst mal darum kümmern, welches
Model welches Kleid präsentieren wird", sprach es und war auch
schon im Nebenraum verschwunden.

Finnja hatte ihre Fotoausrüstung schnell zusammengebaut und
erkundete nun diese wundervolle Halle. Egal wo sie aber auch
hinschaute, sie konnte keinen Laufsteg entdecken.

„Entschuldigung Karl, aber wo wird denn hier der Laufsteg
aufgebaut?", fragte Finnja etwas irritiert, denn das gehörte bisher
immer zu der Basisausstattung bei Lulus Modenschauen.

„Hier gibt es keinen Laufsteg", antworte Karl mit einem
gemütlichen Lächeln. „Die Models laufen durch den gesamten
Saal. Sie kommen da hinten, aus dieser breiten Tür heraus und
laufen dann hier vorne durch den Gang bis nach hinten zur Bar.
Dort sammeln sich meistens zwei bis drei Models und laufen dann
zusammen nach oben in die andere Etage."

Finnja versuchte den Ausführungen von Karl zu folgen.

„Kommen Sie, wir laufen den Weg mal zusammen ab, dann wissen
Sie ganz genau Bescheid."

Finnja war begeistert, aber auch irritiert. Das war eine neue
Situation, so ganz ohne Laufsteg und sie musste jetzt wirklich
überlegen, wie sie mit ihren Aufnahmen das Beste herausholen
konnte. Es war schon später Nachmittag, als sie ihren Plan und
Einsatzorte ausgearbeitet hatte. Lulu war immer noch voll in
Aktion und dann kamen auch schon die ersten Models die Türe
herein.

„Lulu, ich werde jetzt mal schauen, wo ich in dem Hotel einen Kaffee trinken kann. Außerdem muss ich irgendetwas essen, sonst falle ich vom Stängel", sagte Finnja und hatte das Gefühl ihr Magen knurrte lauter als sie reden konnte. „Soll ich dir ein Stück Kuchen mitbringen, wenn es so etwas hier gibt?"

„Bis du vom Stängel fällst meine Süße, dass dauert noch eine ganze Weile", erwiderte Lulu mit einem herzlichen Lachen. „Aber die Idee, mir ein Stückchen Kuchen mitzubringen, finde ich klasse. Wenn die Käsekuchen haben, kannst du mir gleich zwei Stück mitbringen", ergänzte sie ihre Antwort noch, bevor sie sich auch schon wieder daran machte, ein Kleid abzustecken.

„Angeberin", dachte Finnja und rümpfte die Nase. Lulu konnte alles essen, ohne zuzunehmen. Sie nahm schon zu, wenn sie ein Stück Kuchen nur anschaute. Aber sie gönnte es Lulu. Finnja schlenderte durch die Hotelhalle, die ebenfalls mit Backsteinmauern versehen war und ließ sich an der Rezeption erklären, wo sie hier eine Tasse Kaffee trinken könne. Die Dame an der Rezeption war sehr nett und zeigte ihr auch gleich den Weg in die «Holzfällerstuben». Finnja fühlte sich sofort wohl, als sie diesen Raum betrat. Die Stube war leer, kein Gast befand sich mehr darin, was aber daran lag, dass die Kaffeezeit schon fast vorüber war. Die kleinen runden Tische waren sehr schön arrangiert und eingedeckt. Man hatte aber auch die Möglichkeit, es sich auf einer Eckbank gemütlich zu machen. Auch hier war alles im rustikalen Stil eingerichtet. An der Seite stand ein länglicher Tisch, wo verschiedene Kuchen und Torten aufgebaut waren. Finnja nahm einen Teller vom Stapel und stand unschlüssig vor dem großen Angebot.

„Sie sollten unbedingt den warmen Apfelstrudel mit Vanillesauce probieren", hörte Finnja plötzlich eine wahnsinnig angenehme Männerstimme hinter sich sagen.

Sie wagte sich gar nicht umzudrehen, aus Angst, dass die Stimme durch das Aussehen ihren ganzen Zauber verlieren könnte.

„Und Sie denken, ich sollte Ihrer Empfehlung unbedingt folgen?", fragte Finnja mit samtweicher Stimme, ohne sich umzudrehen.

„Wenn Sie es nicht tun, werden Sie das Ihr ganzes Leben lang bereuen", hörte Finnja den Unbekannten mit einem herzlichen Lachen sagen.

Sie wurde neugierig. Welcher Mann gehörte zu dieser wundervollen Stimme? Sie drehte sich langsam um und sah zwei hellblaue, lustig funkelnde Augen und ein umwerfendes Lächeln. Finnja war erleichtert, dass das Aussehen, den Charme dieser wahnsinnigen Stimme nicht zerstörte. Sie wusste nicht warum, aber plötzlich musste sie herzhaft lachen.

„Lachen Sie mich jetzt aus oder an?" fragte der Unbekannte gespielt ernst.

„Entschuldigen Sie bitte vielmals", antwortete Finnja mit einem Kichern. „Auf keinem Fall lache ich Sie aus. Aber ihre leuchtenden Augen und ihr verschmitztes Lächeln, dass lässt sie wie ein Lausbube aussehen." Finnja versuchte sich ein weiteres Lachen zu unterdrücken, was ihr aber nicht gelang.

„Oh, da bin ich aber erleichtert. Mit dem Begriff «Lausbube» kann ich leben", lächelte der Unbekannte und Finnja spürte, wie sie auf einmal Herzklopfen bekam.

„Ich heiße übrigens Magnus. Magnus Anderson", stellte sich der Unbekannte vor.

„Hallo Magnus, ich heiße Finnja. Finnja Berger", erwiderte sie lächelnd.

„Also was ist? Probieren wir den heißen Apfelstrudel mit Vanillesauce?"

Finnja nickte nur. Sie spürte wie ihre Wangen plötzlich ganz heiß wurden und es war ihr peinlich. Sie kam sich vor wie ein Teenager, was die Sache natürlich nicht besser machte. Magnus spürte ihre Verlegenheit.

„Geben Sie mir mal Ihren Teller, damit da endlich mal was draufkommt", zwinkerte er ihr zu.

Finnja setzte sich mit ihrem Teller und der Tasse Kaffee auf die Eckbank und hatte nun einen Augenblick Zeit, diesen attraktiven Mann, der noch an dem Kuchenbuffet stand, etwas näher zu betrachten.

Er war zweifellos ein ausgesprochen attraktiver, sehr gutaussehender und repräsentativer Mann mit schelmisch blitzenden Augen, lausbübischem Charme und einer sportlichen Figur. Finnja runzelte ein wenig die Stirn und überlegte, von woher er stammen könnte. Er dürfte ein eher nordischer Typ sein, ging es ihr so durch den Kopf. Er hatte einen sportlichen Körper, einen gepflegten, aber lässigen Kleidungsstil, dunkle leicht lockige Haare und faszinierende hellblaue Augen, die Wärme und Neugierde verraten. Auffallend war für sie aber sein freundliches Wesen, die höflichen Umgangsformen und das wirklich sehr gepflegte Erscheinungsbild. Er dürfte Mitte vierzig sein, schätzte Finnja ihn ein. Seine Figur war zwar sportlich, aber dennoch nicht extrem schlank oder durchtrainiert und das erinnerte sie ein wenig an einen Teddybär. Finnja musste schmunzeln, aber alles in allem passte das Gesamtbild sehr gut zusammen.

Plötzlich ertappte sie sich dabei, wie sie ihn mit ihrem eigenen Mann verglich. Vom Äußeren her war ihr Mann Antonio eine absolute Granate. Sein athletischer Körper, das volle wunderschöne

Haar mit den ersten silbernen Strähnchen, das markante ebenmäßige Gesicht und der Dreitagebart hatten schon was für sich und Antonio wusste sehr genau, dass er verdammt gut aussah. Frauen himmelten ihn reihenweise an und wie Finnja ja selbst zu sehen bekam, konnte er der einen oder anderen Lady nicht widerstehen.

Dieser Mann hier namens Magnus, wirkte nicht so unnahbar wie Antonio. Er hatte eine sehr gemütliche Ausstrahlung und man fühle sich irgendwie sofort wohl bei ihm. Finnja hatte ihren Kopf etwas zur Seite gelegt und betrachtete gerade sein Profil, als er ihr plötzlich sein Gesicht zuwandte. Offenbar hatte er ihren prüfenden und vielleicht auch neugierigen Blick gespürt. Schnell senkte Finnja ihren Blick. Sie fühlte sich ertappt und das war ihr äußerst unangenehm. Magnus lächelte kurz und kam dann ebenfalls mit Kaffee und Kuchen in der Hand auf sie zugesteuert.

„Darf ich mich zu Ihnen setzen?" fragte er und wartete tatsächlich eine Antwort ab, bevor er dann ihr gegenüber Platz nahm.

„Und habe ich Ihnen zu viel versprochen?" fragte Magnus, während er sich ein Stück Kuchen in den Mund schob.

„Nein. Wenn ich diesen Apfelstrudel nicht probiert hätte, hätte ich es wirklich bis zu meinem Lebensende bereut." Finnja grinste schelmisch.

„Ich habe Sie vorhin mit einer anderen Dame beim Einchecken gesehen. Verbringen Sie ein Wellnesswochenende hier?" Magnus hatte den Kopf etwas zur Seite gelegt und wartete auf ihre Antwort.

„Das wäre zu schön gewesen, so ein Wellnesswochenende. Nein, leider kein Wellness. Lulu und ich sind zwar befreundet, aber sind zum Arbeiten hier."

Magnus zog seine Augenbrauen leicht nach oben. „Ah, Lulu ist dann also Ihre Freundin nehme ich einmal an?"

„Ja. Wir kennen uns schon seit Kindheitstagen und wir machen beruflich sehr viel zusammen. Lulu ist Modedesignerin und macht die Modenschau, die hier morgen stattfindet und ich bin die Fotografin. Privat gehen wir verschiedene Wege." Finnja musste lächeln, denn sie ahnte, dass Magnus dachte, sie und Lulu seien liiert. Magnus Blick erhellte sich, woraus Finnja schließen konnte, dass sie mit ihrer Annahme gar nicht so falsch lag.

„Oh, das hört sich ja interessant an. Dann werde ich mir diese Modenschau morgen vielleicht auch einmal anschauen. Vielleicht bekomme ich ja noch die eine oder andere Inspiration", sagte er mit einem verschmitzten Grinsen.

Anhand seiner Lachfältchen stellt Finnja fest, dass dies ein Mann war, der sehr gerne und sehr viel lachte. Das gefiel ihr.

„Inspiration?" Finnja runzelte die Stirn. „Haben Sie auch etwas mit Mode zu tun?"

„Nein", lachte Magnus. „Mit Inspiration dachte ich eher an meine Kleidung."

„Ach so", sagte Finnja mit einem Schmunzeln.

„Ich bin Arzt an einer Uniklinik und im Gremium für die Planung der Ärztekongresse. Nächstes Jahr soll so ein Kongress in Salzburg stattfinden und dafür hatte ich heute Nachmittag hier im Hotel einen Termin. Morgen bekomme ich noch Besuch, der ebenfalls bis zum Sonntag bleibt und so gönne ich mir jetzt, fast notgedrungen, einfach mal ein Wellnesswochenende. Man muss die Gelegenheit immer beim Schopfe packen", lachte er, bevor er seinen restlichen Kaffee austrank."

„Na ja, dann werden wir uns ja mit Sicherheit nochmal sehen, wir sind nämlich auch bis Sonntag hier."

Finnja durchfloss ein leichtes Glücksgefühl, als sie hörte, dass Magnus auch das Wochenende in diesem Hotel verbringen würde.

Irgendetwas zog sie an diesem Mann an, aber sie konnte noch nicht genau sagen was.

„So Magnus, jetzt muss ich mich leider verabschieden. Ich habe Lulu versprochen, ihr etwas zu essen zu bringen, damit sie mir nicht zusammenbricht. Und wenn ich mein Versprechen nicht einhalte, dann wird das kein schönes Wochenende für mich."

Finnja musste lachen, bei der Vorstellung, dass sie ohne Kuchen zu Lulu käme. Ihre Augen würden Feuer versprühen.

„Na dann halten Sie Ihr Versprechen mal ein. Ich will nicht daran schuld sein, wenn Lulu böse mit Ihnen ist", erwiderte Magnus belustigt.

Finnja ging zum Kuchenbuffet und bereitete einen Teller mit zwei Stück Käsekuchen vor. Sie spürte Magnus Blicke im Rücken. Sie fühlte, wie er sie gerade beobachtete und ihre Hände zitterten ein wenig. Mit einem verlegenen Lächeln verabschiedete sie sich und lieferte ein paar Minuten später den Käsekuchen bei Lulu ab. Aber Lulu war total eingespannt in einem hektischen Treiben und Finnja war sich nicht sicher, ob sie den leckeren Käsekuchen überhaupt anrühren würde. So gab sie Lulu auch nur kurz Bescheid, dass sie jetzt nach oben in ihr Zimmer gehen würde, und sie verabredeten sich für acht Uhr zum Abendessen.

Kapitel 5

Finnja packte zunächst ihre Sachen aus, checkte kurz ihre Mails und zappte mal durch das Fernsehprogramm. Nachdem sie die zweiundachtzig Programme einmal durch und danach festgestellt hatte, dass nichts dabei war, was sie hätte interessieren können, stellte sie einen Musiksender ein. Ihr war es jetzt nach ein wenig Romantik und so genoss sie dann auch die romantischen Klänge eines ihr unbekannten Senders.

Sie war überrascht eine Badewanne als Whirlpool in ihrem Loft vorzufinden. Dies kommt in einem Hotel ja eher selten vor. Umso mehr freute sie sich jetzt, ein heißes Bad genießen zu können. Sie ließ Wasser ein, tröpfelte ein wenig Bade-Öl hinzu und innerhalb weniger Minuten war der ganze Raum mit einem feinen Vanilleduft erfüllt.

„Das ist ja wirklich wie Weihnachten, fehlen nur noch die Bratäpfel mit Zimt", scherzte Finnja mit sich selbst.

Selbstgespräche führte sie sehr oft und wenn sie alleine war, sogar in Zimmerlautstärke.

Sie hatte bei der Ankunft am Mittag bereits die Heizung angemacht, sodass es jetzt angenehm warm im Zimmer war. Während das Badewasser einlief, zog sie ihre Jeans und Bluse aus. Gerade als sie ihren BH abstreifte, klingelte es.

Überrascht griff sie ihr Handy und setzte sich aufs Bett. „Antonio Du? Ist etwas passiert?"

„Nein", kam es erstaunt zurück. „Was soll denn passiert sein?"

„Naja, ich dachte nur, weil du mich doch nie anrufst, wenn ich geschäftlich unterwegs bin." Finnja rutscht auf dem Bett etwas nach hinten und setzte sich im Schneidersitz hin.

„Ich wollte nur mal hören, wie es dir geht?" fragte Antonio mit gelassener Stimme.

„Gut."

Ein Anruf von ihm, gerade jetzt. Finnja traute dem Frieden nicht und außerdem hatte es sich mittlerweile bei ihr verinnerlicht, dass sie gerade auf dem Selbstfindungsweg ihrer sexuellen Lust war.

„Ich soll dich übrigens herzlich von Herrn Dr. Winter grüßen. Er freut sich, dich auf der Weihnachtsfeier wieder zu sehen und dankt dir nochmals, dass du den Auftrag angenommen hast, dort als Fotografin tätig zu sein.

Finnja hatte tolle Erinnerungen an diesen älteren Herrn, dieser Herr Dr. Winter. „Ohh wirklich, er freut sich auf mich?", fragte sie, während sie ins Bad ging und den Wasserhahn abdrehte.

„Ja tut er und nach deiner Vorstellung auf dem Sommerfest schon fast verständlich."

„Ach ja, das tolle Sommerfest." Finnja musste lachen.

„Mir war das total peinlich, als du mit ihm ganz zum Schluss noch die Bowle leer getrunken hattest. Kannst du dich daran überhaupt noch erinnern?", kam es mit einem etwas vorwurfsvollen Unterton.

„Selbstverständlich kann ich mich an die Bowle erinnern. Die war richtig lecker." Finnja amüsierte sich. „Und natürlich auch an Herrn Dr. Winter. Schade, dass seine Frau, Rechtsanwältin Frau Dr. Winter, an diesem Tag so krank war, sie hätte sicher auch ihren Spaß gehabt", ergänzte Finnja schelmisch, während sie es sich wieder auf ihrem breiten Bett gemütlich machte.

„Sag mal, Herr Dr. Winter ist doch auch derjenige, der das letzte Wort hat, wenn es um eine Beförderung in eurer Kanzlei geht, oder?"

„Exakt, der ist das. Im Übrigen entscheidet auch Frau Dr.

Winter so einiges im personellen Bereich. Sie wirst du an dieser Weihnachtsfeier persönlich kennenlernen. Ich glaube, ihr würdet euch verstehen."

Antonio legte eine kurze Pause ein, bevor er dann eine Art Bitte aussprach. „Finnja, du weißt ja, dass gerade eine wichtige Entscheidung für mich ansteht. Und wenn Herr Dr. Winter sich wirklich so freut dich zu sehen, dann, naja..."

Finnja wusste, wie wichtig ihrem Mann dieser Aufstieg in das Vorstandsgremium war, dann wäre er Juniorpartner dieser Kanzlei. Für sie hörte sich dieser letzte Satz aber geradeso an, als ob ihr Mann sie, durch die Blume darum bat oder besser noch aufforderte, ihre weiblichen Reize bei diesem Herrn Dr. Winter einzusetzen, um damit eine positive Entscheidung herbeizuführen. Was denkt ihr Mann sich eigentlich, fragte sich Finnja und wurde richtig sauer. Sie ist doch keine Nutte oder so etwas. In ihr brodelte es und die Rachegefühle kamen wieder nach oben.

„Weißt du Liebling, wenn ICH jetzt in deiner Position wäre, dann würde ich diesem Herrn Dr. Winter sein bestes Stück derart verwöhnen, dass er darum betteln würde, dass ich das Angebot einer Beförderung annehmen würde. Für dich ist das aber leider schlecht möglich, oder?" Finnjas Zynismus war fast nicht zu überbieten.

„Die meisten Frauen in höheren Position haben sich dahin gevögelt, sonst wären sie nicht da, wo sie sind", kam es kurz und bündig als Kommentar zurück.

Antonio hat sich um noch keine fünf Grad verändert, stellte Finnja gerade fest. Sie war eigentlich nahe dran gewesen, ihrem Mann das Angebot zu machen, auf der Weihnachtsfeier ein ganz klein wenig mit Dr. Winter zu flirten, wenn er mitgespielt hätte, und das hätte er hundertprozentig. Vielleicht hätte Antonio dann für seine

Beförderung ein paar Pluspunkte kassieren können. Aber nach dieser Bemerkung, verging ihr der Spaß daran. Sie bekam im Moment eher viel mehr Lust auf dieser Weihnachtsfeier etwas ganz Besonderes zu machen. Sie hatte auch schon eine Idee und konnte sich ein frivoles Lächeln nicht verkneifen.

„Na ja, warten wir mal ab, was sich auf der Weihnachtsfeier so ergibt?" versuchte Finnja ihren Mann, nur zum Anschein, zu beruhigen.

„Meinst du, du könntest da ein bisschen was für mich tun?" fragte Antonio und wollte eigentlich nur herausfinden, ob Finnja ihm seine Affäre immer noch nachträgt.

„Du meinst, ob ich Herrn Dr. Winter, wenn er es möchte, einen blasen würde?" Finnja wusste, dass sie jetzt sehr direkt war, aber sie begann ja auch zu lernen.

Auf der anderen Seite war es still. Ungewöhnlich still.

„Würdest du das tun?" fragte Antonio mit heiserer Stimme.

Finnja wusste diese Frage nicht einzuordnen. Wie meinte Antonio diese Frage? Ob sie prinzipiell auch fremdgehen würde oder ob sie solch ein Sexspiel nur für ihn tun würde?

„Möchtest du denn, dass ich einen Blowjob ausübe?"

„Na ja, wenn es meiner Beförderung dient. Außerdem würde es uns beiden noch einen Zusatzgewinn bringen, denn schließlich verdiene ich danach ja so richtig viel Kohle."

Finnja war geschockt. Ihr eigener Mann würde sie, für seine Karriere sozusagen verkaufen. Sie war sprachlos. Was für ein Schwein war ihr Mann eigentlich. Der Plan, auf der Weihnachtsfeier ihrem Mann etwas ganz Besonders zu bieten, begann Formen anzunehmen.

„Diese Weihnachtsfeier wirst du in deinem ganzen Leben nicht mehr vergessen", dachte sich Finnja insgeheim und kniff vor

Zorn ihre Augen zusammen. Sie war innerlich aufgewühlt, aber sie musste ihr Spiel jetzt erst einmal professionell weiterspielen.

„Bist du noch im Büro?", fragte sie, um das Thema zu wechseln.

„Nein, ich bin zuhause. Ich habe mir gerade etwas zu essen gemacht und sitze nun mit einem Glas Rotwein hier vor dem Kamin." Antonio hörte sich erschöpft und genervt an.

„Bist du alleine oder ist dein blonder Engel bei dir, der gerade lustvoll seine Überstunden abarbeitet?", fragte Finnja provokant.

„Finnja ich bitte dich" kam es in einem sehr verärgerten Ton. „Ich habe dir gesagt, dass es mir leid tut, und ich habe mich dafür auch bei dir entschuldigt. Mehr kann ich nicht tun."

Antonio war sauer auf seine Frau, aber vielleicht war er sogar noch wütender auf sich selbst. Er befand sich gerade in einer Art Abhängigkeit von seiner Frau und das gefiel ihm gar nicht. Er wusste, dass er seinen Tonfall zügeln musste und keinesfalls seinem Ärger Platz machen durfte. Diese verdammte Weihnachtsfeier stand noch an und dafür brauchte er einfach eine gut gelaunte und in ihn verliebt wirkende Ehefrau. Allerdings wäre es auch sicher sehr förderlich für ihn, wenn der alte Herr Dr. Winter, der sicherlich in seinem Alter kein so aktives Sexleben mehr hat, durch seine hübsche Frau ein wenig Lustgefühle bekäme. Dagegen hätte er nichts, wenn es letztendlich ihm zugute käme. Aber soweit war es ja noch nicht.

„Entschuldigung Finnja, das war nicht so gemeint. Ich liebe dich doch", kam es nun von Antonio in einem gespielt mitleidsvollem Ton.

„Oh Sorry. Nein Antonio, ich muss mich entschuldigen. Ich hatte das eben ganz vergessen. Stimmt ja, du hattest mir diese wunderbaren roten Rosen mitgebracht, als du mich um Verzeihung gebeten hattest. Und statt süßer Pralinen, hast du mir ganz zart meine süße Muschi geleckt. Wie konnte ich das nur vergessen?" säuselte Finnja.

„Na ja, so aufreizend wie du mir da auf dem Schreibtisch deine Pflaume präsentiert hast, da hätte ja kein Mann widerstehen können." Antonio spürte wie ihn dieses Gespräch zu erregen begann.

„Das heißt dir hat das gefallen, meine Muschi so zu sehen?" Finnja atmete etwas schwerer, was allerdings nur gespielt war.

„Natürlich. Ich habe ja gesehen, wie deine nasse Muschi das gebraucht hatte. Sie hatte ja förmlich nach mir gelechzt. Das war schon geil, als du deine Beine gespreizt und dann deinen Slip so langsam zur Seite geschoben hattest." Antonios Beule in der Hose wurde immer stärker. Lange hielt er das nicht mehr aus.

„Deinem harten Lustbolzen hatte das aber auch sehr gefallen stimmt´s?" Finnja wusste, dass sie Antonio mit ihren Worten so richtig scharf machen konnte. Und ihr Plan würde aufgehen. Antonio atmete schwerer, was bei ihm allerdings echt war. „Ja mein Luststab fand das so richtig geil, als ich mit meiner Zunge zuerst über deine Schamlippen und dann über deinen harten Kitzler geleckte habe."

„Oh ja Antonio, das war wirklich scharf. Das hat mich so angetörnt, als ich von oben zusehen konnte, wie du mich da unten so wunderbar verwöhnt hast. Vor allem, als du meinen Kitzler mit deiner Zunge so richtig hart massiert hast. Deine Zungenfertigkeit ist unbeschreiblich und das Gefühl, was du da mit deinem Zungenschlag in meiner Schnecke ausgelöst hattest, wow, einfach Wahnsinn."

Finnja fand diese Nummer auf ihrem Schreibtisch wirklich scharf und so spürte sie auch schon wieder ein Pochen. Ermahnend schaute sie auf ihre Schnecke.

„Das ist ein Spiel, also halte Ruhe da unten", gab sie in Gedanken die Anweisung nach unten an ihre süße Muschi weiter.

„Weißt du Antonio, meine kleine Pussy hätte damals deinen strammen Lustbolzen wirklich wahnsinnig gerne in sich gespürt" hauchte Finnja in den Hörer.

Sie wartete einen Moment, konnte nun allerdings keine Antwort mehr auf der anderen Seite vernehmen. Sie hörte nur noch ein schweres Atmen.

„Antonio? Bist du noch da?"

„Ja", kam es heiser zurück.

Finnja wusste, was ihr Mann jetzt gerade machte. „Hast du deinen Reißverschluss schon offen und bist gerade dabei deinen steifen Luststab zu massieren?", fragte Finnja mit einer sehr verführerischen und aufreizenden Stimme.

Das Stöhnen am anderen Ende der Leitung wurde lauter. „Jetzt tue doch nicht so, du bist doch mit Sicherheit auch schon pitschnass unten herum?"

„Ja, sehr sogar." Finnja tat etwas verschämt.

„Komm Baby, ich möchte deine nasse Muschi jetzt sehen?" keuchte Antonio in den Hörer.

„Was möchtest du?", fragte Finnja irritiert aber auch angetörnt überrascht. „Wenn du meine Muschi sehen willst, dann müsstest du schon hierherkommen."

„Nein, das geht auch anders. Mache das Video-Telefon an und dann halte die Kamera direkt vor deine nasse Pflaume", sagte Antonio in einem sehr bestimmenden Ton.

Allein die Vorstellung, Finnjas nasse Muschi gleich in seinem Handy sehen zu können machte ihn so geil, dass er kurz vorm Orgasmus war. Aber er wollte diese neue Situation ausführlich genießen und gönnte seinem Glied so eine kleine Pause. Er rieb ihn zwar weiter, aber nur ganz leicht. Antonio spürte, dass Finnja sich zierte.

„Na komm Baby, zeig mir deine Erregung. Halte endlich die Kamera vor deine Muschi, und dann verwöhne sie. Auf komm!" Der Tonfall wurde noch befehlender.

„Also Antonio, ich weiß nicht. Ich habe das noch nie gemacht." Obwohl Finnja das eigentlich gar nicht machen wollte, wurde aber auch sie jetzt total scharf.

„Jetzt überleg nicht lange. Auf dem Schreibtisch hast du mir deine Pflaume ja auch in voller Pracht serviert. Da hast du dich ja auch nicht geziert oder? Also jetzt sehe zu, dass du mich weiter antörnst!"

Antonio nervte es, dass sich seine Frau so zierte. Hier zu Hause hätte er sie im Griff gehabt, aber so übers Handy war das richtig Arbeit für ihn.

Finnja spürte sehr wohl, dass Antonio gerade wieder über sie bestimmen wollte. Aber der Gedanke, ihm ihre nasse Muschi mit der Kamera zu zeigen, machte sie so scharf, dass es ihr im Moment ziemlich egal war, dass er wieder seine dominante Art zeigte. Sie sah das im Moment als eine Art Lehrstunde und Antonio war der Referent, der seiner geilen Schülerin ein paar ganz interessante Neuigkeiten zeigen würde. Ja, diese Vorstellung gefiel ihr. Finnja setzte sich mit gespreizten Beinen auf das Bett.

„So ich liege nun mit gespreizten Beinen auf dem Bett, was soll ich jetzt tun Herr Professor?" fragte Finnja schülerhaft.

Antonio war im ersten Moment etwas irritiert als Finnja ihn mit Professor ansprach. Aber im Moment war ihm alles recht, Hauptsache er sah gleich etwas rosarotes Feuchtes auf seinem Display.

„Schalte um auf Video-Telefon und aktiviere die Kamera. Dann halte das Handy vor deine Muschi."

Finnja tat wie er ihr befahl. Sie schaltete auf Video-Telefon um und führte die Kamera nach unten. Sie hatte den Lautsprecher angestellt und konnte Antonio somit sehr gut hören.

„Du hast ja deinen Slip immer noch an. Zieh in aus", forderte er sie in einem Befehlston auf.

„Da gibt es ein Zauberwort, Liebling", antwortete Finnja, während sie die Kamera unverändert in dieser Position hielt.

„Ein Zauberwort?", fragte Antonio und runzelte die Stirn. Für Höflichkeiten hatte er jetzt gar keine Lust, aber er wusste, dass er im Moment am kürzeren Hebel saß. „Also gut, bitte ziehe deinen Slip aus."

„Na siehst du Liebling, geht doch. Aber weißt du, Schatz, den Slip ganz auszuziehen, das ist in der, dir ja schon bekannten Probelektion nicht enthalten. Aber schau mal, ich erweitere die Probelektion heute einfach mal etwas", sagte Finnja, während sie ihren Slip aufreizend zur Seite schob. Ihre Muschi pochte vor Aufregung.

„Oh ist das scharf", hörte sie Antonio sagen. „Was ein geiler Anblick. Du hast eine wirklich wunderschöne Muschi, meine Süße."

Finnja traute ihren Ohren nicht. Seit wann machte Antonio ihr denn wieder Komplimente? Das war früher mal normal, aber heute sind das ja ganz neue Anwandlungen. Doch Finnja gefiel das Kameraspiel und so setzte sie das Spielchen auch fort.

„Was soll ich jetzt tun Herr Professor?" säuselte sie unschuldig.

„Okay meine kleine geile Schülerin. Ich möchte, dass du deine Muschi jetzt streichelst", gab Antonio seiner Frau neue Anweisungen und begann seinen Ständer wieder fester zu rubbeln.

94

„Du meinst ich soll es mir jetzt selbst machen?" fragte Finnja gespielt zögerlich, bevor sie dann mit ihrer linken Hand in Richtung ihrer Pussy fuhr.

„Ja genau. Komm Baby, sag und zeig mir was du machst. Beschreibe es mir." Antonios Stimme klang nun sehr erregt aber weiterhin auch sehr bestimmend.

Finnja gefiel es wie sie ihren Mann aufputschen konnte. Ihr gefiel das Professor-Schülerin-Spiel eigentlich immer besser, aber jede Lehrstunde geht ja auch irgendwann mal zu Ende.

„Herr Professor mache ich das so richtig?", fragte Finnja gespielt unsicher, während sie mit ihrem Finger über ihre Spalte fuhr.

„Ja sehr gut machst du das. Spreiz deine Beine mehr, damit ich was sehe!" Antonio machte der Anblick dieser nassen Muschi so verrückt, dass er sich jetzt selbst fragte, warum er seine Frau nicht jeden Abend vögelte. Sie war ja da, jederzeit verfügbar, er brauchte sich ja nur zu nehmen, was er wollte.

Und dann legte Finnja das Handy neben sich auf das Bett, und zwar so, dass in der Kamera nur noch die Decke zu sehen war.

„Hey was machst du?" hörte sie Antonio verärgert rufen.

„Was ich gerade mache? Was denkst du?", fragte sie provokant.

„Mit Sicherheit stecken jetzt zwei Finger in deiner Schnecke und mit der anderen Hand rubbelst du deinen Kitzler", kam es heiser zurück.

Finnja schaute auf ihre pochende Muschi. Nein, da steckte kein Finger in ihrer Grotte und da war auch keine Hand, die den Kitzler rubbelte.

„Komm Finnja, sag mir was du mit deiner Lustgrotte gerade machst. Komm törn mich an". Antonios Stöhnen wurde immer lauter.

„Du willst hören, was ich mit meiner Muschi gerade mache?" wiederholte Finnja seine Aufforderung.

„Ja komm du kleine Schlampe, erzähl mir, was du gerade machst". Antonios Atem war mittlerweile ein lautes Keuchen und er spürte, dass er bald einen heftigen Orgasmus erleben würde.

Schlampe? Hatte sie da jetzt richtig gehört? Finnja war schockiert und traute ihren Ohren nicht. Das waren Ausdrücke, die sie als tief beleidigend empfand und Antonio wusste ganz genau, dass sie so etwas niemals hören wollte.

„Kannst du das bitte noch mal wiederholen", bat Finnja, einfach um Antonio noch mal eine Chance zu geben. Sie wusste ja, dass wenn es unten juckt, der Verstand ausgeschaltet war.

Aber Antonio war schon zu geil und verstand diese Aufforderung falsch. Er dachte, dass dieser Satz Finnja jetzt so richtig aufgeheizt hatte.

„Auf du kleine Schlampe, erzähl mir, was du gerade mit deiner Muschi machst, erzähl mir was du jetzt vorhast."

Finnja atmete einmal tief ein und aus. „Was ich jetzt vorhabe? Ohh mein Liebling, jetzt werde ich mir jetzt ein heißes Bad gönnen und dabei meine Muschi so richtig ausgiebig und scharf verwöhnen." Und dann hörte Antonio aus seinem Handy nur noch ein Besetzt-Ton. Er war total irritiert, stockte und schaute dabei fast ungläubig auf die Uhr über dem Kamin. Das Gespräch hatte exakt fünf Minuten gedauert hatte, so wie die Probelektion in Finnjas Büro, quasi nur mal zum Probieren.

„Verdammtes Miststück", fluchte er und sah, wie in diesem Moment seine Erregung, so wie ein Kartenhaus zusammenfiel. Finnja war verärgert. Sie sah immer mehr Negatives an ihrem Mann. Sie erkannte plötzlich Eigenschaften, die ihr nie aufgefallen waren. Dinge, die sie in Zukunft nicht weiter akzeptieren werde.

Als sie ihr Handy aber so anschaute, musste sie lächeln. Das Spiel mit der Kamera war neu für sie, es war sehr erregend und es gefiel ihr. Eigentlich müsste sie ihrem Mann dafür ja schon wieder dankbar sein.

Sie nahm ihr Handy und positionierte es, ohne lange darüber nachzudenken, direkt vor ihrer Muschi. Dann drückte sie den Aufnahmeknopf. Durch die ganze Aktion mit ihrem Mann war sie bereits so heiß geworden, dass sie sich jetzt ganz ihrer eigenen Lust hingeben wollte. Sie begann ihren Busen und dann ihren Bauch zu streicheln, aber sie war viel zu geil, um sich damit lange aufzuhalten. Mit gespreizten Beinen saß sie auf dem Bett, das Handy mit laufender Kamera stand immer noch in gleicher Position, ziemlich nah vor ihrer tropfenden Muschi. Während sie ihre Finger mit dem Mund zusätzlich nass machte und dann ganz langsam begann ihren Kitzler zu streicheln, stellte sie sich vor, wie das Streicheln ihrer Muschi wohl in der Kamera aussehen wird. Der Gedanke daran, dass sie es sich gerade selbst besorgte und dies auch noch mit der Kamera filmte, gab ihr einen zusätzlichen Kick. Gerne hätte sie das Verwöhnen so richtig lange ausgedehnt, aber das war ihr nicht möglich. Sie war so scharf und ihre Muschi war so nass, dass sie schon bei der leichtesten Berührung ihres Kitzlers laut aufstöhnte. Sie steckte sich den Mittelfinger in ihre feuchte Grotte und bewegte ihn langsam hin und her. Immer schneller und tiefer wurden die Bewegungen. Mit der anderen Hand zupfte sie an ihrem Kitzler. Und dann konnte sie es nicht mehr zurückhalten. „Ja komm, ohhh wie ist das scharf", rief sie immer und immer wieder, während ihr Becken mehrmals wild zuckte. Mit einem tiefen Seufzer wurden ihre Bewegungen langsamer. Sie blieb noch einen Augenblick, mit ihren weit gespreizten Beinen sitzen und streichelte zum Abschluss noch ein paar Mal über ihre tropfendes Möschen. Dann nahm sie ihr Handy und stoppte die Aufnahme.

Sie legte sich bequem auf den Rücken und drückte mit klopfendem Herzen die «Play» Taste. Finnja war nervös. Noch nie hatte sie ihre eigene Muschi gesehen, wenn diese gerade verwöhnt wurde. Ihr Puls raste, so aufgeregt und scharf war sie.

Und dann starrte sie wie gebannt auf ihr Handy. Was sie da sah, ließ ihre Muschi erneut zum Pochen bringen. Der Anblick, wie sie ihre nasse Schnecke gerade eben bearbeitet hatte, diese rosa Farbe, dieser Glanz und diese vielen Lusttropfen, die an den Schamlippen herunterliefen, das war einfach nur geil. Als sie dann aber ihre Muschi noch zucken sah, spürte sie einen erneuten Orgasmus, ohne dass sie in dem Moment ihre Muschi berührte. So etwas hatte sie noch nie erlebt. Das war so ein irres Gefühl, dass sie sich den Film sogar noch ein zweites Mal anschaute.

Sie speicherte das kleine Muschi-Video auf ihrem Handy ab. Dann schickte sie die Datei ihrem Mann zu. Ein paar Minuten später rief sie ihn an, schließlich hatte sie ja Anstand und wollte sich bei ihm wenigstens noch bedanken. Es dauerte eine Zeitlang, bis sie Antonios Stimme hörte.

„Ja" kam es keuchend aus dem Lautsprecher.

„Liebling, du bist doch nicht etwa schon dabei, dir diesen kleinen Porno anzuschauen?", fragte Finnja mit samtweicher Stimme und einem schadenfrohen Lächeln.

„Du kleines Luder", konnte Antonio nur noch antworten. Sein Atem war schwer und dann stöhnte er auch schon laut seinen Orgasmus heraus. Finnja konnte förmlich fühlen, wie er kam, sah in Gedanken seinen Lustbolzen wild zucken und sein Ejakulat über seine Hände fließen.

„Schatz, du wolltest vorhin doch wissen, was ich noch vorhatte. Du hast es ja gerade gesehen. Ich wollte dir die Antwort nicht schuldig bleiben. Übrigens, danke Liebling, für diese wundervolle, geile Erfahrung." Dann beendete Finnja das Telefonat und ging ins Bad.

Antonio war nicht nur erschöpft, er war auch sprachlos. So kannte er seine Frau nicht. Er sah auf ihr Porträt, was auf dem Kamin stand. Es schien, als lächele seine Frau ihn gerade schadenfroh an und ergötzte sich an seinem Anblick. Er schloss die Augen und ließ seinen Gedanken freien Lauf.

Als er Finnja das erste Mal sah, war er hin und weg. Ihm gefiel ihre natürliche offene Art und er spürte, beim ersten Blick in ihre wunderschönen Augen, dass sie seine Traumfrau war. Er liebte sie, wie er noch keine andere Frau geliebt hatte und so war für ihn klar, dass er ziemlich schnell sogar, um ihre Hand anhielt. Er genoss das Leben, seinen beruflichen Erfolg, seinen Eintritt in einer der renommiertesten Anwaltskanzleien und die wundervolle Zeit mit seiner hübschen, liebenswerten Frau. Es schien alles perfekt, bis zu diesem einen Tag.

Er hatte als Anwalt der renommierten Anwaltskanzlei Winter & Partner den Fall eines Ehedramas übernommen, was an sich nichts Außergewöhnliches war. Nur dieser Fall war ein ganz besonderer, denn der Geschädigte war ein sehr bekannter Politiker. So stand nicht nur die Kanzlei, sondern auch er persönlich im Mittelpunkt der Öffentlichkeit. Bei einem Streit hatte die Ehefrau seines Mandanten diesen damals schwer mit einem Küchenmesser verletzt. Für Antonio war es ein klarer Fall. Die Ehefrau konnte im Gerichtsprozess nur verurteilt werden, und so bereitete er sich auch nicht besonders intensiv auf den Prozess vor. Es würde genügen, wenn er am Vorabend die Akte nochmals kurz studierte.

Antonio erinnerte sich noch gut an den Tag bzw. Abend, vor dem Prozessbeginn. Ein Kollege hatte Geburtstag und man feierte in den Nachmittagsstunden ein wenig, natürlich war auch Alkohol im Spiel. Die fröhliche Runde löste sich in den frühen Abendstunden auf und er begab sich in sein Büro, um die Klageschrift durchzugehen. Er hatte leider etwas zu viel an Alkohol getrunken und tat sich mit der Konzentration ziemlich schwer. Gerade als er beschloss, dass es doch besser sei nach Hause zu fahren, betrat seine Sekretärin das Büro und kündigte eine Besucherin an. Er war überrascht, denn offiziell hatte er keinen Termin mehr.

Die junge Dame stellte sich als Rechtsanwältin der Frau vor, gegen die er am nächsten Tag den Prozess führen würde. Allein die Tatsache, dass die Gegenpartei hier bei ihm persönlich auftauchte, war mehr als ungewöhnlich und so fragte er sich damals, was die wirklichen Absichten waren. Die Antwort bekam er aber relativ schnell. Dieser Rechtsstreit war der erste wirklich große und bedeutsamste Fall, den diese junge Anwältin übernommen hatte. Sie wollte ihn gewinnen, nein, sie musste ihn gewinnen, allein schon aus finanziellen Aspekten. Problem war, dass sie wesentlich schlechtere Karten hatte als er und genau das wusste sie.

Er erinnerte sich noch gut daran, dass er schlucken musste, als die junge Anwältin ihm einen Deal vorschlug und ihn damit bat, sie doch den Fall gewinnen zu lassen. Es konnte nur am vielen Alkohol gelegen haben, dass er ihr überhaupt zuhörte. Aber Monique, so hieß die junge Anwältin war zum einen eine ausgesprochen hübsche junge Frau und zum anderen führte sie das Gespräch in einer so aufreizend gespielt verlegenen Art, dass er ihre Hilflosigkeit sogar etwas genoss. Und genau das spürte die junge Anwältin und setzte zu ihrem geplanten Schachzug an.

Sie begab sich unter den Schreibtisch, öffnete seine Hose und befreite gekonnt seinen Luststab aus seinem Gefängnis. Dieser erwachte augenblicklich zum Leben und begann sich mit Blut zu füllen. Sein, in dem Augenblick auftretendes, schlechtes Gewissen verflog schlagartig, als sich ihre rot lackierten Fingernägel um seinen strammen Freund legten. Jetzt gab es für ihn kein Halten mehr. Für das Wort „Stopp" war es schon zu spät. Jetzt wollte er verwöhnt werden, er wollte wissen, was diese kleine Anwältin so draufhatte. Ganz sanft zog sie damals seine Vorhaut nach hinten und leckte mit ihrer Zunge an seiner Eichelspitze. Dann nahm sie seinen Luststab in ihrem Mund ganz auf und massierte ihn mit ihren Lippen. Das Spiel wechselte sie ab und sie selbst hatte Gefallen daran, das konnte er sehen. Als sie seinen strammen Luststab erneut in ihrem heißen Mund verschwinden ließ, konnte er sich nicht mehr zurückhalten. Zwar versuchte er seinen Orgasmus noch ein bisschen hinauszuzögern, aber ihre Lippenmassage war einfach zu gut. Ein tiefes Stöhnen der Erleichterung entlockte ihr ein süßes Lächeln. Sichtlich zufrieden mit ihrem Job zog sie sich wieder zurück, setzte sich ihm gegenüber auf den Stuhl und lächelte ihn an, als ob gerade nichts geschehen wäre.

„Machen wir unseren Deal?" fragte sie danach und war sich sicher, dass er zustimmen würde. Aber da kannte sie ihn wirklich schlecht und so teilte er ihr ziemlich abgebrüht mit, dass ihr Blowjob eben gerade zwar gut war, aber doch nicht so gut, dass er ihr den Sieg so einfach überlassen würde. Ihre Augen blitzten wie ein Feuerwerk. Sie stand auf und verließ sein Büro.

„Ich kann nicht nur gut blasen, ich werde auch gewinnen!" war ihre Aussage, die heute noch in seinen Ohren schallte.

In der Gerichtsverhandlung am nächsten Tag schien sich alles gegen ihn zu richten und letztendlich verlor er sogar den Prozess. Die Ehefrau seines Mandanten wurde aus Mangel an Beweisen freigesprochen. Der Blick, dieser triumphierende Blick mit dem kalten Lächeln auf den Lippen, den er daraufhin von der jungen Anwälte zugeworfen bekam, war für ihn weit mehr als nur erniedrigend.

In den nächsten Wochen folgte für ihn ein wahrer Spießrutenlauf. Nicht nur in der eigenen Kanzlei, sondern auch in der Öffentlichkeit erntete er Schmach und Gelächter. Dass er den Prozess verloren hatte, war nicht das eigentliche Problem, da man auf hoher See und vor Gericht immer Gottes Händen ausgeliefert ist. Sein großes Problem war, dass er gegen eine junge, beruflich absolut unerfahrene Anwältin, die ihm am Vorabend auch noch einen geblasen hatte, verlor. Diese Schmach war zu groß für ihn. Sein Frauenbild und seine Einstellung zu Frauen veränderten sich und so entwickelte er sich mit jedem Tag ein wenig mehr, von dem liebenswerten herzlichen Anwalt zu einem Macho.

Obwohl Finnja seine Frau, ihn mehrmals auf seine Veränderung angesprochen hatte, wollte er diese nicht zugeben. Das Gefühl dieser Erniedrigung und der verletzte Stolz waren stärker als sein wahrer Charakter. Und auch heute kämpft er, bei jedem Fall erneut um Anerkennung. Dieser damalige Prozessverlust hängt an ihm wie ein Fluch, aus dem er sich scheinbar nicht mehr befreien kann. Seine letzte Chance, endlich wieder anerkannt zu werden, ist diese bevorstehende Beförderung. Nur dann, wenn er in die Vorstandsebene aufgenommen werden würde, hätte er den Status der Anerkennung und des Respektes wieder zurück, den er früher einmal hatte. An dieser Beförderung hing somit seine ganze Zukunft.

Antonio öffnete seine Augen und sah direkt wieder auf das Porträt seiner Frau. Und dann verspürte er ein Gefühl, was er schon lange nicht mehr hatte. Er vermisste sie, er vermisste seine Frau total. Dieses angenehme Gefühl, was er schon so lange nicht mehr verspürte, kam gerade von tief innen heraus und es war ein wirklich ehrliches Gefühl. Er sehnte sich nach den zärtlichen, unbeschwerten Stunden mit ihr, so wie sie es früher zusammen erlebten. Damals als alles noch so einfach war, so unkompliziert und zwanglos. Damals, als er so sein konnte, wie er in Wirklichkeit war. Aber was hinderte ihn denn daran so zu sein, wie er war? Antonio begann zu philosophieren. War das überhaupt das Leben, was er sich vorgestellt hatte? Wie sah es wirklich in ihm aus? War er glücklich, so wie es jetzt war? Antonio suchte Antworten, ehrliche Antworten. Er hatte diese täglichen Lügen satt, das Streben nach Macht und Geld. Aber wer würde ihm das jetzt noch glauben? Selbst das, was er am meisten liebte, seine Frau Finnja, schien er endgültig verloren zu haben. Und das Schlimmste, es war selbst schuld an der ganzen Misere.

***

Finnja ahnte von den Gedanken ihres Mannes nichts. Sie hatte gerade sehr ausgiebig ein heißes Schaumbad genossen und stand nun fertig geschminkt und chic angezogen vorm Spiegel. Sie drehte sich, schaute sich prüfend in dem großen Spiegel an, bevor sie sichtlich zufrieden den Raum verließ und nach nebenan zu Lulus Zimmer ging.
„Lulu, bist du fertig?", fragte Finnja, während sie an Lulus Zimmertür klopfte.
„Komm herein!", hörte sie Lulu von innen rufen.

„Ohh, du bist ja noch gar nicht umgezogen." Finnja war überrascht, dass sie Lulu noch am Schreibtisch sitzen saß. Vor ihr waren eine Menge Zettel und Zeichnungen ausgebreitet.

„Nein, ich bin noch am Arbeiten. Ich muss leider die Einteilung noch mal ändern und neu überprüfen, da mich gerade ein Model angerufen hat, dass sie krank ist und morgen nicht kommen kann." Lulu lehnte sich auf ihrem Stuhl zurück und rieb sich ihren schmerzenden Nacken.

„Was ein Mist! Immer wird ein Model krank oder hat Liebeskummer oder sonst irgendetwas. Warum kann man sich nicht einmal hundertprozentig auf die Mädchen verlassen?" Finnja war verärgert. Für sie war Zuverlässigkeit ein ganz wichtiger Aspekt auf allen Ebenen des Lebens war. Sie warf ihre Tasche aufs Bett und stellte sich hinter Lulu. Dann begann sie gekonnt deren schmerzenden Nacken zu massieren.

„Ohhh, das tut vielleicht gut", sagte Lulu leise und gab einen wohltuenden Ton von sich.

„Ich würde sagen, du nimmst jetzt eine heiße Dusche, ziehst dich um und vergisst einfach mal für die nächsten Stunden die Modenschau. Es kommt eh alles so wie es kommen muss, das weißt du doch", probierte Finnja ihre Freundin etwas aufzumuntern, während sie weiter ihren Nacken massierte.

„Ja, vielleicht hast du ja recht", kam es wohlig stöhnend zurück.

„Wenn du nichts dagegen hast, würde ich unten in der Bar auf dich warten okay?" Finnja machte noch ein paar ausstreichende Massagegriffe, bevor sie ihrer Handtasche nahm und zur Türe ging.

„Sag mal Finnja", fragte Lulu, während sie sich von ihrem Stuhl erhob und auf Finnja zuging, „hattest du vorhin Männerbesuch auf deinem Zimmer?"

„Wie kommst du denn darauf?", fragte Finnja erstaunt und zog ihre Augenbrauen nach oben.

„Die Wände hier sind sehr hellhörig und ich hatte das Gefühl, dass ich aus dem Nebenzimmer, wo du ja gerade wohnst, eine Männerstimme gehört hätte und auch ein lustvolles Stöhnen." Lulu konnte sich ein Grinsen nicht verkneifen.

Finnja stutzte und begann dann aber herzlich zu lachen. „Ach so, jetzt weiß ich, was du meinst. Diese Männerstimme, das war Antonio."

„Antonio?" Lulus Augen wurden schlagartig größer. „Sag jetzt bloß nicht, dass der auch hier ist."

„Nein, keine Angst, der stört unser Wochenende mit Sicherheit nicht", beruhigte Finnja ihrer Freundin. „Antonio hatte mich vorhin angerufen und wollte wissen, wie es mir geht. Was du gehört hast, war seine Stimme, denn ich hatte den Lautsprecher vom Handy angeschaltet."

„Das hat sich aber alles sehr erotisch angehört, kann das sein?"

„Ja das hast du völlig richtig erkannt", grinste Finnja. „Antonio kam auf die glorreiche Idee, dass er meine Muschi mal sehen wollte."

„Hä?" kam es ungläubig von Lulu.

Finnja schmunzelte. „Antonio meinte, ich sollte das Handy auf Videotelefonie umstellen und dann die Kamera vor meine Lustgrotte halten."

Lulu schaute bestürzt und setzte sich aufs Bett. Sie war mit Sicherheit nicht konservativ oder prüde, aber eine Muschi-Handyübertragung, dass war allerdings auch ihr neu.

Finnja musste lachen, als sie sah wie perplex Lulu auf einmal war.

„Weißt du, mich hat diese Idee mit dem Handy so wuschelig gemacht, dass ich das Spiel sogar richtig gerne mitgespielt habe.

Allerdings nur solange, bis Antonio kurz vorm Höhepunkt war. Da habe ich das Gespräch dann beendet. Zeitablauf sozusagen." Finnja grinste schadenfroh.

„Da war Herr Anwalt aber mit Sicherheit nicht begeistert davon", bemerkte Lulu kopfschüttelnd, konnte sich ein Grinsen aber nicht verkneifen.

„Ach, so schlimm war das für ihn gar nicht. Als ich das Gespräch mit ihm beendet hatte, bekam ich Lust das wirklich mal auszuprobieren." Finnja holt ihr Handy aus der Tasche, setzt sich neben Lulu aufs Bett und ließ den kleinen Film ablaufen. Lulus Augen wurden immer größer.

„Ist das deine Muschi?", fragte Lulu und schluckte. „Ja. Gefällt sie dir?" Finnja lächelte frivol.

Lulu nickte nur und konnte ihren Blick von dem Handy gar nicht mehr nicht abwenden.

„Dieses Video habe ich ihm dann geschickt, so als ein kleines Dankeschön. Wenn Antonio mich nicht auf diese Idee gebracht hätte, dann hätte ich so etwas ja niemals ausprobiert."

„Das Video mit deiner Muschi darauf und dein Stöhnen, dass macht mich gerade total heiß", sagte Lulu und rieb sich mit der Hand über ihre feucht werdende Grotte, die allerdings noch in einer Jeanshose steckte.

„Ja meine Süße, das glaub ich dir sogar. Aber für heiße Muschi-Spielchen haben wir jetzt keine Zeit, ich habe nämlich einen Wahnsinnshunger", sagte Finnja, während sie ihr Handy ausmachte und wieder in der Handtasche verstaute. Dann ging sie zur Tür.

„Ich warte dann mal unten auf dich. Ach Süße, wenn du jetzt in die Dusche gehst, verwöhne dein Möschen am besten mit dem Duschstrahl, dann geht das mit dem Orgasmus nämlich etwas schneller, sonst bin ich verhungert, bis du zum Essen kommst." Mit einem frechen Grinsen im Gesicht verließ Finnja den Raum.

Bei dem Gedanken an diesen wahnsinnig scharfen Film mit Finnjas nasser Muschi, verspürte Lulu ein immer stärker werdendes Jucken zwischen ihren Beinen. Ein paar Minuten später befolgte sie Finnjas Ratschlag.

Sie zog sich aus, ging in die Dusche und ließ das heiße Wasser über ihren Körper laufen. Sie verzichtete auf eine streichelndes Vorspiel. Dafür war sie schon viel zu scharf. Mit dem Rücken lehnte sie sich an die Wand, spreizt ihre Beine und hielt den Duschkopf dazwischen. Sie wurde immer geiler, als sie mit dem zunächst weichen Wasserstrahl ihren Kitzler stimulierte. Sie genoss das Prickeln, dass der zarte Wasserstrahl dort hervorrief. Keuchend und stöhnend stellte sie den Wasserstrahl noch etwas härter ein. Ihre Knie wurden ganz weich und sie ahnte nicht, dass auch Finnja gerade weiche Knie bekam.

Kapitel 6

Finnja hätte beim Rausgehen fast den jungen Mann umgerannt, der gerade an der Tür vorbeiging.

„Hoppla, nicht so schnell junge Frau", hörte sie eine männliche Stimme hinter sich.

„Oh Entschuldigung vielmals. Ich habe Sie gar nicht gesehen", drehte sich um und sah wieder in diese hellblauen leuchtenden Augen.

„Das nenne ich einen Zufall", lachte Magnus und hob die Handtasche auf, die beim Zusammenstoß heruntergefallen war.

Finnja nickte dankend. „Zufälle gibt es nicht im Leben. Dass was auch immer im Leben passiert, geschieht nie zufällig, sondern hat immer einen tieferen Sinn."

Magnus schaute im ersten Augenblick etwas verdutzt. Dann aber schenkte er Finnja ein sehr warmes, liebevolles Lächeln, woraufhin sie ganz weiche Knie bekam und sich sogar einen Augenblick am Türrahmen festhalten musste.

„Ist alles in Ordnung bei Ihnen?", fragte er besorgt.

„Ja danke, es ist alles bestens." Finnja hatte Herzklopfen und ihr Puls raste. Sie war kurz davor, sich von Magnus zu verabschieden und wieder zu Lulu ins Zimmer zurückzugehen. Doch Magnus kam ihr zuvor.

„Ich wollte in der Bar gerade einen Aperitif nehmen und so die Zeit bis zum Abendessen überbrücken. Wollen wir die Zeit nicht gemeinsam nutzen?" Magnus schaute Finnja erwartungsvoll an.

„Ja gerne, warum eigentlich nicht."

Finnja lächelte verlegen und hoffte, sich mit ihren weichen Knien bald setzen zu können. In diesem Augenblick hörte sie einen tiefen

Lustschrei aus dem Zimmer kommen. Magnus schaute sie fragend an, aber Finnja grinste nur schelmisch.

Die Bar faszinierte mit dem gleichen rustikalen Charme, den auch die anderen Räume hatten. Die Backsteinmauern, der dunkelbraune Teppichboden sowie die hellbeigen kleinen Sitzgruppen und die orangefarbenen Tischlämpchen, strahlten eine ganz besondere Gemütlichkeit aus. Magnus und Finnja nahmen an der noch wenig besetzten Bar Platz.

„Auf ein schönes Wochenende", prostete Magnus Finnja zu.

„Ja, auf ein erfolgreiches und dennoch erholsames Wochenende."

Im Hintergrund spielte leise Weihnachtsmusik und durch die großen Scheiben konnte man sehen, dass es draußen schon wieder angefangen hatte zu schneien.

„Sind Sie eigentlich verheiratet?", fragte Magnus und knabberte ein paar Erdnüsse, die der Barkeeper gerade hingestellt hatte.

„Ja!"

„Glücklich?"

Finnja schaute leicht schräg nach oben und überlegte. War sie glücklich verheiratet? Eigentlich liebte sie ihren Mann, auch wenn sie die letzten Tage Eigenschaften kennenlernen musste, die ihr nicht so gefallen haben. Aber jedem kann es doch mal passieren, dass er von dem geraden Wege abkommt und dann im Wald umherirrt. Dann muss man ihn wieder zurückholen, ihn auf den geraden Weg bringen und nicht im Dunkeln weiter umherirren lassen. Genau das hatte sie vor, ihren Mann wieder auf den geraden Weg zu bringen. Allerdings auf ihre ganz eigene persönliche Art.

„Ich will es mal so ausdrücken", versuchte Finnja die Frage zu beantworten." Ich bin nicht unglücklich in meiner Ehe. Probleme gibt es überall, daran muss man halt arbeiten."

„Das gefällt mir", sagte Magnus anerkennend. „Ich finde es toll, wenn man in einer Ehe probiert, die Probleme zu lösen, anstatt davor wegzurennen. Dazu ist die Ehe etwas viel zu wertvolles, um sie gleich aufzugeben."

„Es ist halt nur blöd, wenn nur einer der beiden Partner einen Lösungsweg finden möchte und der andere es vorzieht auch weiterhin lieber draußen umherzuirren", sagte Finnja und hob ihre Augenbrauen leicht nach oben.

„Stimmt! Das ist blöd. Zu einer Lösungsfindung gehören immer zwei. Einer allein wird da nicht viel ausrichten können."

„Wie sieht es denn bei Ihnen aus? Sind Sie verheiratet?" Finnja gefiel dieser Mann und sie war daran interessiert mehr über ihn zu erfahren.

„Ich war verheiratet", kam es sehr kurz und bündig.

„Ahh, dann sind Sie wahrscheinlich geschieden?", bohrte Finnja nach.

„Nein, ich bin verwitwet. Ich habe vor zehn Jahren meine Frau verloren", antwortete Magnus und Finnja spürte, wie schwer es ihm gerade fiel darüber zu reden.

„Oh das tut mir sehr leid." Finnja schluckte, denn mit dieser Antwort hatte sie nicht gerechnet.

„Obwohl es schon so lange her ist, kommt es mir manchmal vor, als sei alles erst vor ein paar Wochen passiert." Magnus schaute nachdenklich. Er schaute durch sie durch und Finnja spürte, dass er mit seinen Gedanken gerade eben, auf der Zeitachse ganz weit zurück war.

„War Ihre Frau krank gewesen?", fragte Finnja sehr vorsichtig und hoffte, dass sie jetzt nicht zu indiskret wurde.

„Nein, sie war kerngesund. Sie starb bei einem Unfall."

Finnja zögerte. Sie wusste jetzt nicht, wie sie das Gespräch fortsetzen sollte. Das Thema Tod war zwar etwas ganz Normales, aber dennoch sprach niemand so wirklich gerne darüber. Magnus war ein sehr feinfühliger Mensch und er spürte sofort Finnjas Unsicherheit.

„Interessiert Sie meine Geschichte?", fragte er und schaute sie mit etwas traurig wirkenden Augen an.

Finnja nickte nur und verspürte in diesem Moment, eine wahnsinnig tiefe Verbindung zu diesem Mann, obwohl sie ihn überhaupt nicht kannte. Aber sie fühlte, dass da irgendetwas zwischen Ihnen beiden war. Es war ein sehr schönes Gefühl, ein sehr vertrautes Gefühl und sie freute sich, dass er, obwohl sie ja auch eine Fremde für ihn war, doch schon so viel Vertrauen zu ihr hatte.

„Meine Frau Bea und mich hat sehr viel verbunden. Wir besuchten zusammen die gleiche Schule und als ich fünfzehn war, habe ich sie gefragt, ob sie mit mir gehen möchte." Magnus lächelte verträumt. „Ich kann mich noch sehr gut an ihre leuchtenden Augen erinnern und ihr heftiges Kopfnicken. Sie brachte in diesem Augenblick, vor Aufregung kein Wort heraus. Seit diesem Tag waren wir ein Paar."

„Wie alt war Bea denn damals?" fragte Finnja und nippte an ihrem Glas.

„Sie war vierzehn und ging in die Klasse unter mir. Ein wunderhübsches Mädchen mit blonden Haaren, Sommersprossen im Gesicht und immer am Lachen. Da konnte ich noch so schlecht gelaunt gewesen sein, wenn sie lachte, war die Welt für mich wieder in Ordnung."

„Oh wie schön, wenn man so harmoniert", bemerkte Finnja mit weicher Stimme.

„Ja das stimmt. Das findet man heute nicht mehr so oft. Nun, ein paar Jahre später haben wir geheiratet. Wir waren beruflich beide sehr erfolgreich und finanziell gut abgesichert. Wir bauten ein wunderschönes Häuschen, sind weit gereist und haben lauter verrückte Dinge gemacht. Bea war Ärztin und arbeitete am gleichen Krankenhaus wie ich. Sie liebte diesen Beruf und übte ihn mit voller Leidenschaft aus. Mehrfach war sie mit anderen Kollegen im Ausland, um dort bei Katastropheneinsätzen zu helfen. Kurz vor ihrem dreißigsten Geburtstag flog sie mit anderen Ärzten nach Ägypten. Dort, direkt im Zentrum von Kairo gab es mehrere Bombenanschläge und es gab sehr viele Verletzte. Ich wollte Bea zuerst von diesem Einsatz abhalten, weil ich fand, dass dies viel zu gefährlich war. Aber Bea bestand auf diesen Einsatz, sie ließ sich nicht abhalten, von niemanden.“

Magnus nippte an seinem Aperitif und überlegte einen Moment. Der Barkeeper zündete gerade alle Kerzen auf den Tischen an und im Hintergrund lief das romantische Weihnachtslied „White Chrismas“ von Bing Crosby. Eine eigenartige Stimmung wehte in diesem Augenblick durch den wundervollen Raum. Finnja spürte, dass Magnus diese tragische Situation gerade noch einmal durchlebte. Sie wollte ihm gerne beistehen, aber sie wusste nicht wie.

„Ein Tag vor ihrer Rückreise wurden sie nach draußen gerufen, um einige Verletzte, die gerade mit dem Bus ankamen, in die Krankenstation zu bringen. In dem Moment, wo Bea und zwei weitere Kolleginnen den Bus betraten, sprengte sich ein Selbstmörder, der in dem Bus saß in die Luft. Die Explosion war so stark, dass im weiten Umkreis alles zerstört wurde. Bea hat von diesem Anschlag nichts mehr mitbekommen. Sie war sofort tot.“

„Oh Gott wie schlimm." Finnja war zutiefst erschüttert und ihr liefen ein paar Tränen die Wangen herab. Instinktiv legte sie ihre Hand auf seine und drückte sie leicht.

Es dauerte einige Minuten, bis Magnus weiter erzählte.

„Als ich sie damals zum Flughafen brachte, hatte sie so ein gewisses Glänzen in den Augen. Ich spürte, dass sie ein Geheimnis hatte. Bevor sie durch die Passkontrolle ging, zog sie mich zu sich und flüsterte mir ins Ohr, dass unser lang gehegter Wunsch in Erfüllung gegangen wäre. Sie drückte mir ein Ultraschallbild in die Hand. Sie war tatsächlich schwanger. Es wäre ein Mädchen geworden."

Magnus schluckte und legte eine kleine Pause ein. Dann fuhr er fort. „Das ist mein letzter Einsatz, sagte Bea noch zu mir, bevor sie mich ganz zärtlich küsste und dann durch die Passkontrolle ging. Sie drehte sich noch einmal um und winkte mir lachend zu. Das war das letzte Mal, dass ich sie fühlen und spüren konnte. Ich hatte mich so auf ihr Wiederkommen gefreut, auf die gemeinsame Zeit der Schwangerschaft, auf unser Baby. Wie recht hatte sie damals, als sie sagte, das ist mein letzter Einsatz."

Nun lief auch Magnus eine Träne die Wange herunter. Finnja krampfte das Herz zusammen und sie wusste nicht, was sie tun sollte. Sie schaute ihn nur an und schluchzte leise.

Magnus holte ein Papiertaschentuch aus seiner Tasche und tupfte Finnja eine Träne von der Wange. „Nicht weinen Finnja, bitte", sagte er ganz leise.

Ganz zart drückte er Finnjas Hand. „Dein Mann kann sich glücklich schätzen, so eine tolle Frau wie dich zu haben. So mitfühlend und einfühlsam."

Finnja schaute Magnus fragend an und zuckte mit den Schultern.

„Sag ihm das mal, vielleicht macht mein Mann sich dann wirklich einmal Gedanken darüber." Finnja konnte nicht ahnen, dass ihr Mann sich gerade darüber große Gedanken macht.

Eine ganze Zeit lang saßen sie wortlos an der Bar, während Magnus, noch etwas in Gedanken versunken, immer noch ganz zart über Finnjas Hand streichelte. Er fühlte sich in diesem Moment ungemein stark zu ihr hingezogen, wusste aber sehr wohl, dass dieses Gefühl nur ein momentaner Zustand ist.

Langsam wich auch bei Finnja diese melancholische Stimmung und sie versuchte zu einem weniger emotionalen Gespräch zurückzukehren. „Hattest du seit dem Tod deiner Frau keine einzige Beziehung mehr gehabt?", fragte sie vorsichtig.

„Die ersten Jahre nicht. Aber irgendwann musste ja auch in mein Leben mal wieder Normalität eintreten und Bea hätte es nicht gewollt, wenn ich bis ans Lebensende traurig gewesen wäre. Ich hatte dann noch mal zwei Beziehungen, die aber beide nach nur wenigen Wochen beendet waren."

„Was war der Grund für die Beendigung?"

Magnus überlegt einen Moment. „Hmm, weißt du, Bea war und ist immer noch ein großer Teil meines Lebens. Ich kann nicht, nur weil ich in einer neuen Beziehung bin, die Vergangenheit komplett auslöschen. Die Vergangenheit gehört nun mal zu meinem Leben dazu und das war das Problem, in den beiden anderen Beziehungen. Ich konnte mit den beiden anderen Frauen nicht über dieses Thema reden. Sie wollten Spaß haben mit mir, viel unternehmen, sich präsentieren, aber sie wollten nicht an meiner Vergangenheit teilhaben."

Finnja schaute Magnus nachdenklich an. „Ich kann das ehrlich gesagt nicht beurteilen Magnus. Ich weiß ja nicht, wie diese beiden Frauen waren und wie die Beziehung mit ihnen lief. Aber ich denke, solange die Vergangenheit, in der Gegenwart nicht die

Hauptrolle spielt, dürfte auch dieser Zeitabschnitt unproblematisch sein. Die Vergangenheit darf halt die Gegenwart und die Zukunft nicht überdecken."

Finnja hatte zwar mit solch tragischen Erlebnissen keine Erfahrung, aber sie empfand dieses Thema genauso, wie sie es Magnus gerade sagte.

„Ja, ich bin ganz deiner Meinung. Die Vergangenheit darf das Leben nicht bestimmen. Aber es muss doch möglich sein, auch über die Vergangenheit reden zu können, egal ob sie tragisch oder wunderschön war."

„Exakt. Das sehe ich genauso." Finnja fühlte, dass sie mit Magnus doch sehr vieles gemeinsam hatte.

So langsam füllte sich die Bar. Das Hotel war komplett ausgebucht und das konnte man an den vielen Gästen nun auch gut beobachten. Die Gäste waren alles sehr chic angezogen, was für den hohen Standard des Hotels sprach.

„Weißt du, in der ganzen Zeit der tiefen Trauer war ein Mensch stets an meiner Seite. Benny, ein alter Schulfreund. Ohne ihn hätte ich diese schwere Zeit nicht geschafft."

„Das ist wichtig, dass man Familie und Freunde hat, die in solchen Situationen zu einem stehen."

„Ja sehr wichtig sogar. Benny war immer da, ohne viel zu fragen, ohne zu bemuttern. Er war einfach nur da. Und ich fühlte mich wohl bei ihm, sehr wohl sogar. Vor ein paar Jahren waren wir zusammen im Urlaub und da merkte ich, ..."

Plötzlich verstummten die Stimmen in der Bar und so kam Magnus nicht mehr dazu, Finnja zu erzählen, dass er mit Benny nun schon seit zwei Jahren ein Paar war. In diesem Urlaub spürten sie, dass sie mehr als nur eine Freundschaft verband und sie waren glücklich zusammen. Geoutet hatte er sich aber noch nicht. Die Angst vor

115

Ablehnung in der Gesellschaft war einfach noch zu groß. Morgen würde Benny kommen, dann würde auch Finnja ihn kennenlernen. Das Verstummen hatte seinen Grund. Finnja blickte zur Tür, wo Lulu gerade hereingekommen war. Sobald Lulu, egal wo, einen Raum betrat, konnte man den Zauber und diese magischen Blicke, die sie immer wieder auf sich zog, so richtig spüren. Lulu hatte eine hautenge braune Lederhose an und eine beige leicht durchsichtige Bluse. Sie trug keinen BH darunter und so konnte man die kleinen Hügel ihres knabenhaften Busens sehr gut erkennen. Mit ihren langen gelockten Haaren, dieser aufregenden Mahagoni-Farbe, dieser wunderbaren Figur und den super langen Beinen, war sie wirklich eine bildhübsche, bezaubernde Frau und ein absoluter Hingucker. Aber sie strahlte auch etwas Geheimnisvolles aus, etwas, was immer wieder die Aufmerksamkeit anderer Gäste erregte, insbesondere der Männlichen. Finnja kam bisher aber noch nicht dahinter, woher Lulu diese Magie hatte, die sie da ausstrahlte. Eins war aber immer gleich, egal wo sie auftauchte, war sie mit ihrer Erscheinung der Mittelpunkt.

Auch Magnus, dem das Verstummen der Stimmen nicht verborgen blieb, drehte sich zur Tür.

„Das ist doch nicht etwa deine Freundin, die da gerade die Bar betritt, oder?"

„Doch, das ist Lulu, wie sie leibt und lebt."

„Wow, das ist ja eine Hammer-Frau", bemerkte Magnus und hatte plötzlich genau so große Augen, wie alle anderen Gäste auch.

„Du wirst sie ja gleich kennenlernen, diese Hammer-Frau", lachte Finnja und winkt Lulu zu. Sie war stolz, eine so toll aussehende Freundin zu haben. Neidisch auf Lulus Aussehen war sie nicht. Sie persönlich bevorzugte eher Figuren mit wunderschönen rundlichen Formen und so war sie mit ihren eigenen fraulichen Kurven auch relativ zufrieden. Obwohl sie heute Abend, mit ihrer beigen Cordhose und der dunkelbraunen sportlichen Bluse, neben Lulu eher wie ein Mauerblümchen aussah.

„Entschuldigung Süße, dass es doch länger gedauert hat", lachte Lulu und zwinkerte ihrer Freundin zu. Finnja wusste ja ganz genau, was der Grund für diese Verspätung war und konnte sich ein keckes Grinsen nicht verkneifen.

„Lulu darf ich vorstellen? Das ist Magnus. Magnus darf ich vorstellen? Das ist Lulu."

Nachdem sich beide begrüßt hatten, erklärte Finnja ihrer Freundin kurz, dass sie Magnus beim Kuchenbuffet kennengelernt hatte und ihn vorhin auf dem Gang bald umgerannt hätte. Gerade wollte sich auch Lulu etwas zu trinken bestellen, als der Hinweis kam, dass das Buffet nun eröffnet sei.

„Ach, dann bin ich ja gar nicht zu spät", sagte Lulu. „Da hätte ich mich meinem Objekt ja noch etwas länger widmen können."

„Mit welchem Objekt sind Sie denn gerade beschäftigt?" fragte Magnus interessiert.

Finnja und Lulu schauten sich an und mussten beide herzlich lachen. Ohne die Frage zu beantworten, hackte sich Lulu bei Finnja ein und sie gingen in Richtung Speisesaal.

Magnus schaute etwas irritiert. „Soll einer die Frauen verstehen", murmelte er ganz leise und musste dann dennoch etwas lächeln, bevor er auch in Richtung Speisesaal ging.

Die Drei verbrachten einen sehr schönen Abend zusammen und Magnus verstand sich mit Lulu ganz hervorragend. Manchmal kam sich Finnja allerdings wie das fünfte Rad am Wagen vor und war einige Male dran, sich zu verabschieden. Sie spürte immer wieder ein leichtes Gefühl der Eifersucht. Sie war eifersüchtig auf ihre beste Freundin? Nein, das konnte nicht sein, ging es ihr durch den

Kopf, als Lulu und Magnus wieder einmal herzlich zusammen lachten.

„Hey Kleine", sagte Lulu plötzlich. „Was ist los mit dir? Warum ziehst du dich so zurück?"

„Ich ziehe mich doch nicht zurück", antwortete Finnja und tat überrascht. Sie wusste aber selbst, dass sie sich gerade in diesem Moment selbst belog. Und genau deswegen hätte sie auch damit rechnen müssen, wie Lulu jetzt reagierte. Sie kannte Lulu ja schon seit Kindheitstagen und kannte auch ihre äußerst direkte Art.

„Ach komm Finnja, ich kenne dich doch. Du fühlst dich im Moment wie das fünfte Rad am Wagen stimmt's?"

Finnjas Augen sprühten Funken. Ja Lulu hatte recht, aber sie musste das ja nicht gerade in Magnus Anwesenheit breittreten.

„Hey komm! Magnus und ich verstehen uns irgendwie nur gut, das war es. Du weißt doch, dass ich nur Frauen liebe, also ist Eifersucht hier doch echt fehl am Platz."

Finnja wäre am liebsten im Erdboden versunken, so peinlich war ihr das. Diese Aussage besagte ja nichts anderes, als dass sie sich in Magnus verliebt hätte und dabei war es gerade unwichtig, ob dem wirklich so war oder nicht. Das Schlimmste aber war, dass dieser Mann, um den es gerade ginge, auch noch mit am Tisch saß.

Magnus schaute zwar zuerst etwas verdutzt, musste dann aber herzlich lachen. „Du bist lesbisch?", fragte er Lulu mit einem schelmischen Lächeln.

Lulu nickte, musste dann aber über diese Frage herzlich lachen. „Kein Wunder verstehen wir uns so gut. Du liebst Frauen und ich liebe einen Mann." Magnus war über seine spontane Offenheit selbst total überrascht und schaute zwischen beiden Frauen umher.

Lulu grinste und Finnja zog ihre Augenbrauen hoch. Hatte sie da eben richtig gehört, Magnus war schwul. Aber Lulu riss sie plötzlich heraus ihren wirren Gedanken.

„So, ich verziehe mich jetzt ins Bett", sagte sie und noch ehe jemand was dazu sagen konnte, war sie verschwunden.

„Was war denn das jetzt?" frage Magnus und schaute Lulu fragend hinterher.

„Sie geht ins Bett, hat sie doch ganz verständlich gesagt, oder?" kam es etwas schnippisch von Finnja zurück.

Magnus musste grinsen. „Lulu hatte recht."

„Mit was?" fragte Finnja weiterhin kurz angebunden. „Dass du eifersüchtig bist?"

„Ich? Eifersüchtig? Pah!", kommentierte Finnja mit einer abweisenden Handbewegung und bemerkte nicht, dass Magnus gerade zum Du übergegangen war.

Magnus lächelte und nahm Finnjas Hand. „Du siehst so was von süß aus, wenn du wütend bist".

„Ich bin nicht wütend, das scheint nur so aus". Finnja spürte, dass Magnus sie erkannt hatte, und das ärgerte sie noch mehr als alles andere.

„Lass uns doch noch einen Wein zusammen trinken, ja?" fragte Magnus, bevor er dem Kellner ein Zeichen gab.

Das Eifersuchtsproblem hatte sich dann doch sehr schnell gelegt und die beiden verlebten noch einen wunderschönen lustigen Abend zusammen. Sie sprachen über Gott und die Welt, über Mode und Politik, über Männer und Frauen, über Wein und Musik. Finnja erzählte aber auch über ihren Beruf und ihre Ehe und Magnus zeigte ehrliches Interesse an Finnjas Leben.

Es war schon weit nach Mitternacht, als sie zusammen mit dem Fahrstuhl nach oben fuhren.

„Du bist eine wundervolle, interessante und begehrenswerte Frau Finnja", sagte Magnus während er ihr zärtlich über die Wange streichelte. Finnja schloss ihre Augen und ließ es geschehen. Sie genoss diese zärtlichen Berührungen und vergaß in diesem Moment, dass Magnus ja mit einem Mann liiert war. Magnus spürte ihr starkes Verlangen nach Zärtlichkeit. Sie lechzte förmlich danach. Wie dumm muss Finnjas Mann eigentlich sein, solch ein tolle Frau unbeachtet zu lassen. Er konnte es nicht verstehen. Aber er wusste auch, dass er Finnja diese Zärtlichkeit, die sie sich gerade so sehr wünschte, nicht geben konnte. Er liebte seinen Benny über alles, musste aber zugeben, dass diese Frau, die ihm da gerade gegenüberstand, faszinierte.

Und dann war der Aufzug auch schon im 3. Stock angekommen und die Türe öffnete sich automatisch. Wortlos gingen sie beide den Gang entlang, bis Finnja vor ihrer Türe stehen blieb.

„Es war so ein wunderschöner Abend mit dir, vielen Dank." Finnja beugte sich vor, küsste Magnus noch auf die Wange und verschwand in ihrem Zimmer, bevor er auch noch irgendetwas sagen konnte. Magnus ging langsam, fast wie betäubt zu seinem Appartement. Was für eine großartige Frau, ging es ihm nur durch den Kopf.

Seine Arme hinterm Kopf verschränkt lag er nachdenklich im Bett und schaute zum Fenster hinaus. Es schneite immer noch und er konnte den angeleuchteten Kirchturm sehen. Wie in einem Film, ließ er den gesamten Abend noch mal an sich vorbeiziehen und er musste lächeln, als er an Lulu dachte. Ja, sie war ohne Frage eine sehr attraktive erotische Schönheit. Sie konnte mit ihrer Erscheinung und dem herzlichen Wesen jeden Mann in ihren Bann ziehen. Als Lulu sagte, dass sie lesbisch sei, hätte aber nicht viel gefehlt und er hätte ihr kumpelhaft auf die Schulter geklopft.

Finnja war ein ganz anderer Typ von Frau und sie tat ihm irgendwie leid. Was sie gerade machen würde, fragte er sich. Ob sie auch im Bett lag und nicht schlafen konnte?

Ja, Finnja lag ebenso wach in ihrem Bett und der Abend mit Magnus lösten bei ihr ein großes Gefühl nach Zärtlichkeit aus. Sie hatte plötzlich eine fast unbändige Sehnsucht nach ihrem Mann, sehnte sich nach seinem Duft, nach dem Klang seiner Stimme, nach seinem Lachen und bekam großes Verlangen danach, ihn zu spüren oder besser noch, ihn in sich zu spüren.

Sie liebte ihren Mann noch immer, sehr sogar und sie würde um seine Liebe, um seine Zuneigung und um seine, wieder von Herzen kommende Zärtlichkeit kämpfen. Doch im Moment durfte sie dem fast schmerzhaften Verlangen, ihren Mann anzurufen nicht nachgeben. Auch wenn es ihr schwerfiel, so erinnerte sie sich sehr wohl noch an die unangenehmen Situationen der letzten Tage. Erschöpft schlief sie dann irgendwann ein.

Kapitel 7

„Ich gehe schon runter zum Frühstücken?", rief Lulu an Finnjas Zimmertür, während sie leise anklopfte.

„Okay. Ich komme nach, sobald ich fertig bin", antwortete Finnja mit einem lauten Gähnen.

Sie war noch etwas unausgeschlafen, fühlte sich aber ausgeglichen. Irgendetwas war in dieser Nacht mit ihrer inneren Gefühlswelt passiert. Sie hatte einen wunderschönen Traum gehabt, in dem sie ihren Gefühlen freien Lauf ließ. Sie genoss diese einzigartigen Streicheleinheiten, diese zarten Berührungen, ein gemeinsames Lachen und Träumen. All das genoss sie mit ihrem Mann, dem Mann, in den sie sich vor vielen Jahren unsterblich verliebt hatte. Lächelnd schwelgte sie noch ein wenig in diesem wunderbaren Traum. Aber dann holte sie plötzlich die Gegenwart wieder ein und auch diese Dinge die sie gesehen hatte.

Nein und nochmals nein, sagte sie mit ernstem Ton zu sich selbst, während sie sich im Bett ruckartig aufsetzte. Sie wird diese Gefühle nicht zulassen, solange sie keine Änderung bei ihrem Mann feststellen konnte. Ja sie wird um ihre Ehe, ihren Mann und seiner Liebe kämpfen, aber sie wird sich dabei nicht aufgeben. So und nun wartete ein harter Tag auf sie, da hatte sie eh keine Zeit für Gefühlsduselei.

Schnell hüpfte sie unter die Dusche, legte ein dezentes Make-up auf, zog ihre Jeans an, einen lässig weiten Pulli drüber und ging nach unten.

Sie betrat den Frühstücksraum und sah Lulu im hinteren Teil des Raumes ihren Kaffee trinken. Dabei unterhielt sie sich sehr angeregt, mit Magnus.

„Guten Morgen ihr Lieben, wie habt ihr geschlafen?", fragte Finnja in die Runde und schenkte Magnus ungewollt ein Lächeln, dass es ihm ganz warm ums Herz wurde. Finnja ärgerte sich in diesem Moment über sich selbst. Hatte sie sich doch vorgenommen diesem Mann ganz normal entgegenzutreten, schenkte sie ihm nun ein absolut bezauberndes Lächeln.

„Ich habe wunderbar geschlafen", sagte Lulu und küsste Finnja auf die Wangen.

„Meine Nacht war eher unruhig", bemerkte Magnus, ohne näher zu erklären warum. Er gab Finnja nur die Hand zur Begrüßung.

Das Frühstück genossen sie ausgiebig und ganz stressfrei, insbesondere da alle wussten, dass heute noch Stress und Hektik angesagt waren.

Es war schon elf Uhr vorbei, als Lulu sich verabschiedete und in den großen Saal rüberging. Für Finnja fing die Arbeit mit dem Fotografieren erst gegen sechs Uhr an, wenn die Vorbereitungen beginnen würden und so hatte sie noch genug Zeit.

Magnus wollte sich eigentlich direkt nach dem Frühstück zurückziehen, aber ohne, dass er das eigentlich wollte fragte Finnja: „Wollen wir etwas zusammen unternehmen? Benny kommt erst gegen Abend und so könnten wir die Zeit, bis zu deinem Jobbeginn noch etwas genießen."

„Was schlägst du vor?", fragte Finnja, die sich gerade noch einmal einen Kaffee einschenkte. Sie hatte es noch nicht ganz verdaut, dass Magnus einen Mann liebte. Eigentlich fand sie ihn ja total sympathisch und hatte fast schon ein wenig ihr Herz an ihn verloren. So musste sie sich erst an diese, für sie ungewohnte Situation gewöhnen. „Na ja, man kann ja auch einfach nur gut befreundet sein", ging es ihr durch den Kopf, merkte aber sehr wohl, dass diese Umsetzung nicht leicht sein würde.

„Wir könnten in die Stadt gehen, ein wenig bummeln, dann eine Kleinigkeit essen und wären dann natürlich auch wieder rechtzeitig zurück."

„Prima Vorschlag", lachte Finnja, „so machen wir das", bevor sie noch den letzten Schluck Kaffee austrank.

Sie entschloss sich, dieses Wochenende jetzt wirklich zu genießen. Keine unnötigen Gedanken, alles kommen lassen wie es kommt und einfach, ein paar schöne Stunden mit angenehmen und interessanten Gesprächen verbringen.

Nachdem sich beide winterlich umgezogen hatten, trafen sie sich in der Hotellobby.

„Gut schaust du aus", sagte Magnus mit einem umwerfenden Lächeln, als Finnja im Foyer eintraf.

„Man tut was man kann. Schließlich schläft die Konkurrenz nicht", kokettierte Finnja und freute sich auf die nächsten Stunden.

Magnus lachte. Ihm gefiel ihre unkomplizierte und erfrischende Art. „Okay Prinzessin, dann lassen Sie sich einmal verzaubern, von der weihnachtlichen Atmosphäre der Mozartstadt und genießen Sie mit Ihrem Prinz zusammen, ein paar unvergessliche Stunden in einem Winterparadies."

„Du bist ja ein wahrer Romantiker", stellte Finnja lachend fest und hakte sich bei Magnus ein.

„Tja, vielleicht kann ich dich ja noch mit anderen positiven Eigenschaften überraschen", zwinkerte Magnus ihr verschmitzt zu, während sie in Richtung Altstadt gingen.

„Wo gehen wir denn hin? Was schlägt mein Prinz denn vor?", fragte Finnja, während sie sich die Mütze ihrer Jacke aufzog.

Es schneite und die Stimmung hätte nicht winterlicher sein können.

„Kennst du Salzburg?"

„Ich war schon mal im Sommer hier aber noch nie im Winter",
antwortete Finnja und hakte sich noch etwas fester bei ihm ein. Es
war glatt und sie hatte keine Lust, sich vor ihm auf die Nase zu
legen.

„Ich würde vorschlagen, wir gehen zuerst in Salzburgs beliebteste
Einkaufsmeile, die Getreidegasse. Dort gibt es sehr hübsche
Geschäfte und auch kleine Cafés. Einverstanden?"

Finnja nickte zustimmend. Während dicke Schneeflocken langsam
auf die Pflastersteine fielen, herrschte reges Treiben. Die
Vorweihnachtszeit war spürbar, und die Menschen waren auf der
Suche nach passenden Geschenken. Es dauerte nicht lange, bis sie
in der Getreidegasse ankamen. Diese strahlte in der winterlichen
Atmosphäre einen ganz besonderen Charme aus. Alte, hohe
Mauern schmiegten sich eng und verwinkelt aneinander.
Individuelle, schön beleuchtete, schmiedeeisernen Zunftzeichen
brannten über den zahlreichen Geschäften und gaben Auskunft
darüber, was es da jeweils zu kaufen gab. In dieser Gasse gab es
eigentlich alles, von Mode über Schmuck bis hin zu Antiquitäten
und Feinkostspezialitäten. Während auf der eigentlichen Straße
reges Treiben herrschte, ging es in den romantischen Innenhöfen
und Nebengässchen etwas ruhiger zu. Auch hier gab es wunderbare
kleine Geschäfte sowie einige Cafés. Finnja und Magnus
schlenderten auf dem schneebedeckten Boden von Geschäft zu
Geschäft, bewunderten die Auslagen, kommentierten und
analysierten die neueste Mode und lachten gemeinsam über lustige
Bemerkungen.

„Wusstest du eigentlich, dass die Getreidegasse das Zentrum für
Mode und Beauty in Salzburg ist?", fragte Magnus, als sie wieder
vor solch eine kleine Boutique standen.

„Ich habe es mir schon fast gedacht, nachdem ich die Namen einiger bekannter Modeketten gelesen hatte. Auf den ersten Blick, vermutet man hinter den Mauern der schmalen Häuser gar nicht, dass sich dahinter so richtig große Verkaufsflächen, der bekannten Modeketten befinden.“

„Ohh schau mal Finnja, was das ein tolles Kostüm ist“, bemerkte Magnus, als sie vor der nächsten Boutique standen. Es war ein ganz kleiner Laden, der aber sehr schicke Kleidung im Schaufenster hatte.

„Du meinst das Schwarze hier, mit dem Spitzeneinsatz?“, fragte Finnja, legte ihren Kopf etwas zur Seite und begutachtete das Teil.

„Ja, genau das. Ich glaube, das würde dir fantastisch stehen und dein Mann hätte keine Chance mehr Nein zu sagen. “

Finnja drehte ihren Kopf und schaute Magnus mit hochgezogenen Augenbrauen an. „Bist du neben deiner Tätigkeit als Arzt auch noch Einkaufsberater für Frauen?“

Magnus lachte herzlich. „Nein, aber ich finde es sehr schön, wenn Frauen schick angezogen sind und damit zusätzlich ihre Weiblichkeit zeigen. Wenn du magst, können wir ja mal unverbindlich reingehen und du probierst es einmal an?“

Finnja zögerte einen Augenblick. Sie wusste nicht, wie das ist, wenn ein Mann sie beim Kleiderkauf begleitet, ganz zu schweigen davon, dass er sie berät. Antonio hatte dazu kein Interesse mehr und so bummelte sie eigentlich immer alleine durch die Stadt.

„Nun anprobieren kann ich es ja mal“, nickte Finnja zustimmend.

Magnus lächelte und hielt ihr ganz galant die Tür zu dem kleinen Lädchen auf.

Eine nette ältere Dame empfing sie auch gleich am Eingang und fragte höflich, was sie für sie tun könne.

„Ich habe gerade dieses schöne schwarze Kostüm im Fenster gesehen", sagte Finnja zu der älteren Verkäuferin und zeigte mit dem Finger auf das Kleidungsstück.

„Wenn Sie möchten, dann können Sie es gerne mal anprobieren", lächelte die ältere Dame. Sie schaute Finnja prüfend an, ging zu der an der Seite angebrachten Schrankwand und nahm einen Blaser mit Spitze sowie dem dazugehörigen Minirock heraus.

„Das müsste Ihre Größe sein. Kommen Sie bitte, die Umkleidekabinen sind im hinteren Teil. Da können Sie sich gerne umziehen."

„Ich warte hier auf dich", sagte Magnus und schaute sich an dem Ständer mit den Dessous um.

Finnja lächelte und ging nach hinten zur Umkleidekabine. Es dauerte eine Weile, bis sie aus den Winterklamotten draußen war und den Rock mit dem Blazer angezogen hatte. Mit dem, was sie im Spiegel der Umkleidekabine dann aber sah, war sie sehr zufrieden. Sie öffnete den Vorhang und ging nach draußen.

„Oh, das sieht ja fantastisch aus an Ihnen", sagte die Verkäuferin, richtete die Jacke ein wenig in Form und ging ein paar Schritte zurück, um Magnus nicht im Sichtfeld zu stehen.

„Madre Mia du siehst ja wirklich fantastisch aus", bemerkte Magnus mit einem bewundernden Blick.

Finnja spürte, wie ihre Wangen rot wurden. Zu lange hatte sie schon keine Komplimente mehr von ihrem Mann bekommen, obwohl sie sich das immer wieder wünschte. Sie konnte sich noch so verführerisch anziehen, Antonio bemerkte es schon gar nicht mehr. Und jetzt, jetzt steht sie vor einem Mann, den sie erst einen Tag lang kannte und genoss die Komplimente und die Blicke, die er ihr zuwarf, ohne aber irgendwelche Absichten zu haben.

Die Verkäuferin lächelte und kam wieder auf Finnja zu.

„Und, was denken Sie? Ich finde, es passt und es steht Ihnen wirklich ausgezeichnet. Wie fühlen Sie sich darin?" fragte sie.

„Ich, ähm, ich fühle mich total wohl, vielleicht sogar ein bisschen sexy", lächelte Finnja.

Die Verkäuferin zupfte noch mal ein wenig an der Jacke, bevor sie sich zu Magnus umdrehte. „Ihre Frau hat so schöne große Brüste, da kommt das Dekolleté so richtig toll zur Geltung. Finden Sie nicht auch?"

Magnus musste schmunzeln und nickte zustimmend. „Oh ja, dieser Busen ist absolut wunderbar."

„Nur, da drunter gehören jetzt aber noch schwarze Netzstrümpfe, am besten Strapse. Schauen Sie mal die hier. Probieren Sie diese doch mal an", forderte die ältere Dame Finnja auf.

Finnja war etwas überfordert. Sie hatte Herzklopfen bis zum Hals. Zwar genoss sie dieses Erlebnis hier, war aber auch etwas unsicher und sogar etwas peinlich berührt. Sie hatte die Strapse gerade angezogen, als sich der Vorhang einen Spalt öffnete.

„Nicht erschrecken, ich bin es nur", sagte die ältere Dame, während sie mit ein paar High Heels in die Kabine kam.

„Die passen wahrscheinlich nicht, aber für ein paar Minuten wird es gehen und Sie wollen Ihren Mann doch sicher schon ein wenig verführen. Damit können Sie ihm zumindest schon etwas Appetit machen", flüsterte ihr die ältere Dame mit einem Zwinkern zu, bevor sie die Kabine wieder verließ.

Finnja schaute, als ob gerade ein Ufo durch die Kabine geflogen war. Dann aber musste sie laut und herzlich lachen.

„Finnja, ist alles okay bei dir", fragte Magnus besorgt, der sich nicht erklären konnte, warum eine Frau in der Kabine plötzlich laut lachen musste.

„Ja ja, es ist alles in Ordnung", sagte Finnja, während sie aus der Kabine trat.

„Wow, das sieht ja scharf aus an dir", sagte Magnus und pfiff einmal ganz leise, als Ausdruck einer ehrlich gemeinten Bewunderung.

Die ältere Dame stand neben Magnus und lächelte nur.

Aufmunternd nickte sie Finnja zu. Finnja musste schmunzeln. Die sympathische ältere Dame dachte doch tatsächlich, dass sie und Magnus miteinander verheiratet wären.

„Ach, Sie haben so eine erotische Frau, mit diesen tollen Rundungen und dieser Sinnlichkeit. Dafür wird Sie mit Sicherheit jeder Mann beneiden", lächelte die ältere Dame Magnus an.

„Oh ja, das ist es was ich so liebe. Ihre erotische Ausstrahlung, diese weiblichen Kurven, ihr herzliches Lachen und diese Sinnlichkeit, die sie ausstrahlt. Das alles ist einfach nur umwerfend."

Magnus lächelte Finnja zu und forderte sie mit einem Zwinkern auf, dieses erotische Spiel einfach nur mitzuspielen.

„Ach", stöhnte die ältere Dame, „was sind Sie beide so ein wunderschönes Paar. Ich freue mich für Sie und wünsche Ihnen ganz viele erotische Stunden. Wenn Sie möchten, können Sie Ihre Frau jetzt ruhig auch mal küssen. Vor mir brauchen sich nicht zu genieren", lächelte sie.

Man konnte förmlich die Spannung in der Luft spüren. Hätte man ein Feuerzeug angezündet, hätte es eine kleine Explosion gegeben. Für Magnus und Finnja war die Spannung kaum noch zu ertragen, aber viel schlimmer war noch, aus dieser Situation herauszukommen. Doch Magnus sah das ganz locker. Er ging auf Finnja zu, nahm ihren Kopf in seine Hände und gab ihr einen ganz zärtlichen Kuss auf die Stirn. Finnjas Knie zitterten. Jetzt nur nicht ohnmächtig werden, war das Einzige, was sie gerade denken konnte.

„Soviel Respekt und Charme, das ist wirklich sehr selten", bemerkte die sehr sympathische ältere Dame lächelnd. Doch dann klingelte die Ladentür und eine weitere Kundin betrat das Lädchen. Die ältere Dame bat Finnja noch, das Kostüm ganz einfach mit zur Kasse zu bringen. Dann ging sie nach vorne und wandte sich der neuen Kundin zu.

„Wenn du mich noch einmal in so eine Situation bringst", flüsterte Finnja in gespielt ernstem Ton Magnus zu, „dann werde ich dir eine scheuern."

Magnus lachte sich fast kaputt und spürte, dass diese Drohung keinesfalls ernst gemeint war. Finnja stimmte seinem Lachen ein, bevor sie dann in die Kabine ging, um sich wieder umzuziehen.

„Ich bedanke mich ganz herzlich für ihren Einkauf", sagt die nette ältere Dame, während sie Finnja die Einkaufstüte überreichte.

„Genießen Sie ihren Urlaub in Salzburg noch, und denken Sie immer daran, solche wunderschönen Momente kommen nie wieder zurück."

Beide waren sie etwas überrascht, aber auch gerührt von der Aussagekraft dieses Satzes. Mit den Wünschen für ein frohes Weihnachtsfest verließen sie den kleinen Laden.

„Ich hätte jetzt Lust auf einen Glühwein. Lass uns zum Weihnachtsmarkt gehen, einverstanden", fragte Magnus. Finnja stimmte wortlos zu.

Trotz des hektischen Treibens, das aufgrund der Weihnachtseinkäufe herrschte, spürte man überall diese romantische Weihnachtsstimmung in der Luft. Die Besucher des Christkindlmarktes standen überall in kleinen Grüppchen zusammen, aus deren Mitte der Dampf von Glühwein und Punsch aufstieg. Überall herrschte leises Stimmengewirr und hier und da hörte man aus den kleinen Buden Weihnachtsklänge.

„Weißt du eigentlich, dass ich von Kindheitstagen an, von Weihnachtsmärkten einfach nur fasziniert bin", fragte Finnja, während sie an einem kleinen Stand traditionelle Handwerkskunst bewunderten.

„So ein Christkindlmarkt ist ja auch was richtig Romantisches, vor allem, wenn er noch so verschneit ist wie dieser hier."

„Ich liebe den Duft von Glühwein und gebrannten Mandeln, bin begeistert von dem Duft der Weihnachtsbäckerei, liebe den wundervollen Christbaumschmuck und die vielen verschiedenen Kunstwerke." Finnja fühlte sich gerade ihre Kindheit versetzt und musste aufpassen, nicht melancholisch zu werden.

Sie hatten sich einen kleinen Stand ausgesucht und genossen beide einen heißen Glühwein. Plötzlich dachte Finnja sie würde träumen, denn auf einmal stand neben ihr eine Gestalt in einem weißgoldenen Himmelsgewandt. Das Mädchen hatte einen blonden Lockenkopf und Federflügeln auf dem Rücken. Die Gestalt überreichte Finnja einen ganz kleinen wunderschönen Engel und wünschte ihnen frohe Weihnachten. Finnja war total gerührt und bekam ganz feuchte Augen.

„Das bedeutet ganz viel Glück für dich im nächsten Jahr. Das war nämlich das Christkind", sagte Magnus und begutachtete den kleinen Engel ins Finnjas Hand.

„Das Christkind?", fragte Finnja ungläubig mit hochgezogenen Augenbrauen.

„Ja, das ist hier so Tradition auf dem Salzburger Christkindlmarkt. An den vier Samstagen vor Weihnachten besucht das Christkind mit seinen Engeln diesen stimmungsvollen Weihnachtsmarkt und bezaubernd mit ihrem zarten Wesen die Besucher."

„Ohh, das war eben wirklich ein wundervolles Erlebnis. Ich bin ganz gerührt", bemerkte Finnja ganz leise.

Sie schlenderten noch eine Weile über den Weihnachtsmarkt, aßen noch eine Kleinigkeit und träumten auch ein wenig, bevor sie sich dann wieder auf den Weg zurück ins Hotel begaben. Lulu begegnete ihnen in der Hotellobby und kam aufgeregt auf sie zugelaufen.

„Finnja wo warst du denn die ganze Zeit? Ich habe dich gesucht." Lulu war schon umgezogen und aufgeregt, so wie immer vor so einer Show.

„Wir haben gerade mal halb sechs. Habt ihr euren Zeitablauf geändert?", fragte Finnja irritiert, während sie auf die Uhr schaute.

„Nein, aber ich hab gedacht du verbummelst vielleicht die Zeit. Komm mach dich schnell fertig und dann komm bitte rüber in den Saal. Die Modenschau beginnt pünktlich um halb sieben." Lulu gab ihr noch ein Küsschen rechts und links auf die Wange und schwebte mit einem Lächeln auch schon wieder davon.

Magnus und Finnja ging zur Rezeption, holten ihre Schlüssel und begaben sich nach oben. Lachend kamen sie wie langjährige Freunde im 3. Stock an und jeder verschwand in seinem Zimmer. Finnja wusste, dass die Zeit jetzt knapp war und in spätestens dreißig Minuten würde ihr Job beginnen. Da sie als sehr zuverlässig galt, wäre sie, egal was auch kommen würde, genau fünf Minuten vor Jobbeginn an ihrem Einsatzort. Drei Minuten später stand sie unter der heißen Dusche.

Magnus verstand Finnjas schnelle Verabschiedung. Er konnte nachfühlen, dass sie jetzt mit ihren Gedanken zu hundert Prozent bei ihrer Arbeit war und das war auch absolut in Ordnung für ihn. Nach der Modenschau spielte noch eine Musikkapelle und es war Tanz angesagt. Er freute sich auf Benny und hoffte, dass er bis zur

After-Show-Party eingetrudelt ist. Etwas verträumt und über beide Ohren in diesen Mann verliebt, begab auch er sich auf sein Zimmer.

Pünktlich um 18:00 Uhr stand Finnja, mit schwarzer Cordhose und grauer Bluse bekleidet neben Lulu, die wie immer fantastisch aussah. Finnja wusste, dass sie die nächsten Stunden in allen möglichen Posen fotografieren musste und da war ein Rock nicht gerade die passende Arbeitskleidung. Sie würde sich nachher nochmal umziehen, nahm sie sich vor, als sie Lulu in ihrem sexy Outfit sah.

„Susi komm zieh das hier an", gab Lulu die Anweisung an ihr neues Model. Susi war das erste Mal dabei und noch etwas unsicher.

„Finnja du kennst den Ablauf noch? Zuerst kommt die Businessmode und dann die Abendkleidung. Zum Schluss haben wir dann das wahrscheinlich Interessanteste für alle, nämlich die Dessous und auch die etwas extravagante erotische Kleidung", sagte Lulu doch leicht nervös.

„Wieso denkst du eigentlich immer, dass ich den Ablauf, den wir schon tausend Mal vorher besprochen haben, vergessen könnte?" Finnja grinste und amüsierte sich über Lulus Nervosität.

„Ich weiß das du das nicht vergisst. Sorry. Weißt du, ich habe mir vorhin noch überlegt, dass wir doch auch noch eine Reportage machen könnten. Also, dass du nicht nur draußen fotografierst, sondern auch Fotos machst, von der Arbeit hinter den Kulissen. Wie sich die Mädchen umziehen, was für Hektik und Aufregung in der Kabine herrscht und wie professionell und ruhig das dann aber, da draußen präsentiert wird. Ich möchte, dass du all diese Stimmungen mit deiner Kamera einfängst." Lulu zog die Augenbrauen etwas nach oben und wartete auf Finnjas Antwort.

„Na super meine Liebe, das hättest du mir ja auch mal vorher sagen können, dann hätte ich mir schon eher mal Gedanken drüber machen können." Finnja war genervt. So etwas mochte sie nicht, so grundlegende Programmänderungen, gerade mal eine Minute vorher.

„Sorry Süße, aber du kriegst das schon hin." Lulu gab ihr noch einen flüchtigen Kuss auf die Wange und widmete sich wieder ihren Models.

Finnja schaute durch den Vorhang hinaus in den großen Saal, der sich bereits gut füllte. Die Gäste waren in guter Stimmung, das spürte Finnja und das gab ihr auch schon mal ein gutes Gefühl. Okay, dann werde ich einfach überall und nirgends sein, dachte sie, während sie die Stirn runzelte. Sie nahm ihren Fotoapparat und begann mit ihrer Arbeit.

Die anwesenden Models waren alle sehr hübsch und sehr kurvig gebaut, aber keinesfalls dick. Im Durchschnitt waren sie um die dreißig, sehr selbstbewusst und sie hatten alle eines gemeinsam, sie liebten alle ihre wunderschönen Rundungen.

Finnja machte sich zuerst mal mit den wenigen Models bekannt, die sie noch nicht kannte. Mit den anderen gab es zunächst ein lustiges und frotzelndes Hallo zur großen Wiedersehensfreude. Die eine oder andere, nicht jugendfreie Bemerkung ließ sofort eine lockere Stimmung aufkommen und Finnja begann zu ahnen, dass dieses Fotoshooting schlüpfriger werden könnte als die bisherigen. Die Mädels waren unterschiedlich beschäftigt. Die einen waren noch mit ihren Haaren zugange, die anderen noch am Schminken und andere zogen schon die ersten Outfits an. Finnja hielt ihre Kamera auf die einzelnen Mädels und machte ihre Bilder, doch dann stockte sie. Nicht alle, aber die meisten Mädels waren noch nackt, was ihnen selbst scheinbar nichts ausmachte. Sie ulkten und nahmen die Kamera so gut wie gar nicht wahr. Finnja überlegte einen Moment, ob sie mit dem fotografieren doch besser warten sollte, bis alle Mädels angezogen waren, aber dann fiel ihr Lulus Anweisung ein, dass sie alle Stimmungen einfangen sollte. Also drückte sie auf den Auslöser und war selbst überrascht, wie viele glattrasierten Muschis sie auf einmal vor ihre Linse bekam.

„Hey Susi, dein Tanga ist ja verrutscht. Du solltest ihn richten, sonst reibt der String an deiner Muschi und das sehen die Gäste dann an deinem Gang", rief Soraya, eine kesse Rothaarige und lachte, was zur allgemeinen Erheiterung beitrug.

Susi saß auf einem kleinen Schemel. Sie spreizte leicht die Beine und schaute in ihren Schritt. Das hätte sie besser nicht tun sollen, denn das stachelte Soraya nun so richtig an.

„Mädels, schaut mal was Susi für einen tolle Schnecke hat. Feucht und angeschwollen, da hätte man richtig Lust mal dran zu Naschen." Soraya kam in Fahrt. Sie ging zu Susi hinüber, kniete sich vor sie und strich mit ihrer Zunge ganz zart über deren Kitzler. Susi war im ersten Augenblick zwar sehr überrascht, ließ es dann aber mit einem leichten Grinsen geschehen, und ihr schien es zu gefallen.

„Komm Soraya, leck noch einmal ganz zart über diese rosa Knospe, genau so wie eben", sagte Finnja, die diesen erotischen Anblick gerne in Nahaufnahme haben wollte.

Soraya kniete noch immer vor ihrer Kollegin. Sie schaute Susi an und lächelte. „Darf ich noch einmal an dir naschen?", fragte sie und man spürte förmlich das erotische Knistern im ganzen Raum. Susi leckte sich mit ihrer Zunge langsam über die Lippen, während sie nickte. Sie wirkte sehr schüchtern, aber genau das war das reizvolle.

Es war ungewöhnlich still im Raum. Die Mädchen genossen allesamt diesen erregenden Anblick. Soraya spreizte, mit viel Gefühl, Susis Beine ein wenig und zum Vorschein kam ihre einzigartige Blüte mit dem schon leicht angeschwollenen Kitzler. Soraya hatte Erfahrung wie man eine Frau verwöhnte, das konnte man sehen und genießen. Sie wusste genau, welche Knöpfe man drücken musste, dass sich die Beine schon fast von alleine öffnen. Susis Atem wurde schwerer. Ihr Wunsch, von Soraya nun endlich geleckt zu werden, wurde stärker und ihre Schamlippen und ihr Kitzler schwollen immer mehr an.

Soraya ließ sich Zeit. Sie begann damit die Innenseiten der Schenkel zu küssen und fuhr dann ganz zart mit ihrer Zunge über Susis Schamlippen. Den Kitzler hauchte sie allerdings nur ganz leicht warm an. Aufreizend befeuchtete sie ihre Zungenspitze, bevor sie damit zart Susis rosa Knospe berührte. Soraya ließ bei diesem fesselnden Spiel ihren Blick zu Finnja wandern, die mit ihrer Kamera direkt neben ihr kniete. Dieser Blick war gefüllt mit Begierde und stellte eine erwartungsvolle Frage. Als Finnja plötzlich die Hand von Soraya auf ihrem Po spürte, begann ihre Muschi zu pochen, was man als eindeutige Antwort hätte werten können. Sorayas Zunge bewegte sich weiter, so wie eine Schlange glitt diese nun über den rosaroten, glänzenden Kitzler. An Susis Stöhnen konnten die Mädels das Wohltun fast schon selbst im eigenen Unterleib spüren.

Finnja hatte dieses einzigartige Zungenspiel, von Anfang bis zum Ende mit ihrer Kamera aufgenommen und es wäre sicher auch noch weiter gegangen, wenn Lulu dieses, für alle Mädels sehr anregende Lustspiel, nicht etwas schroff unterbrochen hätte.

„Kommt Mädels, lecken und verwöhnen, das könnt ihr euch nach der Show auch noch. Aber jetzt bitte, macht euch endlich fertig."

Ein Raunen der Enttäuschung ging durch den Raum. Gerne hätten die Mädels mehr gesehen, und die ein oder andere war auch schon dabei sich selbst zu verwöhnen. Soraya zwinkerte Susi noch einmal zu und setzte sich anschließend wieder vor den großen Spiegel, um sich fertig zu schminken.

Ein wahnsinniges Knistern lag in der Luft und Finnja spürte nicht nur die erotische Stimmung, hier hinter den Kulissen, sondern auch ein fast schon unerträgliches Kribbeln zwischen ihren eigenen Beinen.

Der Anblick von Soraya, wie sie da kniete und diese wundervolle, glattrasierte Knospe verwöhnte, weckte ihre Fantasien. „Was für ein Gefühl muss das sein, von einer Frau verwöhnt zu werden", dachte sie so bei sich, während sie Soraya im Spiegel beobachtete. „Wie sich das wohl anfühlen mag?"

Sie verspürte plötzlich den Wunsch, genau diese Erfahrung machen zu wollen. Ihr Verlangen nach dieser rassigen Frau wurde von Sekunde zu Sekunde stärker. Es war das Verlangen, von ihr nach allen Regeln der Kunst verwöhnt zu werden, aber auch ein Verlangen sie zu spüren, zu fühlen und zu schmecken. Die Vorstellung daran brachte Finnja fast um den Verstand. Als ob Soraya Finnjas Gedanken erspüren konnte, schaute sie hoch, in den Spiegel und direkt in Finnjas Augen. Es war wie Telepathie und Finnja spürte, wie sie ganz langsam in einen Sog der Erotik gezogen wurde, dem sie nicht mehr entkommen konnte.

Sie musste ihre, nun fast schon schmerzhafte Erregung abkühlen und ging wortlos hinaus in den Saal. Sie blieb einen Moment stehen. Es war, als ob sie plötzlich aus einen Traum herausgerissen wurde, als ob sie wieder in der Wirklichkeit angekommen wäre. Sie atmete einmal tief ein und aus und versuchte sich nun, gedanklich auf ihre Arbeit zu konzentrieren.

Sie fing die ersten Eindrücke ein, das Stimmengewirr und das Klirren der Gläser. Die Unruhe bei den Gästen ließ darauf schließen, dass diese in freudiger Erwartung waren, dass es bald losgehen würde.

Finnja schlenderte mit ihrer Kamera durch die verschiedenen Etagen im Saal und war überrascht, wie offen die Gäste für Fotos waren. Die meisten Personen waren zwischen dreißig und sechzig Jahren und überraschenderweise, trugen viele der weiblichen Gäste weit ausgeschnittene Kleider oder auch Miniröcke und zeigten damit ihre schönen Beine. Nicht nur bei den Models, sondern auch bei dem Publikum, waren viel mehr runde und weibliche Formen zu sehen, als super schlanke Figuren.

Plötzlich wurden die Lichter gedämmt und aus den Lautsprechern ertönte eine laute, mitreißende Auftaktmusik. Finnja lief es kalt den Rücken herunter, so emotional war dieses Spektakel. Ein junger Mann, der die Moderation machte, eröffnete die Modenschau mit einer sehr angenehmen weichen Stimme.

„So und nun meine sehr verehrten Damen und Herren, begrüßen Sie bitte mit mir, die einzigartige, wunderschöne, attraktive Designerin, die Sie mit ihrer Mode heute Abend wieder verzaubern wird. Vorhang auf, Spot an und hier ist sie, Madame Lulu aus München."

Mit lautem Applaus wurde Lulu gebührend empfangen. Sie trug ein sehr figurbetontes, langes, lachsfarbenes Abendkleid mit tiefem Rückenausschnitt und einem breiten goldenen Gürtel. Sie sah einfach nur umwerfend aus, was man dem Raunen im Publikum entnehmen konnte. Nach einer kurzen Begrüßung zog sich Lulu wieder dezent zurück und der Moderator kündigte die ersten drei Models an. Graziös und sehr professionell schritten sie den Gang entlang. Zwischendurch drehten sie sich immer mal wieder, zogen ihre Jacken aus und hängten sie locker über die Schulter. Hier und da winkten sie sogar auch mal lachend ins Publikum. Man konnte spüren, wie viel Spaß ihnen diese Show machte und man sah ihnen an, dass man nicht gertenschlank sein musste, um ein wirklich tolles Model zu sein.

Lulu hatte das so organisiert, dass immer zwei oder drei Models draußen waren. Der Moderator erläuterte dann die einzelnen Schnitte, Farben und Materialien und beschrieb auf eine sehr charmante Art, was die Models gerade trugen. So hatten die Gäste genügend Zeit sich die Kollektion anzuschauen. Wenn drei Models draußen waren, dauerte die jeweilige Präsentation immer etwas länger und so hatten die anderen genug Zeit sich wieder umzuziehen. Die Stimmung war fantastisch und das Publikum applaudierte immer wieder mit großer Begeisterung.

Als die Präsentation der Business und Abendkleidung vorbei war, kündigte der Moderator eine kleine Pause an.

„So meine lieben Gäste, nun machen wir eine kleine Pause, bevor es dann mit der Präsentation der Dessous weitergeht. Um Ihnen aber schon mal ein bisschen Appetit zu machen, darf ich Ihnen verraten, dass Madame Lulu heute ein paar ganz extravagante, hoch erotische Teile dabei hat."

Der Moderator tat gespielt verlegen und räusperte sich ein wenig. „Ich habe vorhin schon mal ein Blick auf diese Stücke werfen dürfen und meine lieben Damen, aber auch Herren, ich kann Ihnen nur eines sagen: Bei diesem Anblick kam nicht nur mein Herz in Aufruhr."

Finnja stellte fest, dass der Moderator seine Arbeit wirklich gut machte. Das Publikum bekam ein Leuchten in die Augen, es wurde geflüstert und getuschelt und genau das war es, was der Moderator erreichen wollte. Er hatte das Publikum schon etwas angeheizt, ein wenig wuschelig gemacht und jeder war neugierig darauf, was nach der Pause geboten werden würde. Finnja ging noch mal langsam durch das Publikum und machte vereinzelnde Fotos. Dabei sah sie Magnus an der Bar sitzen. Neben ihm saß ein gutaussehender schlanker Mann, der Benny sein müsste. Mit einem liebevollen Lächeln winkte Magnus ihr leicht zu.

„Hallo Magnus, schön, dass du auch gekommen bist", begrüßte ihn Finnja, als sie auf dem Weg zurück in die Umkleidekabine war. Magnus stellte ihr Benny vor und es folgte ein kurzer, aber sehr angenehmer Small Talk.

„Das ist eine tolle Modenschau, Respekt!" lobte Magnus anerkennend.

„Warte mal bis nach der Pause", grinste Finnja.

Ohne weitere Erklärung begab sie sich in die Umkleidekabine, wo es zuging wie in einem Hühnerstall, mit viel Gekicher und Gegacker. Die Mädels sahen sehr aufreizend aus in ihren Dessous und Strapsen und Finnja genoss es sehr, Fotos von ihnen zu machen.

„Kommt Mädels, lasst uns vor dem letzten Walk noch einmal gemeinsam anstoßen", sagte eines der Models, woraufhin alle ihre Gläser erhoben.

„Ich wette mit euch" rief Soraya mit leicht verruchter Stimme, „wenn wir jetzt mit unseren Strapsen da hinausmarschieren, gehen wieder alle Blicke direkt auf unsere Muschis."

Die Mädels lachten, sie machten das nicht zum ersten Mal und wussten, wie das Publikum generell auf Dessous reagierte.

„Also ihr wisst ja, schön den Venushügel nach vorne drücken und ab und zu mal die Beine spreizen, damit die Gäste ein wenig eure Schamlippen sehen können, die sich in den dünnen Strings abzeichnen."

Aufreizend strich sie sich mit ihren Fingern über ihre Vulva. Finnja kniete mit ihrer Kamera direkt vor ihr, was Soraya wieder zur Hochform auflaufen ließ. Gerade als sie ihr Bein auf den Schemel gestellt hatte, das Höschen etwas zur Seite schob und mit dem Finger über ihre Lustperle strich, hörten sie, wie Lulu draußen die Ansage der Dessous machte.

„Mist", sagte Soraya, die mit als Erste raus musste. „Jetzt juckt und kribbelt es da untenrum dermaßen stark, hoffentlich falle ich da draußen keinen Gast an."

„Da musst du jetzt durch", sagte Rosanne lachend. „Du kannst ja nachher bei der After-Show-Party schauen, welcher der Herren alleine an der Bar sitzt und dann mal höflich fragen, ob nicht Appetit auf deine Lustgrotte hat. "

„Gute Idee, das werde ich tun", kam es ebenso lachend von Soraya zurück, die diese Idee gar nicht so schlecht fand. „Aber wenn ich das tue, dann müsst ihr alle auch etwas tun."

„Welchen Vorschlag hättest du denn", kam es von Rosanne, die schon leuchtende Augen bekam.

„Wir gehen alle nachher «unten ohne», zu dieser After-Show-Party, und zwar alle, ohne Ausnahme", forderte Soraya die Mädels auf und schaute langsam in die Runde. Ihr Blick blieb bei Finnja hängen. „Du auch Finnja. Mitgefangen, mitgegangen."

Finnja war etwas irritiert, aber sie war keine Spielverderberin und so nickte sie nur zustimmend. Ihr gefiel der heutige Job, er war anders als sonst. Oder war nur sie anders als sonst? Sie überlegte kurz auf was bisher, aus moralischen Gründen, so alles verzichtet hatte. Sie begann ihr neues Leben zu genießen. Ein Leben ohne Moral, ohne Einschränkungen und ohne schlechtes Gewissen.

Im Moment allerdings war sie nur wahnsinnig froh, eine Hose anzuhaben. Trüge sie einen Rock, hätten sich zwischendurch, mit Sicherheit schon mal, ihre Finger in ihrem Höschen verirrt.

„Sag mal Finnja", fragte Soraya mit aufreizender Stimme, „macht dich das nicht total scharf, unsere nackten Körper so zu fotografieren?"

Finnja und Soraya kannten sich schon sehr lange und verstanden sich auch sehr gut, aber so ein Gesprächsthema hatten sie bisher noch nie.

„Na ja, es ist schon erregend euch da zuzuhören und dann auch noch so feuchte Gebiete vor die Linse zu bekommen", antwortete Finnja und spürte, wie es in ihrer Grotte wieder zu ziehen begann.

Soraya schmunzelte und Finnja hatte das Gefühl, dass sie irgendetwas im Schilde führte.

„Du ziehst dir nachher aber auch noch ein Röckchen an, oder?" fragte Soraya kess.

„Na klar, sonst wirkt das mit dem «unten ohne» ja nicht." Finnja hatte das noch nie gemacht. Allein der Gedanke daran, erregte sie.

Dann kam auch schon Lulu herein und schickte die ersten drei Mädels in die Halle. Finnja ging gleich mit, um nun draußen weitere Fotos zu machen. Sie positionierte sich an eine Stelle, wo die Mädels sich immer einige Male drehten, bevor sie weiterliefen. Neben Finnja war ein Tisch, mit vier älteren Damen, so um die sechzig, aber alle vier sahen noch sehr gut aus, waren sehr schick und absolut sexy gekleidet.

Als das erste Model ankam, zückte Finnja ihren Fotoapparat. Es war Soraya. Provozierend und sehr aufreizend begann sie mit der Kamera zu spielen. Sie drehte sich ganz langsam herum, bückte sich etwas nach vorne und streckte ihren Po direkt in die Linse. Dann nahm sie den neben ihr stehenden Schemel, zog ihn etwas zu sich und stellte ein Bein darauf. Soraya hatte nur einen sehr dünnen, knappen Tanga an, der unabsichtlich oder absichtlich nicht da saß, wo er eigentlich sitzen sollte und so schauten, rechts und links ganz neugierig, ein wenig ihre Schamlippen heraus.

Die vier älteren Damen am Tisch hatten direkten Blick auf diese beiden rosa glänzenden Prachtstücke. Finnja wagte einen blick zu den Vieren und war sich sicher, dass sie gleich pikiert die Modenschau verlassen würden. Aber dem war nicht so, ganz im Gegenteil. Finnja hörte, wie eine der Damen Soraya etwas zuflüsterte.

„Süße komm, zeig uns noch etwas mehr von diesem tollen Tanga." Das ließ sich Soraya nicht zweimal sagen und spreizte ihre Beine vor den Damen noch etwas mehr. Die älteren Frauen am Tisch waren begeistert und klatschten laut Beifall. Soraya lächelte, zwinkerte Finnja zu und ging elegant weiter.

„Madre Mia, kurvige Frauen sind doch wirklich sexy", hörte Finnja eine der älteren Damen sagen und sah, wie sie nun doch etwas schwerer atmete.

Finnja musste schmunzeln. Der Platz war optimal und so blieb sie auch weiterhin neben den Damen stehen, um auf das nächste Model zu warten, welches gerade um die Ecke kam. Sie wollte gerade ihre Kamera ansetzen, als sie plötzlich eine der älteren Damen von der Seite ansprach.

„Sagen Sie mal junge Frau", sagte die Dame relativ leise, „Sie erregt das aber auch sehr, solche schönen Schamlippen direkt vor ihrer Kamera zu sehen, oder?"

Finnja glaubte zuerst sie hätte sich verhört. „Wie kommen Sie denn darauf?" fragte sie irritiert und schaute in zwei leuchtenden Augen mit vielen Lachfältchen drum herum.

„Na ja", lächelte die Dame, die mit Sicherheit schon Oma war, „schauen Sie doch mal auf Ihren Schritt. Ihr Möschen ist so nass, dass man die Konturen wunderschön sehen kann."

Finnja musste nicht hinunterschauen. Sie spürte, dass ihre Hose im Schritt fast durchgeweicht war. Verlegen schaute sie die ältere Dame an.

„Machen Sie sich nichts draus, ich bin genauso nass da unten herum", sagte sie mit einem Zwinkern.

Finnja grinste etwas gezwungen und wäre am liebsten im Boden versunken, aber sie hatte einen Job und den musste sie erfüllen. Mit absoluter Professionalität machte sie ihren Job weiter und dann neigte sich die Modenschau auch schon so langsam dem Ende zu.

„So meine lieben Gäste", hörte man Lulu sagen, die ihre Dessous-Show selbst moderierte, „mit unserer Modenschau sind wir fast am Schluss angekommen, aber ein Highlight habe ich noch für Sie."

Man hörte hier und da ein "Ohh" oder ein "Ahh".

„Ich muss zugeben, es war schon ein kleines Risiko, eine so spezielle Dessous-Show zu präsentieren, und ich habe mich auch erst nach der Pause dazu entschieden, Ihnen diese extravagante Mode zu zeigen. Aber Sie sind ein so tolles, offenes und aufgeschlossenes Publikum, dass ich sofort spürte, dass das passt."

Das Publikum johlte und klatschte begeistert Beifall.

„Aber nun spanne ich sie nicht länger auf die Folter", fuhr Lulu mit einem Lächeln fort. „Mein kurvigstes Model mit wunderschönen, fraulichen Rundungen wird Ihnen jetzt eine ganz spezielle sexy Kombination präsentieren. Soraya meine Süße, komm zeige dich."

Plötzlich wurde das Licht gedämmt und aus dem Vorhang trat Soraya heraus. Dem lauten Raunen konnte man die Begeisterung des Publikums entnehmen. Soraya sah einfach nur atemberaubend aus. Sie trug eine schwarze Spitzen-Korsage mit herzförmigen

Cups. Diese waren so raffiniert geschnitten, dass ihre großen Brüste noch größer und praller erschienen, als sie eh schon waren. Für diesen atemberaubenden, erregenden Auftritt sorgte allerdings die schwarze Netzstrumpfhose. Sie war leicht durchsichtig und im Schritt völlig offen.

„Mit dieser Strumpfhose ", kommentierte Lulu, „die im Schritt herzförmig offen ist, lassen Sie meine lieben Damen, das Herz Ihre Partners und wahrscheinlich auch noch etwas anderes, in Sekundenschnelle höherschlagen. Meine Damen, das ist ein absolut außergewöhnliches Teil, für ganz spezielle Momente."

Mit glänzenden Augen, einem etwas frivolen Lächeln auf den Lippen und einem sehr aufreizenden Hüftschwung ging Soraya den Gang entlang. Finnja spürte, wie erregt Soraya war, als sie sah, wie alle auf ihren Schritt schauten, wo man ihre blanke Muschi aber mehr erahnen als sehen konnte. Wieder stand Soraya vor den vier älteren Damen, spreizte mit einem Zwinkern ein wenig mehr als sonst ihre Beine, bevor sie ihre Runde fortsetzte. Das Publikum tobte und der Applaus wollte nicht enden. Dann kamen alle Models noch einmal zusammen heraus und gingen nacheinander, ein letztes Mal diesen extravaganten Laufsteg entlang. Das Publikum klatschte so lange, bis alle Models wieder in der Umkleidekabine verschwunden waren.

Die After-Show-Party begann und die Gäste waren alle sehr gelöst. Der letzte, sehr erotische Auftritt von Soraya, war sicher nicht ganz unschuldig an spürbar sinnlichen Atmosphäre. Die Mädchen hatten ihr Spiel in die Tat umgesetzt und jede von ihnen war, unter ihrem Kleid oder Rock nackt. Und obwohl niemand der Gäste hiervon etwas wusste, spürte man, dass dieses erotische Knistern in der Luft. Die Kapelle beendete gerade einen Rock`n Roll und setzte ihr Programm mit ein Blues fort. Sofort war die Tanzfläche gefüllt.

„Du hast ja immer noch deine Hose an", hörte Finnja plötzlich die Stimme von Susi hinter sich.

„Geduld, Geduld. Ich bin gerade auf dem Weg nach oben, um mich umzuziehen."

„Na dann tue das mal. Du weißt ja, mitgefangen, mitgehangen", grinste Susi, drehte sich um und verschwand auf der Tanzfläche.

Nur wenige Minuten später war Finnja in ihrem Hotelzimmer. Sie stand vor dem Kleiderschrank und überlegte, was sie anziehen sollte. Große Lust auf diese After-Show-Party hatte sie allerdings keine. Magnus und Benny waren direkt nach der Show gegangen und Lulu kümmerte sich um ihre Gäste und den Verkauf. Sich alleine an die Bar zu setzen und den anderen Pärchen beim Tanzen zuzuschauen, danach war ihr jetzt so gar nicht. Sie entschied sich erst mal ein Bad zu nehmen. Danach hätte sie immer noch genug Zeit zu entscheiden, was sie macht.

Sie ging ins Bad, ließ Wasser in die große Wanne einlaufen und zog sich langsam aus. Sie hatte nur noch ihren Slip an, als es an der Tür klopfte.

„Finnja, bist du da?"

Finnja vernahm die Stimme von Soraya und öffnete die Tür, mit einem fragenden Blick. „Ist was passiert?"

„Nein, was soll passiert sein? Ich habe dich weggehen sehen und hatte das Gefühl, du schaust etwas bedrückt. Ist alles okay bei dir?"

„Ja klar, komm rein. Ich wollte gerade ein Bad nehmen. Zu dieser Party konnte ich mich, ehrlich gesagt im Moment noch nicht so richtig aufraffen."

„Kann ich verstehen", erwiderte Soraya. „So ein heißes Bad, das könnte mir jetzt auch gut tun."

„Tue dir keinen Zwang an. Die Wanne ist groß genug. Zieh dich aus und komm mit rein."

Als Soraya das Bad sah, war sie sichtlich überrascht. „Ich habe noch nie eine so große Badewanne gesehen", bemerkte sie staunend.

„Ja, für ein Hotel ist das sehr ungewöhnlich, aber toll" bemerkte Finnja, während sie vorsichtig in das Wasser stieg.

In Sekundenschnelle hatte sich Soraya ausgezogen. Sie ging nochmal nach nebenan und kam mit 2 gefüllten Gläsern Sekt zurück ins Bad. Dann stieg sie ebenfalls in diese große Wanne. Sie jauchzte und planschte wie ein Kind und Finnja musste herzlich lachen. Beide genossen sie diese gelöste Situation und entspannten sich in dem angenehmen heißen Wasser und dem kalten Sekt. Die Gläser waren schnell geleert, was Soraya nicht davon abhielt, in der Minibar eine zweite Flasche zu holen und zu öffnen.

„Man muss das Leben feiern", sagte sie, bevor sie mit Finnja darauf anstieß. Das heiße Wasser und der Alkohol zeigten schon bald seine Wirkung.

Soraya nahm die Flasche mit gut duftenden Duschgel und begann sich ganz langsam damit einzureiben. „Was ist das denn für ein tolles Gel? Das produziert vielleicht eine Menge Schaum. Einfach wunderbar", stellte sie mit einem kleinen Hicks fest, während sie sich weiter einrieb.

Sie setzte sich auf den sehr breiten, rundherum gemauerten Beckenrand, tauchte ihre Hand in den luftigen Schaum und bedecke damit spielerisch ihre Muschi. Dann lehnte sie sich entspannt zurück und begann ganz langsam ihren Kitzler zu reiben. Finnja schaute ihr genüsslich zu und sie merkte, wie sie das antörnte, Soraya dabei zuzuschauen, wie sie sich selbst verwöhnte. Sie konnte den Blick gar nicht mehr von ihr abwenden. Der Schaum auf Sorayas Muschi begann sich nach und nach aufzulösen und so konnte Finnja es teils schon sehen, teils aber auch nur erahnen, was Soraya da gerade trieb. Mit jeder Minute wurde der Blick klarer und nun sah sie ganz deutlich, wie Soraya ihren Kitzler rieb, ihn streichelte und ihn zwischen Daumen und Zeigefinger massierte. Finnjas Herz klopfte wie wild und das Ziehen in ihrer eigenen kleinen Lustgrotte wurde immer stärker.

Soraya tat so, als ob Finnja gar nicht da wäre. Sie beugte sich vor, nahm den Duschkopf in die Hand und spülte den restlichen Schaum von ihrer Muschi weg. Zum Vorschein kam frisch rasierte Haut und rosafarbene Schamlippen, die nass glänzten. Soraya glitt zunächst mit einem Finger durch ihre Spalte, von oben nach unten und wieder zurück und massierte dann wieder, den mittlerweile sehr angeschwollenen Kitzler. Ganz langsam sickerte der Saft aus ihrer Spalte. Sie sah, wie Finnja ihr Spiel beobachtete und es gefiel ihr, sie damit aufzuheizen.

„Möchtest du den Duschkopf jetzt haben?" fragte Soraya zwinkernd. „Ich würde gerne sehen, wie du dich damit verwöhnst."

„Ja, gib ihn her", kam es fast fordernd.

Finnja spürte, wie sich ihre Nippel vor Erregung aufrichteten und wie kribbelig sie wurde. Alleine die Vorstellung, dass Soraya ihr beim Onanieren zuschaute, erregte sie enorm. Sie begann mit dem warmen Wasserstrahl ihren Busen zu verwöhnen. Mit der anderen Hand knetete sie ihre prallen Brüste, streichelte ihre Brustwarzen und stöhnte dabei leise auf vor Wonne.

Aus dem Blickwinkel konnte sie beobachten, wie Soraya an ihren Schamlippen spielte. Finnja kniete sich, nahm den Duschkopf in die andere Hand, griff zur Seite und stellte am Regler den Massagestrahl nun etwas härter ein. Sie ließ den Duschstrahl dann über Sorayas Lustgrotte gleiten, die daraufhin kurze spitze Schreie von sich gab. Während der Wasserstrahl Sorayas Muschi massierte, glitten ihre Finger hinunter zu ihrer eigenen glatt rasierten

Lustgrotte. Mit zwei Fingern teilte sie die Schamlippen und ließ die Finger in ihrer Grotte verschwinden. Mit kurzen heftigen Stößen fühlte es sich fast an, als ob sie gerade ein Lustbolzen ausfüllte. Aber halt nur fast. Ihre Finger waren kein Ersatz für Antonios harte Männlichkeit, die sie jetzt so gerne verspürt hätte.

Finnja hielt den harten Wasserstrahl noch immer auf Sorayas Lustzentrum, die es jetzt nicht mehr aushielt. Der harte Strahl brachte die Muschi zum Kochen. Soraya rubbelte ihren Kitzler ergänzend zum Wasserstrahl, bis ihr Körper von den Wellen der Lust geschüttelt wurde.

Mit einer Frau Sex zu haben war neu für Finnja, aber sie genoss es, ohne Frage. Zu gerne hätte sie jetzt Lust gehabt, die glatt rasierte Muschi von Soraya mit ihren Lippen zu verwöhnen. Sie wollte unbedingt wissen, wie sich eine Muschi beim Lecken anfühlte, wie sie roch, wie sie schmeckte. Soraya schien diese Gedanken lesen zu können.

„Möchtest du mich lecken?"

Finnja war die Frage zwar etwas peinlich, aber der Alkohol löste auch die Hemmungen. Sie nickte und lächelte Soraya an.

„Komm lass uns rüber gehen. Auf dem Bett ist es gemütlicher", schlug Soraya vor.

„Guter Vorschlag", antwortete Finnja mit erregter Stimme. Während sie zum Bett rüber gingen, fühlte sie Sorayas heißen Atem an ihrem Hals. Sie flüsterte ihr etwas ins Ohr: „Ich möchte gerne, dass du mich überall mit deinen Küssen verwöhnst, bitte." Finnjas Muschi pochte wie wild bei dem Gedanken, nun das erste Mal eine Pflaume lecken zu dürfen. Nachdem Soraya die Gläser erneut gefüllt hatte, setzte sie sich vorne auf die Bettkante. „Komm knie dich vor mich hin", forderte sie Finnja auf. Finnja rutschte runter auf den Boden. Nun hatte sie diese gut duftende Lustgrotte direkt vor sich. Soraya spreizte ihre Beine, aber nur ein klein wenig.

„Was denkst du, wenn du so eine feuchte Muschi siehst?" Soraya war neugierig auf Finnjas Antwort. Da sie bi-sexuell war, hatte sie schon mehrere Muschis verwöhnen dürfen.

„Mhh, wenn ich das so sehe, glaube ich, es gibt nichts Erotischeres, als die erregte Muschi einer anderen Frau, so nah vor sich zu sehen, sie zu spüren, zu riechen und vor allem zu schmecken!" Ganz langsam drückt sie Sorayas Beine noch ein wenig weiter auseinander. Jetzt wusste sie auch, warum es Lust-Tropfen hieß. Der Saft tropfte förmlich aus der heißen Spalte.

Soraya legte ihre beiden Hände auf die Innenseite ihrer Schenkel und zog langsam mit den Fingern ihre Schamlippen auseinander.

„Dann sag mir, wie sie dir schmeckt", forderte Soraya sie auf.

„Geduld meine Süße." Finnja lächelte verschmitzt.

Ganz zart berührte sie mir ihrer Zungenspitze Sorayas Kitzler, der sie förmlich anlächelte und geradezu aufforderte weiterzumachen. Sie saugte ein wenig an ihren Schamlippen, knabberte an der Innenseite ihrer Schenkel und berührte kaum spürbar mit ihrer Zunge den Kitzler. Finnja genoss den Anblick der vor ihr liegenden Portion fleischlichen Genusses mit diesem wunderbaren Geruch und Geschmack. Langsam strich sie mit der Fingerkuppe über Sorayas Kitzler. Soraya stöhnte laut auf und Finnja verstärkte den Druck, bis sie erneut stöhnte.

Sie erinnerte sich noch gut daran, als Soraya ihre Schamlippen etwas spreizte und sie dann ganz leicht nach unten zog. Allein der Gedanke daran ließ sie schon wieder erregt werden. Wie würde Soraya diese Schamlippenmassage empfinden?

Zärtlich steckte zwei Finger in Sorayas Muschi und ließ sie ganz langsam kreisen. Sorayas Stöhnen wurde immer lauter und Finnja hatte etwas Bedenken, dass gleich der Zimmerservice klopfen würde, um zu fragen. Ob alles in Ordnung sei.

Soraya spreizte ihre Beine noch weiter, was Finnja als eindeutige Aufforderung sah. Diese feuchte Spalte so nah vor sich zu haben war ein absoluter Genuss. Finnja genoss den Anblick dieser rasierten Liebesgrotte. Die rosaroten feuchten Schamlippen glänzten. Es sah einfach nur scharf aus. Sie spreizte ein wenig die Schamlippen, sodass sie mit ihrer Zunge in diese Spalte eintauchen konnte. Gierig saugte sie mit ihren Lippen an den Schamlippen und zog sie ganz leicht nach unten. Sie saugte mal an der rechten, dann an der linken Schamlippe. Dann tauchte sie wieder mit ihrer Zunge in die Spalte ein und wiederholte dieses Spiel mal langsam mal schneller.

„Ohhh ja, das machst du einfach fantastisch! Nicht aufhören, leck mich weiter, komm, leck fester!" Soraya bettelte förmlich. Finnja spürte Sorayas Hand auf ihrem Kopf, die ihr Gesicht stärker gegen ihre feuchte Muschi drückte.

„Okay, dann bringe ich dich mit meiner Zunge jetzt mal auf Wolke Sieben meine Süße!", flüsterte Finnja.

„Mach weiter bitte, aber fester, viel fester", forderte Soraya sie stöhnend auf.

Finnja massierte die Schamlippen, spreizt sie immer wieder dezent, massierte gekonnt den Punkt, der Soraya fast wahnsinnig machte. Sie scheint bei Soraya am richtigen Punkt angekommen zu sein. Mit der einen Hand rubbelte sie Sorayas Kitzler, immer schneller und immer heftiger. Mit der anderen Hand rubbelte sie ihren eigenen Kitzler, genauso schnell und genauso heftig. Plötzlich zuckte Soraya unkontrolliert mit ihrem Becken. Finnja rieb den harten Kitzler, bis Soraya sich nach hinten aufs Bett fallen ließ. Nur kurz danach wurde auch sie von einem heftigen Orgasmus geschüttelt. Sie küsste nochmal ganz zart Sorayas tropfende Grotte, leckte noch einmal genüsslich über den geschwollenen Kitzler, bevor sie sich erschöpft neben sie auf's Bett fallen ließ.

Nach einer Weile richtete sich Soraya auf und küsste Finnja ganz zärtlich auf den Mund. „Das war vielleicht eine heiße Nummer." Finnja nickte. Sie war erschöpft und müde.

„Du gehst nicht mehr mit nach unten, oder?" fragte Soraya.

„Nein, ich bleibe hier und gehe schlafen", antwortete Finnja und war froh, dass Soraya nicht versuchte sie zu überreden.

Eine Viertelstunde später verließ Soraya das Zimmer und Finnja legte sich gemütlich aufs Bett. Sie verschränkte die Arme hinter ihrem Kopf und ließ in Gedanken diese wahnsinnig geile Nummer nochmal Revue passieren. Dieser erregende Duft und die Weichheit von Sorayas feuchter Muschi zu spüren, das war schon einzigartig. Sie fand es wirklich sehr schön diese Lustgrotte zu lecken, den harten Kitzler mit der Zunge zu verwöhnen und sie stellte sich gerade vor, wie Antonio ihre feuchte Lustspalte verwöhnte. Exakt in dem Moment wusste sie auch, was ihr fehlte. Der Sex eben mit Soraya war absolut genial, gar keine Frage. Dennoch hatte sie das Gefühl, als würde ihr trotz allem irgend etwas fehlen. Jetzt wusste sie, was es war. Es war der stramme Lustbolzen ihres Mannes. Es war einfach ein tolles Gefühl, wenn sie dieses Prachtstück spürte, wenn er sie damit ganz und gar ausfüllte. Sie bekam eine wahnsinnig große Lust auf ihn, auf ihren Mann, auf sein bestes Stück, auf seine Zungenfertigkeit und sie überlegte, ihren Mann einfach anzurufen.

Sie hatte ihr Handy schon in der Hand, als sie es sich dann doch anders überlegte. „Nein", sagte sie zu sich selbst, „das Spiel hat gerade erst angefangen und nur, weil ich jetzt gerade total scharf auf ihn bin, werde ich mein Ziel nicht aufs Spiel setzen."

Sie legte das Handy beiseite, stand auf, ging hinüber zu ihrem Koffer und holte etwas Kleines, Schmales, Glänzendes heraus. Sie liebte dieses wunderbare Teil, das für sie schon fast wie ein Freund in einsamen Stunden geworden war. Früher hatte sie sich immer mit der Hand befriedigt, bis sie sich eines Tages diesen kleinen, handlichen Vibrator kaufte. Es dauerte damals nicht lange, bis sie herausfand, an welchen Stellen ihr der kleine Max die größte Lust bereitete. Sie füllte ihr leeres Glas nochmal auf und nahm einen genüsslichen Schluck. Normalerweise trank sie keinen Alkohol und so spürte sie die Wirkung schon ein wenig. Sie setzte sich bequem aufs Bett und gerade, als sie ihren kleinen Freund anstellte, hörte sie den Eingang einer SMS.

«Ich bin hier zuhause und vermisse dich sehr», las sie die Nachricht von ihrem Mann.

Finnja schaute überrascht. Sie fragte sich, ob das nun zu seinem persönlichen Spiel gehörte. In einer Woche war die Weihnachtsfeier, auf der die beschlossenen Beförderungen bekannt gegeben werden. Sie wusste, wie wichtig diese Beförderung für Antonio war und sie erinnerte sich noch genau an seine Bitte, dass sie seinen Chef Herrn Dr. Winter doch etwas verwöhnen könnte. Während sie mit dem Dildo über ihre, schon wieder feuchte Muschi strich überlegte sie, ob sie überhaupt und wenn ja, was sie ihm antworten sollte.

Die Vibration von Max zeigte Wirkung und es erregte sie sehr. Das in Kombination mit dem Alkohol war wahrscheinlich auch der Grund, warum sie sich überhaupt entschloss, auf diese Nachricht zu antworten. Sie ließ Max einen Augenblick um ihre Klitoris kreisen, genoss dieses wunderbare Gefühl sowie die kribbelnde Lust, legte ihn dann aber erst einmal beiseite, bevor sich ein Orgasmus ankündigen konnte. Dann nahm sie ihr Handy zur Hand und tippte ebenfalls eine Nachricht ein.

«Ich bin im Hotelzimmer und verwöhne gerade meine nasse Lustspalte.»

Es dauert eine ganze Weile, bis sich Antonios Antwort ankündigte.

«Wie verwöhnst du denn gerade deine kleine Muschi? Deine Muschi vermisse ich übrigens auch sehr.»

Finnja streichelte über ihren Kitzler. Sie hatte die Möglichkeit über ihr Handy auch Sprachnachrichten zu verschicken und das war viel bequemer als diese Tipperei. Dieses Spiel war neu für sie und es machte sie scharf, sehr scharf sogar.

Sie setzte sich im Schneidersitz hin, drückte sich ein großes Kissen in den Rücken und ließ Max immer wieder über ihren Kitzler gleiten. Mit der anderen Hand nahm sie dann ihr Handy, schaltete die Sprachaufnahme ein und legte es neben sich.

«Hallo das hier ist eine Nachricht von einer, in voller Erwartung stehenden Muschi. Du willst wissen, wie ich gerade verwöhnt werde? Das verrate ich dir sehr gerne. Gerade spüre ich das runde, vibrierende Ende eines Vibrators. Er stimuliert ganz zart meinen Kitzler und das tut soooooo gut.»

Finnja stoppte die Sprachaufnahme und drückte auf Senden. Zu lange sollten die Sprachnachrichten ja auch nicht sein. Dann stimulierte sie mit dem Dildo ihren Kitzler weiter. Sie musste zwischendurch immer mal wieder aufhören, sie wollte das Spiel so lange wie möglich hinauszögern. Und dann kam eine Sprachnachricht von ihrem Mann zurück. Seine Stimme war absolut betörend, sehr angenehm, ruhig und sanft.

Finnja zerfloss bald, als sie ihren Mann hörte. Genau in diese warme, wohltuende Stimme hatte sie sich damals verliebt. Während sie seine Nachricht anhörte, spreizte sie ihre Beine noch etwas weiter und massierte ihre Schamlippen. Sie zupfte und zog die kleinen Schamlippen so, wie das Soraya vorhin bei ihr machte. «Hallo mein lieber Schatz. So offen und sexuell so aktiv kenne ich dich ja gar nicht. Aber ganz ehrlich, dieses etwas lüsterne Art, sie gefällt mir an dir. Natürlich würde ich dich und deine, mit Sicherheit total nasse Muschi jetzt gerne mit meiner Zunge verwöhnen, sie ganz zart lecken und an deinem Kitzler saugen. Ich kann förmlich fühlen, wie nass du gerade bist. Ich rieche deine Erregung und es macht mir scharf, sehr scharf. Wenn du morgen oder übermorgen wieder zuhause bist, dann zeige mir doch mal, wie du dich mit dem Vibrator verwöhnst. Das fände ich echt geil. Aber jetzt meine Süße, lass deine Muschi bitte weitererzählen, wie du sie gerade verwöhnst. Ich bin gespannt auf diese Nachricht. »

Finnja hörte sich diese Nachricht ein zweites Mal an. Hatte ihr Mann da eben tatsächlich «bitte» gesagt. Dieses Wort hatte er aus seinem Wortschatz doch gestrichen. Sollte er sich etwa doch Gedanken über sein Verhalten gemacht haben? Nein, sie würde sich so schnell nicht hinters Licht führen lassen.

Sie schickte keine erneute Sprachnachricht mehr, beschloss aber, den kleine Max noch einmal spüren zu wollen. Ausgestreckt lag sie auf dem Bett. Max kreiste vibrierend um ihren Kitzler und dann konnte sie sich nicht mehr zurückhalten. Sie schaltete um auf die höchste Vibrationsstufe und ließ ihn dann tief in ihrer Muschi verschwinden. Erst sehr langsam und vorsichtig, dann aber immer schneller. Mit der anderen Hand rieb sie wie wild an ihrem Kitzler. Sie stöhnte, rieb sich und versank in einem völligen Rausch der Ekstase. Ein wahnsinnig starker Orgasmus der ganz besonderen Art überkam sie. Ihr Becken zuckte wie wild und es dauerte eine Ewigkeit, bis sich ihr Körper wieder beruhigte. So viel Sex wie heute hatte sie die gesamten letzten Monate nicht. Das Erlebte gefiel ihr und sie wusste, dass sie auf dies alles nicht mehr verzichten wolle.

Sie griff zwischen ihre Schenkel, um Max aus seiner heißen Höhle zu befreien. Doch dann kam ihr eine Idee. Sie schaltete die Vibration auf kleinste Stufe und bewegte den kleinen Dildo ein paar Mal vor und zurück. Ziemlich weit drinnen ließ sie ihn in genau dieser Position stecken. Sie nahm ihr Handy, positionierte es direkt vor ihrer Lustgrotte und drückte auf den Auslöser. Das Bild war einfach nur genial. Nicht nur die Qualität war super scharf, auch der Anblick. Jeder einzelne Lusttropfen war zu erkennen und dieses fast schon kleine Kunstwerke machte Lust auf mehr. Während sie zart über ihren Venushügel strich, schickte sie das Bild an ihren Liebsten.

«Gute Nacht, wünscht dir ein immer noch ausgefülltes, sehr erschöpftes Möschen.»

Finnjas Kopfkino begann anzulaufen und sie stellte sich vor, was Antonio tun würde, sobald er ihre Nachricht mit dem Foto geöffnet hatte. In Gedanken an ihn und an sein bestes Stück schlief sie dann aber glücklich und ein wenig erschöpft ein. Einen Dildo in der Muschi zu haben und diese Vibrationen zu spüren, ist schon überwältigend. Es geht aber nichts über einen Fleischigen, echten, von der Natur erschaffenen prallen Penis und so freute sie sich schon sehr darauf, Antonios Luststab bald wieder in sich spüren zu dürfen.

Kapitel 8

„Warum bist du denn gestern Abend nicht mehr heruntergekommen?" fragte Lulu beim Frühstück.
„Ich war irgendwie zu müde und hatte dann auch keine Lust mehr", antwortete Finnja, während sie sich einen Kaffee einschenkte.
„Sind die Models denn alle schon weg?"
„Ja. Sie sind nach der Party direkt nachhause gefahren." „Schade, ich hätte mich gerne noch von ihnen verabschiedet." „Von allen oder nur von Soraya?" Lulu lächelte.
„Wie kommst du darauf, dass ich mich speziell von Soraya verabschieden wollte?" Finnja zog etwas die Augenbrauen nach oben und fragte sich, ob Soraya den anderen von ihrem Erlebnis erzählt hatte.
„Weißt du Finnja, ich kenne Soraya nun schon so viele Jahre. Ich habe gesehen, wie sie kurz nach dir die Party verlassen hatte und ich habe sie gesehen, wie sie nach einer ziemlich langen Zeit wiederkam. Da du nicht mehr gekommen bist, konnte ich mir an zehn Fingern abzählen, dass Soraya bei dir war. Und da ich sie kenne, konnte ich mir auch gut vorstellen, was bei euch beiden da oben passiert war."
„Hat Soraya etwas erzählt?" wollte Finnja wissen.
„Nein, das würde sie nie tun. Aber das brauchte sie auch gar nicht. Ihre glänzenden Augen haben alles verraten. Hast du es wenigstens genossen?"
„Genossen? Das ist noch weit untertrieben. Es war eine der schärfsten Nummern, die ich bisher überhaupt erleben durfte."
„Sex mit einer Frau hat schon was oder?" Lulu freute es, dass Finnja Gefallen daran fand.

„Ja, das war schon toll. Es war echt atemberaubend ihre feuchte Muschi so nah vor mir zu haben. Aber, wenn ich ganz ehrlich bin, gefällt mir der Sex mit meinem Mann, insbesondere mit meinem Mann, doch noch etwas besser.“

Lulu nickte verständnisvoll. "Du freust dich auf deinen Mann, egal was da letztens vorgefallen war, stimmt's?“

Finnja nickte und musste sogar etwas lächeln bei dem Gedanken, dass sie ihm ja dieses wunderbare Bild geschickt hatte. Sie war sich sicher, dass es ihm gefiel.

„Frau Berger?“ Finnja nickte. „Diese Nachricht wurde für Sie heute Morgen hinterlassen.“ Die Rezeptionistin übergab ihr einen Umschlag. Finnja dankte, öffnete ihn und schmunzelte.

„Warum schmunzelst du, eine Nachricht von deinem Mann?“

„Nein, es ist eine Nachricht von Magnus“, antwortete Finnja. „Von Magnus?“ Lulu war erstaunt.

„Ja, er würde sich freuen, wenn wir unseren Kontakt aufrechterhalten könnten, und er hat mir seine Adresse und Telefonnummer aufgeschrieben“.

„Na ja, das war ja auch ein ganz sympathischer Mann, das muss man einfach mal festhalten“, kommentierte Lulu, während sie ihre Koffer zum Auto schleppte.

Die Fahrt verlief relativ ruhig, jeder hing seinen Gedanken nach.

„Möchtest du noch mit zu mir kommen oder soll ich dich gleich nachhause fahren?“ Lulu hoffte, dass Finnja die Nacht noch bei ihr bleiben würde, aber Finnjas Antwort viel anders aus.

„Ich wäre dir sehr dankbar, wenn du mich gleich nachhause fahren würdest. Die drei Tage waren doch sehr anstrengend und ich würde mich jetzt gerne etwas ausruhen. Ist das okay für dich?“

„Na klar, mache dir mal darüber keine Gedanken“, antwortete Lulu, konnte aber ihre Enttäuschung nicht so ganz verbergen.

Nur kurze Zeit später stand Finnja vor ihrer Haustür, winkte Lulu nochmal zu und atmete tief durch. Sie war gespannt, was sie erwarten würde. Vielleicht war ihr Mann ja gar nicht zuhause, wie so oft. Sie wollte gerade den Schlüssel in das Schlüsselloch stecken, als die Türe von innen geöffnet wurde.

„Da bist du ja, warum hast du nicht angerufen und gesagt, wann ihr da seid."

Antonio nahm seine Frau in den Arm, küsste sie auf ihren Mund, als ob es nie etwas anderes gegeben hätte. Finnja war irritiert. Irritiert deshalb, dass er überhaupt zuhause war, aber noch viel mehr, wie er sie begrüßte. Die Irritation wechselte jedoch ganz schnell in Skepsis. „Wenn es ein Spiel war, spielte es perfekt", dachte sie sich und nahm sich vor, vorsichtig zu sein.

„Ich geh erst mal hoch und mache mich etwas frisch. Dann können wir gerne eine Tasse Kaffee zusammen trinken", schlug Finnja vor, während sie schon die ersten Stufen nach oben nahm.

„Eine sehr gute Idee. Dann werde ich schon mal den Kaffee kochen und .... Finnja, ... ich glaube, es ist wichtig, dass wir dann mal sehr offen zusammen reden".

Finnja blieb zwischen zwei Stufen abrupt stehen. Sie drehte sich um, schaute Antonio an und nickte. Dann ging sie nach oben, zog sich aus und stellte sich unter die heiße Dusche. Offen miteinander reden, was meinte er damit? Hatte er eine andere, wollte er sich von ihr trennen? Oder verlangte er wieder etwas von ihr, was seiner Beförderung dienlich war? Die Gedanken überschlugen sich, aber Finnja wusste, dass dieses Gespräch schon längst hätte stattfinden müssen.

Eine halbe Stunde später kam sie frisch geduscht, in Mini-Rock und sportlicher Bluse nach unten. Antonio schaute sie liebevoll, mit einer gewissen Bewunderung in den Augen an. Seine

159

Bewunderung wäre wahrscheinlich noch größer gewesen, wenn er auch nur ansatzweise geahnt hätte, dass Finnja kein Höschen unter ihrem Rock trug.

Finnja sah einen gedeckten Kaffeetisch mit frischem Apfelkuchen und einen Strauß Blumen. Etwas überrascht zog sie die Augenbrauen nach oben, während sie sich an den Tisch setzte. Früher hatte sie sich keine Gedanken über einen gedeckten Kaffeetisch gemacht, denn so etwas hatte Antonio öfter vorbereitet und auch mal einen Kuchen vom Bäcker mitgebracht, oder auch abends mal eine leckere Pizza. Aber heute war diese Aktion mehr als ungewöhnlich.

„Hast du etwas ausgefressen?" fragte Finnja kurz und bündig.

„Nein, ausgefressen habe ich nichts. Aber ich hatte genügend Zeit zum Überlegen und habe festgestellt, was für ein Arschloch ich war."

„Ohhh, was war denn der Anlass für diesen Sinneswandel?" Finnja wollte zu gerne glauben, dass er sich wirklich mal Gedanken über sein Verhalten gemacht hatte, aber die Skepsis war größer. Zu oft hatte er sie in letzter Zeit enttäuscht.

„Was der Anlass für diesen Sinneswandel war? Schwer zu beantworten." Antonio überlegte und Finnja ließ ihm die Zeit, ohne irgendwelche blöde Zwischenfragen zu stellen.

„Ich würde dich so gerne an alledem teilhaben lassen, was mir so durch den Kopf gegangen ist, die letzten Tage. Aber so vieles würdest du nicht verstehen."

Antonio wollte Offenheit, er wollte Klarheit, aber wusste nicht, wie er anfangen sollte.

„Fang einfach vorne an und erkläre es mir. Wenn ich etwas nicht verstehe, kann ich ja fragen."

Antonio nickte, während er beiden einen Kaffee einschenkte. Es wurde schon leicht düster draußen und es begann zu schneien. Auf dem Tisch brannten einige Kerzen und eine kleine Lampe auf den Sideboard brachte noch ein wenig mehr an Licht, in den sehr gemütlich eingerichteten Raum.

„Weißt du, als wir die Tage telefonierten und auch, als wir diese Sprachnachrichten geschrieben haben, stellte ich fest, wie schön die Zeit mit dir eigentlich ist."

Finnja sagte nichts, sie schaute Antonio nur in seine Augen.

„Ähm, das Bild, das mit deiner feuchten Muschi hat mir übrigens sehr gut gefallen." Antonio lächelte und Finnja hatte das Gefühl tief zu erröten. „Ich wusste gar nicht, dass du dich mit einem Dildo selbst befriedigst."

„Tja, was hätte ich denn tun sollen? Du hattest ja kaum noch Zeit für meine Muschi." Das Gespräch über ihre Lustgrotte verfehlte die Wirkung nicht. Das Pochen in ihrem Möschen wurde immer stärker.

„Wir wollen uns aber jetzt nicht über meine Lustgrotte unterhalten, oder?"

„Nein natürlich nicht", erwiderte Antonio, obwohl er jetzt pure Lust gehabt hätte, Finnjas Muschi zu verwöhnen. „Weißt du, als wir die letzten Tage diesen Kontakt hatten, der ja mal was ganz anderes war, merkte ich, wie vertraut wir uns doch immer noch sind. Ich erinnerte mich daran, was wir so alles unternommen hatten, wie zwanglos wir unsere Freizeit verbrachten, wie schön es war, wenn wir hier auf der Couch saßen, bei einem Glas Wein und zusammen schmusten."

„Ja, das war wirklich alles sehr schön und es ist noch gar nicht so lange her", erwiderte Finnja Gedanken verloren. Sie sehnte sich nach dieser Zeit zurück.

„Stimmt. Meine Veränderung begann ziemlich genau im Juli letzten Jahres."

„Warum weißt du denn den Zeitpunkt so exakt?" Finnja verstand den Zusammenhang nicht.

„Weil genau da etwas passierte, was dies alles ins Rollen brachte." Antonio biss sich auf die Unterlippe und Finnja sah, wie er nach den richtigen Worten suchte.

„Antonio, was bitte schön, brachte was ins Rollen?" Sie begann ungeduldig zu werden und spürte, dass sie nun endlich Antwort auf ihre immer noch unbeantworteten Fragen bekommen würde. Vielleicht erfuhr sie nun endlich den Grund, warum sich Antonio so stark veränderte.

„Kannst du dich noch an den Fall erinnern, wo dieser hochrangige Politiker, von seiner Frau mit dem Messer schwer verletzt wurde und sie dann aber im Gerichtsprozess freigesprochen wurde?" Finnja überlegte einen Moment, konnte sich dann sogar relativ gut an diese, damals sehr medienwirksame Geschichte erinnern. Antonio konnte diesen Schmach, dass er den Prozess verloren hatte, nur sehr schwer verkraften. Aber, kann ein verlorener Prozess einen Menschen wirklich derart verändern?

„Ja, daran kann ich mich sogar noch sehr gut erinnern. Aber es war dein Job, Antonio. Die Chance, als Anwalt einen Rechtsstreit zu gewinnen oder zu verlieren, beträgt immer 50%. Wenn jeder Rechtsanwalt, nachdem er einen Prozess verloren hat, sich so verändern würde, wie du dich verändert hast, würde bald niemand mehr den Beruf des Anwaltes ausüben."

„Ja. So gesehen hast du auch recht Finnja. Meine Veränderung hatte aber nichts mit der eigentlichen Tatsache zu tun, dass ich den Prozess verloren hatte, sondern damit, gegen wen ich ihn verloren hatte und auch was sich kurz davor abspielte."

Finnja zog die Augenbrauen hoch. „Du sprichst in Rätseln Antonio. Und ich wäre dir jetzt sehr dankbar, wenn du mir vielleicht einmal alles von vorne erzählen würdest, damit ich der ganzen Sache überhaupt folgen und vor allem verstehen kann."

Antonio wusste, dass jetzt die Stunde der Wahrheit gekommen war. Wenn er wirklich sein Leben wieder in ordentliche Bahnen bringen wollte, ging das nur, wenn er Finnja jetzt alles, aber auch wirklich alles erzählen würde. Doch er hatte Angst davor, sie danach zu verlieren.

Und dann begann Antonio die ganze Geschichte zu erzählen, von seiner Überzeugung, dass er den Prozess mit Leichtigkeit gewinnen würde, da alle Indizien für seinen Mandanten gesprochen hatten, von der Geburtstagsfeier am Tag zuvor, von den Alkoholkonsum und auch von dem Besuch der jungen Rechtsanwältin. Er ließ nichts aus und erzählte Finnja auch von dem Deal, den die unerfahrene Anwältin ihm vorgeschlagen hatte und auch davon, dass sie dann seinen Luststab verwöhnte.

Finnja hörte aufmerksam zu. Sie stellte keine Fragen, sondern ließ ihren Mann in Ruhe erzählen.

„Weißt du, als der Richter den Freispruch verkündete und ich daraufhin den triumphierenden, mit Genugtun erfüllten Blick dieser jungen Anwältin sah, hat es mich fast zerrissen. Ich konnte es nicht akzeptieren, ich wollte es einfach nicht wahrhaben, gegen so ein unerfahrenes Ding verloren zu haben."

Antonio legte eine kleine Pause ein und trank den Rest seines Kaffees leer.

„Das Gefrotzelte und die immer wieder anzüglichen Bemerkungen der anderen Kollegen in der Kanzlei, brachten mich letztendlich dazu, dass ich mich für diese eine Frau, an anderen Frauen rächte. Ich wollte den Frauen zeigen, nein, ich wollte mir beweisen, dass ich als Mann sie letztendlich beherrsche. Das hat mich in den letzten Monaten verändert und zudem gemacht, was ich gerade bin."

Antonio schaute ins Finnjas Augen. Er hatte nichts ausgelassen, um seine Verhaltensänderung zumindest ansatzweise zu erklären. Er erwartete kein Verständnis von ihr, was gab es da auch zu verstehen. Es erwartete auch keine Antwort von ihr, was sollte sie zu dieser Geschichte auch sagen.

„Lass uns bitte rüber gehen aufs Sofa. Ich brauche jetzt erst einen Schnaps, dann einen Wein und außerdem etwas Zeit, um das alles sacken zu lassen."

Antonio nickte verständnisvoll. Er stand auf, holte eine Flasche Wein, entkorkte sie, füllte zwei Gläser und setzte sich zu Finnja auf die Couch. Den Schnaps ließ er bewusst weg. Der Kamin knisterte und verbreitete trotz der Anspannung eine angenehme Atmosphäre.

„Ich weiß, es ist nicht zu entschuldigen Finnja. Ich war dermaßen in meinem Stolz verletzt, dass mir alles egal war, auch du."

Sein Gesichtsausdruck war zerknirscht und reumütig. Finnja wusste nicht, ob sie gerade an seine Ehrlichkeit glauben sollte.

„Mir tut es wirklich von Herzen leid, dass ich gerade dich habe, darunter leiden lassen, obwohl du diejenige warst, die egal was auch war, zu mir gehalten hat. Aber ich habe das nicht gesehen oder besser gesagt, nicht sehen wollen."

„Hast du dich seitdem mit vielen anderen Frauen amüsiert?"

Antonio schüttelte mit dem Kopf. „Insgesamt waren es drei Frauen, inklusive der Letzten, wo du mich live gesehen hattest. Alle drei Damen waren Frauen, die sich als sehr stark und unnahbar präsentierten."

„Das heißt, du hattest ein Verhältnis nach dem anderen."

„Nein, das hatte ich nicht! Ich war weder in eine der Frauen verliebt, noch hatte ich ein Verhältnis mit einer der Dreien, das musst du mir glauben. Ich habe jede Frau nur ein einziges Mal, na ja sagen wir «benutzt», um die Situation zutreffend zu beschreiben."

„Was heißt bei dir «benutzt»?"

„Na ja," kam es etwas zögerlich. „Zuerst habe ich mich von ihnen oral befrieden lassen, wobei ich immer das Tempo bestimmt habe. Danach habe ich den Kitzler der jeweiligen Lady bearbeitet, nie mit meiner Zunge, nur mit den Fingern. Ich habe sie soweit bringen wollen, dass diese sonst so unnahbaren Damen darum gewimmert haben, dass ich sie von dieser quälenden Lust erlösen sollte."

Finnja wusste ganz genau, was er mit «um Erlösung wimmern» sagen wollte. Genau das hatte sie, kurz vor ihrer Abreise, mit ihm ja auch erleben dürfen, wobei sie es rückblickend schon sehr genossen hatte.

„Ja und erst dann, wenn diese Ladys alles für meine Erlösung getan hätten, war ich zufrieden. Ich versenkte nicht ein einziges Mal meinen Lustbolzen in einer der mehr als nassen Muschis. Ich rubbelte sie nur mit meinen Fingern ins Paradies und so hatte ich dann ein Gefühl des Triumphs."

Finnja nippte an ihrem Weinglas. „War einer der drei Frauen auch die junge Anwältin?" Sie spürte, dass diese Geschichte noch nicht ganz fertig war.

Antonio schaute in ihre Augen und nickte. „Ja, es war vor circa drei Wochen."

„Auch wieder in deinem Büro?"

Antonio füllte sein Glas nochmals auf und überlegte währenddessen, ob er diese Geschichte besser weglassen sollte. Doch was würde das bringen?

„Nein. Das mit ihr war woanders."

„Wo?" Finnja hätte ihrem Mann nach all diesen Enthüllungen eigentlich mehrfach eine Ohrfeige geben müssen, aber merkwürdigerweise, war sie war nicht einmal so richtig wütend auf ihn. Sie fand sein Verhalten schäbig, gar keine Frage. Aber seine Erzählungen und vor allem ihre Vorstellungen dazu, begannen sie so langsam aufzuheizen. Finnja spürte plötzlich eine wahnsinnige Wärme und einige Lusttropfen zwischen ihren Beinen. Bei dem Gedanken, dass ihre Muschi unter dem Rock nackt war, und Antonio das nicht wusste, klopfte ihr Herz schneller.

„Möchtest du das wirklich wissen, wo es war?"

„Wenn wir zwei noch einmal von vorne anfangen wollen, müssen wir das Alte erst komplett abschließen. Erzähl es mir bitte, es kann ja nicht viel schlimmer sein, als das, was ich schon gehört habe oder?"

Antonio überlegte kurz und man konnte an seinem Gesicht sehe, das ihm die Situation nicht besonders angenehm war.

„Ach und noch etwas," bemerkte Finnja nun noch, mit einem schon leicht rauchigen Ton. „Ich will alles wissen, jedes kleinste Detail, hörst du?"

Antonio spürte die Erregung seiner Frau. Seine Erzählungen schienen sie nicht wütend, sondern richtig scharf zu machen. Das war eine neue Situation für ihn, mit der er so nicht gerechnet hatte und auch er begann nun diesen Umstand so ganz langsam zu genießen. Aber es war nicht mehr dieser Genuss eines Triumphs. Es war pure Begierde. Ja, er liebte und begehrte seine Frau und er hoffte, dass sie ihm verzeihen konnte und ihm eine zweite Chance gab.

„Komm, fang an zu erzählen", forderte Finnja ihn nun ungeduldig auf, während sie an einer Salzstange knabberte.

Antonio nickte und veränderte ein wenig seine Sitzposition, sodass er direkt in Finnjas Augen schauen konnte.

„Es war vor circa drei Wochen, als ich diese junge Kollegin vor Gericht wieder sah. Sie war wieder die Anwältin der Gegenpartei. Wir warteten gemeinsam vor dem Gerichtssaal auf den Aufruf unseres Falles. Sie kam damals mit einem provozierenden Lächeln auf mich zu, reicht mir die Hand zur Begrüßung und flüsterte mir zu, dass ihr Deal immer noch stehen würde."

„Ihr Deal?"

„Ja, dass ich sie den Prozess gewinnen lassen sollte, dafür würde sie mir wieder meinen Luststab verwöhnen."

„Na ja, dein bestes Stück hätte diesen Deal sicher gerne in Anspruch genommen, oder?", fragte Finnja mit einem Schmunzeln.

Antonio ließ diese Frage offen im Raum stehen und fuhr weiter.

„Ich antworte nicht darauf, sondern schaute sie in diesem Moment nur etwas irritiert an. Sie meinte, dass sie in ihrem Job dazugelernt hätte und ich mich gerne davon überzeugen könnte."

Antonio schüttelte fast schon ungläubig den Kopf, bei der Erinnerung an diese Situation.

„Ich weiß noch, dass ich total perplex war und gerade, als ich ihr die passende Antwort geben wollte, kam der Gerichtsdiener und teilte uns mit, dass unsere Verhandlung um eine Woche verschoben worden wäre, da der Richter einen Kreislaufzusammenbruch hatte."

„Ohh, dann ist sie ja an diesem Tag um den Genuss gekommen, dir zu zeigen, was sie als Anwältin in ihrem Job dazugelernt hatte."

Finnja musste erneut schmunzeln. So ein klein wenig Sympathie empfand sie schon für diese kecke Anwältin, die so ungeniert und schamlos ihren beruflichen Weg beschreitet. „Jeder kommt halt anders an Ziel", dachte sich so bei sich.

Antonio verzog leicht die Mundwinkel. „Wir verabschiedeten unsere Mandanten und dann zog ich sie in einen kleinen Besprechungsraum. In diesem winzigen Raum gab es nur einen Holztisch, der an der Wand stand, zwei Holzstühle und ein Regal mit verstaubten Büchern."

„Aha, jetzt scheint es interessant zu werden." Finnja wurde etwas unruhiger und war gespannt, was in diesem Raum passieren würde.

„Ich schloss die Tür ab und forderte sie auf, sich auf den Holztisch zu setzen. Sie kam der Bitte mit einem triumphierenden Grinsen nach."

„Sie machte das, was du wolltest? Einfach so, ohne Gegenwehr?" Finnja war überrascht.

„Ja. Ich sagte ihr, ich wolle mich gerne für ihren tollen Blowjob, damals in einem Büro revanchieren und deshalb heute ihre Pussy verwöhnen. Sie war so naiv und glaubte mir jedes Wort. Sie setzte sich auf den Holztisch, lehnte sich mit dem Rücken an die Wand, stellte ihre Beine rechts und links auf die beiden Schemel und spreizte sie. Dann zog sie langsam ihre schwarze Robe nach oben und ich sah ihren weißen feuchten String. Ich schob ihn, mit einem kleinen aber relativ festen Ruck zu Seite und sah dann ihre glattrasierte, klitschnasse Muschi vor mir. Wie immer begann ich auch diese Muschi zu fingern, ließ zwei Finger an ihrem Eingang immer wieder rein- und rausgleiten und all das unter ihrer Robe." Finnja wurde es heiß bei diesen Erzählungen. Ihre Finger wanderten wie von selbst zu ihrer mittlerweile ebenfalls klitschnassen Muschi und streichelten ihren Kitzler. Antonio blieb der Atem stehen, als er das rosarote glänzende Prachtstück seine Frau unter dem Mini-Rock vorblitzen sah. Zu gerne hätte er dieses Juwel jetzt mit seiner Zunge verwöhnt, aber er wusste, dass er erst die Aufforderung seiner Frau abwarten musste.

„Erzähl weiter!" forderte Finnja ihn mit leiser Stimme auf.

„Okay, wie du möchtest. Ich ließ sie meine kräftigen Hände spüren und steuerte von hinter auf ihr Lustzentrum zu. Ich knetete ihre Pobacken so intensiv, dass meine Hände einen Abdruck darauf hinterließen. Ihr Stöhnen wurde immer schneller und lauter. Und dann machte ich etwas, was ich noch nie gemacht habe."

„Was war das?" Finnjas Rock war mittlerweile ganz nach oben gerutscht und ihr Herzblatt lag komplett frei. Sie rubbelte ihren Kitzler mit völliger Hingabe und es war ihr egal, ob ihr Mann sie dabei mit einem gierigen Blick beobachtete.

Antonio musste sich räuspern, dieser rosarote glänzende Anblick war fast zu viel für ihn. Mit belegter Stimme erzählte er weiter.

„Auf dem Holztisch stand eine Schale mit Kugelschreibern, Bleistiften, einem Radiergummi und einem Lineal. Ich nahm den großen Radiergummi und rubbelte damit über ihren Kitzler, erst zart, dann immer fester. Sie stöhnte so laut, dass ich ihr den Mund zuhalten musste.

„Mama mia, mit einem Radiergummi." Finnja bekam große leuchtende Augen.

„Aber ich gönnte ihr den Orgasmus noch nicht und so hörte ich mit der Rubbelmassage auf."

„Du bist ein Sadist", kommentierte Finnja schmunzelt, ohne den Finger von ihrer Muschi zu nehmen.

„Ja, ich weiß, das war ich in diesem Moment wirklich. Die kleine Anwalts-Lady hätte in diesem Augenblick alles getan, wirklich alles. Und dann begann sie mit der einen Hand ihre Robe von oben aufzuknöpfen und mit der anderen Hand griff sie das Lineal und rieb damit über ihre Lustperle. Dabei flehte sie mich immer wieder an, sie endlich zu vögeln. Doch diesen Gefallen tat ich ihr nicht. Ich nahm ihr das Lineal aus der Hand, nahm einen der Bleistifte und klopfte mit der gummiartigen Rückseite über ihren Kitzler. Sie wand ihr Becken wie eine Schlange und dann ließ sie ihre Robe fallen. Ich traute meinen Augen nicht. Das Einzige, was sie trug, war der dieser String. Sie war nackt unter ihrer Robe, komplett nackt."

Diese Vorstellung war der explosive Auslöser für Finnja. Sie rubbelte noch einmal voller Intensität über ihren Lustknopf und genoss dann, mit einem lauten Seufzer die Welle eines gigantischen Höhepunktes. Ihre Augen waren geschlossen und plötzlich fühlte sie, die weichen Lippen ihres Mannes auf den ihrigen. Sie erwiderte den Kuss, schob ihren Mann dann aber ganz zart wieder zurück.

„Entschuldige bitte, dass ich mich nicht um dich gekümmert habe", lächelte sie und Antonio sah in ihren Augen, dass es ihr in Wahrheit kein bisschen leid tat.

„Komm erzähl mir weiter, wie du die Kleine dann noch zufriedengestellt hast."

„Wie ich sie zufriedengestellt habe? Nun, als ich sie da so komplett nackt vor mir sah, begann ich zu ahnen, was damals bei dem Gerichtstermin wirklich passierte. Sie bettelte immer noch, ich möge sie doch nun endlich mit meinem Luststab ausfüllen, aber ich vertröstete sie noch ein paar Minuten und zwirbelte ihren wahnsinnig großen Kitzler zwischen meinen Fingern. Ich wollte ihre Lust ja aufrechterhalten. Und dann fragte ich sie, ob sie dem Richter, der heute die Sitzung hätte führen sollen, kurz vorher einen geblasen hatte. Das kleine Luder war mittlerweile so geil, dass sie gar nicht mehr klar denken konnte. Ja habe ich, hat sie damals keuchend geantwortet, aber wenn sie gewusst hätte, dass sein Kreislauf ihrem Blowjob nicht standhält, hätte sie es natürlich gelassen."

Finnja war sprachlos. Eine Anwältin die sich zu ihren Siegen vögelte. Sie konnte es fast nicht glauben.

„Daraufhin habe ich sie mit meiner Vermutung konfrontiert. Ich sagte zu ihr, du hast dem damaligen Richter, vor unserer Verhandlung auch einen geblasen stimmt's. Ich ahnte die Antwort und trotzdem hat es mich fast umgehauen, als sie ganz trocken antwortete, ja natürlich, ich hätte ja sonst nie eine Chance gehabt. Und dann forderte sich mich auf, sie nun endlich zu vögeln. Ich rubbelte ihr nochmal kurz den Kitzler, drückte ihr dann den Radiergummi in die Hand und sagte, sie solle damit erst noch ein wenig üben, denn so gut wären ihre Fortschritte doch noch nicht. Dann drehte ich mich um und verließ das kleine Zimmer.

„Das glaube ich jetzt nicht, sagte Finnja kopfschüttelnd. „Was für ein Luder. Egal, wer den Fall damals von eurer Kanzlei geführt hätte, ein Verlieren war vorprogrammiert."

„Ja, so sieht es aus."

„Hast du in den letzten Wochen noch einmal was von ihr gehört?"

„Nein, gar nichts mehr und ich glaube auch nicht, dass sie sich mit mir noch einmal anlegen würde."

Finnja nickte und hatte den gleichen Eindruck gewonnen.

„Sag mal", kam es leise. „Wer waren die anderen beiden Frauen?"
Finnja wollte nun alles wissen und dann diese Geschichte aber auch abschließen.

Antonio schaute sie an und spürte, dass er diese Frage beantworten musste, wenn er erreichen wollte, dass Finnja ihm verzieh.

„Die erste Frau, das war Anfang des Jahres. Sie war eine sehr wohlhabende Mandantin und ich gewann den Scheidungsprozess für sie. Sie sahnte durch mich, bei ihrer Scheidung sehr viel Geld ab und hat finanziell, in Zukunft definitiv keine Probleme mehr. Ein paar Tage nach der Verhandlung war ich bei ihr zuhause, um noch ein paar Dinge zu besprechen und den Fall abzuschließen. Sie wollte sich bei mir für diesen Erfolg, auf ihre persönliche Art und Weise bedanken. Das Verwöhnspiel dauerte noch keine 15 Minuten. Der Rechtsfall war abgeschlossen, und seitdem habe ich sie weder gesehen noch von ihr gehört."

Finnja nickte, ohne dabei irgendeinen Gesichtsmuskel zu verziehen. „Das war ja eher unspektakulär, oder?"

„Ja. Ich kann mich auch ehrlich gesagt, überhaupt nicht mehr so richtig dran erinnern."

„Und die blonde Frau, die ich letzte Woche so genüsslich über dich gebeugt gesehen habe, war das auch eine Mandantin?"

Antonio räusperte sich. „Nein, das war keine Mandantin."

„Habe ich es mir doch gedacht, es war eine der Sekretärinnen."

„Nein, es war auch keine Sekretärin. Es war..." Antonio stockte, er zögerte einen Moment. „Es war Frau Dr. Winter, die Frau des Chefs."

Finnja blies hörbar Luft durch ihre Zähne. „Na für deine Beförderung machst du aber auch wirklich alles?"

„Nein, das war nicht geplant", kam seine spontane Antwort. „Es ist einfach passiert. Ich weiß, dass Frau Winter schon lange ein Auge auf mich hatte. Herr Dr. Winter war für ein paar Tage im Ausland und sie stand, an diesem spät Nachmittag plötzlich in meinem Büro. Ich weiß noch nicht einmal, warum sie eigentlich zu mir kam, aber irgendwie hatte es sich ergeben, dass sie mir auf einmal das Angebot machte, ein gutes Wort für meine Beförderung bei ihrem Mann einzulegen. Ich dankte ihr dafür, aber sie meinte daraufhin, dass ich ihr dafür eine Kleinigkeit schuldig wäre."

„Mhh, eine Kleinigkeit nennt sie das also." Finnja wurde zynisch.

„Ich dachte an nichts Besonderes und fragte sie höflich, was ich für sie tun könne. Sie war sehr direkt, nahm mich an der Hand, führte mich in den Schlafraum und sagte mit einem Lächeln im Gesicht: Ich will nur eins, deinen Luststab verwöhnen und dabei all deine Finger an meiner Muschi spüren."

„Oha, Respekt", kam es von Finnja theatralisch gespielt. „Diese Frau weiß ja wirklich, was sie will, und sie scheint an Direktheit nicht zu sparen."

„Ja, sie ist mehr als direkt. Sie ist vor allem eine sehr bestimmende Persönlichkeit und zuhause hat sie die Hosen an. Aber ich weiß auch, was ich will und was nicht. Und meine Finger, in ihre überreife Frucht zu stecken, das wollte ich definitiv nicht."

Finnja zog zuerst überrascht ihre Augenbrauen nach oben, musste dann aber herzlich lachen. „Woher willst du denn wissen, ob sie wirklich eine überreife Muschi hat, du hast sie doch vorher noch nie gesehen?"

„Stimmt, aber auf den Anblick verzichte ich auch sehr gerne. Weißt du, zuerst zierte ich mich ein wenig, was sie natürlich total anspornte. Aber dann dachte ich Blödmann wirklich, damit könnte ich mir die Beförderung sichern."

„Hat Frau Dr. Winter auf die Erfüllung alle ihrer Wünsche bestanden?"

„Soweit kam es Gott sei Dank nicht. Während sie mir voller Genuss meinen Lustbolzen verwöhnte und ich ihr Blasen da so genoss, nahm sie urplötzlich meine Hand und steckte sie zwischen ihre Beine. Aber genau in dem Moment kam Frau Zürli ins Büro, mit zwei Japanern im Schlepptau und rief laut nach mir. Ich rief ihr zu, dass ich gleich kommen würde – wortwörtlich."

Finnja musste erneut lachen. „Arme Frau Dr. Winter, blieb ihr kleines Möschen an diesem Abend leider völlig unberührt. Aber sag mal, hast du keine Bedenken, dass sie bald wieder in deinem Büro stehen wird und dich auffordert, deine Arbeit zu beenden?

Schließlich hatte sie ihre Aktion ja auch bis zum krönenden Abschuss, sorry, Abschluss gebracht."

Antonio lächelte. „Nein, da habe ich keinerlei Bedenken. Dazu wird es definitiv nicht kommen."

„Warum bist du dir da so sicher?"

Antonio zuckte nur mit den Schultern, ließ diese Frage aber unbeantwortet. Finnja wusste, es hätte keinen Sinn gehabt jetzt nochmals nachzufragen. Ihr kam plötzlich der Gedanke an die bevorstehende Weihnachtsfeier und, dass dort auch die Frau seines Chefs sein würde. Würde Frau Dr. Winter die Beförderung-Situation ausnutzen, und Antonio in letzter Minute, doch noch dazu zu bringen, dass er ihre Muschi kennenlernte. Bis zum Schluss hätte sie die Beförderung ja verhindern können, wenn sie so viel Einfluss auf die Entscheidungen in dieser Kanzlei hatte. Finnja konnte nicht die ganze Zeit in Antonios Nähe sein, da sie den Auftrag zum Fotografieren der Weihnachtsfeier angenommen hatte.

„Ich möchte ihn Zukunft nur noch eine Muschi genießen und das ist dieses Prachtstück hier, was mich schon die ganze Zeit, mit diesen zwei großen nassen Lippen anlächelt."

Finnja zuckte zusammen. Sie hatte gar nicht bemerkt, dass ihr Röckchen immer noch ganz oben war und ihre Muschi so in einer absolut vollen Pracht da lag. Sie wollte gerade den Rock herunterziehen, als Antonio ihre Hand bestimmend, aber zart festhielt.

„Nicht, bitte. Ich finde dein rosarotes Glanzstück ist ein so wundervoller Anblick, viel zu schade, um es zu verstecken. Weißt du, ich wünschte mir, dass wir genau das fortsetzen, was wir beide die letzten Tage so begonnen haben."

Auch Finnja hatte sich die letzten Tage Gedanken über ihr Sexleben gemacht und erkannt, dass auch sie sich diesbezüglich etwas verändern musste. Blümchen-Sex, Fummeln im Dunkeln und hier und da, als Verführung mal eine schwarze Strumpfhose, das reicht für ein abwechslungsreiches Sexleben auf die Dauer nicht aus. Sie hatte sich bereits vorgenommen, auch weiterhin alles Erotische zu genießen, aber das zusammen mit ihrem Mann. Es war zwar noch etwas ungewohnt, aber einmal musste sie ja anfangen damit, warum nicht jetzt. Finnja spreizte leicht die Beine, leckte über ihren Finger und ließ in über ihre Lustperle gleiten.

„Meinen Sie das etwa so Herr Professor?" fragte Finnja mit einem gespielt schüchternen, hilflosen Blick.

Antonio sah, dass Finnja seinen Wunsch verstanden hatte und es schien ihr Spaß zu machen, das war ihm sehr wichtig.

Er betrachtete seine große Liebe. Finnja spürte seine Blicke und sie genoss es, wenn Antonio sie mit seinen Augen auszog. Allerdings gab es untenherum ja nichts mehr auszuziehen, ihre Dose lag ja schon völlig blank vor ihm.

Aufreizend zog Finnja, in einem tollen Striptease nun auch noch den Rest ihrer Kleidung aus und legte sich rekelnd auf das große Bärenfell, direkt vor den Kamin. Antonio tat ihr gleich und wenige Sekunden später lag er ebenfalls nackt neben ihr. Er beugte sich rüber und knabberte zart an ihren Ohrläppchen. Finnja schloss lächelnd ihre Augen, legte sich auf den Rücken und streckte sich, als ob sie sich einen Meter länger machen wollte. Ihr Körper bekam so eine gewisse Spannung und sie wusste, dass sie damit seine Fantasien auf Hochtouren brachte. Und genau darauf hatte sie jetzt große Lust. Sie hatte Lust auf Zärtlichkeit, Begierde und Sex, und genau das spürte Antonio, als er Finnja so von oben bis unten anschaute.

„Mein Gott, wie wunderschön du bist. Dein knackiger Körper, deine festen Brüste, deine so süß duftende Grotte."

Finnja lächelte und begann mit einem Verwöhnspiel, was sie bisher nur machte, wenn sie alleine war. Sie nahm ihre eigenen Brüste in die Hand, stöhnte leise und knetete sie genüsslich, bis ihre Brustwarzen senkrecht abstanden.

Antonios Atem wurde schneller. Er fand es sehr erregend zuzusehen, wie Finnja sich selbst verwöhnte. Er erinnerte sich noch zu gerne an das heiße Bild, mit dem Dildo in ihrer Muschi, was sie ihm als Gute-Nacht-Gruß zukommen ließ.

Mit der einen Hand knetete Finnja ihre Brüste und mit der anderen streichelte sie sich über ihren Venushügel. Schon bei dieser leichten Berührung fühlte Finnja, wie ihre Schamlippen erneut ganz feucht wurden. Die Feuchtigkeit konnte man anhand der ganzen Lusttropfen so richtig sehen. Sie hatte ihre Augen geschlossen und drückte mit ihrem Mittelfinger auf die kleine Lustperle. Finnja stöhnte leise auf. Sie spreizte ihre Beine noch mehr und drückte mit ihren Fingern ihre Schamlippen etwas auseinander. Ohne Scheu präsentierte sie ihm ihre rasierte Scham, ein Anblick, wie er ihn liebte. Antonio konnte aus der Nähe sehen, wie die wuchtigen Schamlippen rechts und links neben dem Kitzler rosig und fleischig aus ihrer Muschi hervorlugten. Der rosige Bereich war dort so nass, als hätte Finnja nach dem Duschen vergessen, sich dort trocken zu rubbeln. Finnja legte ihre Hand über ihre Muschi und zog dann ganz langsam zwei Finger durch ihre Spalte nach oben, glitt über ihre Klit und machte sie nass. Die rosa Blüte wurde immer größer und sie erschien ihm wie eine Blume, die langsam ihren Kelch öffnete.

Antonio stellte sich vor, wie sein praller, bereits seit langem einsatzfähiger Luststab in diese atemberaubende Öffnung eintauchte, in diese Nässe hineinglitt und die dunkle Wärme, nein, diese dunkle Hitze spürte. Finnjas feucht glänzende Muschi lachte Antonio förmlich an und so konnte er sich nicht mehr zurückhalten. Dieser Anblick, diese im Schein des Kaminfeuers glänzenden Schamlippen, wollte er jetzt nicht mehr, nur noch mit den Augen genießen. Schon viel zu lange hatte ihren Körper mit Zärtlichkeiten vernachlässigt, nun wollte er sie verwöhnen, überall, alle ihre erogenen Stellen stimulieren, alle Stellen ausnahmslos. Ihre Haut, ihre Brüste, ihre Grotte, ihren Po ...

Ganz langsam ließ er seine Hand vom Knie aus zwischen ihren Schenkeln nach oben gleiten. Er strich mit den Fingern zart über ihre glatte Scham, bis er die Öffnung ihrer Schamlippen ertastete. Vorsichtig schob er einen Finger zwischen ihre feuchten Lippen hindurch, bis er ihren nassen und äußerst geschwollenen Kitzler ertastete. Er berührte ihn ganz zart und sie stöhnte bei der Berührung ihres Lustzentrums laut auf. Dann ließ er noch einen zweiten und dritten Finger ganz langsam in ihrer Grotte kreisen, verwöhnte mit seiner Zunge ihre Brüste und stöhnte vor Verlangen nach ihr auf.

Langsam, fast in Zeitlupe bewegte er seinen Zunge an ihrem Körper entlang nach unten. Er stülpte seinen Mund über ihre Spalte und begann mit einem wilden Zungenspiel diese kleine tropfende Lustgrotte mit voller Leidenschaft zu lecken. Finnja stöhnte laut auf, legte ihre beiden Hände auf Antonios Hinterkopf und drückte sein Gesicht in ihre erregte Muschi. Genüsslich schmatzte er an der feuchten Grotte und saugte zwischendurch immer wieder an ihrer kleinen Lustperle, die bereits weit aus ihrem Versteck hervorragte. Finnjas Atem ging nur noch stoßweise und Antonio spürte, dass sie kurz vorm Orgasmus stand. Er wollte das Gefühl aber etwas ausdehnen, er wollte ihre und seine Lust noch weiter steigern und deshalb unterbrach er sein Zungenspiel.

„Ohhh, bitte nicht aufhören mein Vötzchen zu verwöhnen", kam es fast bettelnd von Finnja.

„Deine Lustgrotte möchte also noch weiter verwöhnt werden", kam es in einem gespielt ernsten Ton.

Finnja nickte nur und konnte es kaum noch aushalten. Dennoch bekam sie plötzlich Bedenken, dass er gerade wieder einmal sein Triumphspiel begann. Aber ihre Geilheit war im Moment stärker als alle Bedenken.

„Ich glaube, ich weiß auch schon, was dir noch sehr gut tun wird", grinste Antonio.

Finnja lächelte und rekelte sich aufreizend, während sie ihre Brüste streichelte.

„Streichele dich bitte einen kleinen Moment selbst, ich bin sofort wieder da." Antonio verschwand für ein paar Minuten und kam mit einer kleinen Flasche Massageöl zurück.

„Kleine Massage gefällig?" säuselte er, „dann bitte auf den Bauch legen!"

Das ließ sich Finnja nicht zweimal sagen und legte sich, mit leicht gespreizten Beinen, ganz entspannt auf den Bauch. Antonio kniete über ihren Oberschenkel und träufelte etwas Öl in seine Hand. Er begann das Öl zunächst auf Finnjas Schultern und Rücken einzumassieren. Dann verteilte er noch einmal etwas Öl auf seiner Hand und verrieb es schließlich auch über Finnjas wunderschönen, strammen Po. Antonio rutschte etwas nach unten, spreizte Finnjas Beine und kniete sich dazwischen. Ihre glatt rasierte Muschi lag nun direkt vor ihm. Er ließ etwas Öl direkt aus der Flasche durch ihre Pospalte laufen, was sie total erregte. Finnja wollte viel mehr davon spüren und spreizte deshalb ihre Beine noch weiter, sodass das Öl nun ganz langsam in ihre rosarote Spalte hineinlaufen konnte. Sie hob ihr Becken weiter an, sie kniete fast und streckte Antonio so ihren knackigen Po entgegen. Antonio wusste genau, was Finnja jetzt wollte, was sie jetzt erwartete. Sie sehnte sich danach, jetzt seine flinke Zunge zu spüren, zuerst zwischen ihren Pobacken, bis hinab zu ihren mittlerweile dunkelroten Schamlippen. Finnja lechzte danach, dass Antonio jetzt ihren Kitzler massierte, ihn zart mit ihren Fingern zwirbelte und an ihren Schamlippen saugte.

Aber genau das machte er jetzt nicht. Antonio griff zur Seite und nahm den kleinen weißen Dildo auf, den er zusammen mit dem Massageöl mitgebracht hatte.

Finnja sah das Prachtstück aus dem Augenwinkel, drehte sich erwartungsvoll auf den Rücken und lag nun mit gespreizten Beinen vor ihrem Mann. Antonio stellte den kleinen Dildo auf die höchste Vibrationsstufe, leckte mit seiner Zunge kurz und fest über Finnjas Kitzler und ließ dann den kleinen vibrierenden Dildo ganz langsam zwischen ihren Schamlippen entlang gleiten. Immer wieder von oben nach unten und er berührte dabei, wie zufällig ihren pochenden, angeschwollenen Kitzler. Dann schob er das vibrierende Prachtstück ganz langsam in ihre nasse Muschi. Finnja stöhnte laut und massierte zusätzlich mit den Fingerspitzen ihrer rechten Hand ihre kleine Lustperle. Sie rubbelte hart und wild über ihren Kitzler und stöhnte ihre Lust laut hinaus.

Antonio gefiel das Spiel. Er ließ seine Zunge über ihren Bauch, bis nach oben zu ihrem Hals entlangwandern. Sie sahen sich beide tief in die Augen und wussten in diesem Moment, dass sie füreinander bestimmt waren und, dass diese Probleme, der letzten Monate ihre Ehe nicht gefährden werden.

Für Antonio war es wunderbar, Finnjas nackten Körper zu berühren, ihre warme Haut unter seinen Händen zu fühlen, ihre festen Brüste auf seinen eigenen zu spüren, ihre erregten Brustwarzen, die sich sanft in seine Haut bohrten und ihre glatte heiße Scham, die seine Oberschenkel berührte.

„Du bist wunderschön", hauchte er. „Ich will dich spüren, dich fühlen." Damit küsste er Finnja auf ihren Hals. Sie krallte ihre Hände in seine Haare, als sie seine feuchten Lippen auf ihren spürte und seine Zunge fordernd, aber zärtlich in ihren Mund eindrang. Seine Hände fanden den Weg zu ihrem Po, der sich wunderbar fest anfühlte, eine Hand umgriff ihre Brüste und knetete sie. Sie waren so herrlich weich, ihre Nippel so hart. Als Finnja seine Finger wieder zwischen ihren Schamlippen fühlte, stöhnte sie laut auf. Jede Berührung ihres Vötzchen steigerte ihr Verlangen nach einem weiteren Orgasmus. Sie war so was von nass und bekam nun große Lust, auch ihn nach allen Regeln der Kunst zu verwöhnen, ohne aber selbst darauf verzichten zu müssen.

Sie lächelte Antonio an, während sie noch der Länge nach auf dem weichen Bärenfell lag.

„Bitte dreh dich", flüsterte sie.

Antonio verstand sofort, was sie meinte. Er glitt andersherum über sie und hatte die nasse Lustgrotte nun wieder direkt vor sich. Er liebte diesen göttlichen süßen Geruch, mit dem er so intensiv ihre Erregung aufnehmen konnte. Genüsslich senkte er seinen Kopf hinab. Finnja schrie leise auf und biss sich vor Lust in die Unterlippe, als sie seine feuchte, harte Zungenspitze spürte. Seine Zunge fühlte ihre Schamlippen und ertastete ihren Kitzler. Und dann verwöhnte er diese pochende Perle, zart, aber auch sehr kräftig mit seiner Zungenspitze, sodass Finnja fast den Verstand verlor. Antonio formt seine Lippen zu einem O und umschloss ihre

Klitoris. Zart begann er daran zu saugen. Erst sanft, dann aber immer fester und fordernder.

Und dann spürte er Finnjas Atem an seinem Penis. Sie hauchte ihn leicht an und sein Lustbolzen zuckte bei diesem überraschendem Streichelwind. Finnja wiederholte das windige Erlebnis und wieder zuckte Antonios Luststab nach oben, direkt ihrem Mund entgegen. Sein Lustbolzen wollte nun endlich von ihrem Mund aufgenommen werden, endlich hinter diesen Lippen verschwinden. Irgendwann hatte das Warten ein Ende. Antonio verspürte nun diese andere Wärme. Er spürte, dass Finnja ihn nun ebenfalls zärtlich verwöhnte.

Finnja umschloss ganz vorsichtig sein prachtvolles Stück, das nun direkt in stolzer Größe vor ihr stand und bewegte ihre Hand langsam auf und ab. Noch etwas zaghaft spielte sie mit ihrer Zunge um seine feuchte Penisspitze herum. Doch ihre Lust wurde immer stärker, sodass sie dann genüsslich ihre Lippen über seine geschwollene Eichel stülpte und anfing, mit ihrer Zunge die Öffnung seines Gliedes zu erforschen. Immer wieder ließ sie ihre Zunge über seine Eichel gleiten, was ihm immer wieder ein Stöhnen entlockte. Mit der anderen Hand massierte sie vorsichtig und sehr zart die weiteren, nahe gelegenen erogenen Zonen.

„Oh Gott, ist das ein schönes Gefühl", flüsterte sie, „was für ein Prachtstück du da hast. Ich will ihn spüren, nicht später, nicht nachher ... jetzt."

Und dann hielt sie inne. Sie schob Antonio ganz lieb von sich herunter, richtete sich auf und kniete sich vor ihn. Antonio liebte diese Stellung von hinten.

Er sah wie Finnja aufreizend vor ihm kniete, sah ihren prallen Po, ihren Rücken, ihre Haare. Er nahm sein strammes und hartes Glied und schob es ganz sanft in ihre Muschi. Mit festem Griff hielt er sie an ihrer Hüfte und mit langsamen Stößen begann er sie zu vögeln. Erst zart und langsam, dann immer schneller und fester. Finnja stöhnte laut. Sie kreiste mit ihren Hüften und erwiderte seine Stöße, die dadurch allerdings noch härter und noch fester wurden. Die erotisch, kreisenden und stoßenden Bewegungen von beiden, gingen ineinander über. Ihre Körper waren nass vor Schweiß. Sie stöhnten beide auf, holten noch einmal Luft, bevor sie sich wild vor Lust, einem tiefgreifenden Orgasmus hingaben.

Als die Wellen der Lust allmählich abgeklungen waren, fielen sie erschöpft auf das Fell. Sie brauchten anschließend keine Worte, sie sahen sich nur an und ihre Augen sprachen Bände. Während sie schmusten, streichelten sie sich gegenseitig am ganzen Körper und lagen noch eine ganz Zeit lang eng umschlungen da.

Antonio lächelte und zeichnete zart die Konturen von Finnjas Gesicht nach.

„Kleines, soll ich dir mal was verraten?", flüsterte er ins Ohr.

Finnja nickte mit einem Lächeln.

„Weißt du, du hattest mich die Tage mit deinem Video, dass mit deiner nassen Pflaume bald zum Wahnsinn gebracht. Es hätte nicht viel gefehlt und ich wäre die Nacht noch zu dir gefahren."

Finnja nahm sein Gesicht in ihre Hände und küsste ihn zart auf den Mund. „Ja das war eine echt scharfe Nummer und ich habe es wahnsinnig genossen, meine nasse Pflaume vor laufender Kamera zu verwöhnen."

„Finnja, ich bitte dich mir zu verzeihen, für all den Mist, den ich in der letzten Zeit gemacht habe. Lasse uns bitte nochmal von vorne anfangen."

„Noch einmal von vorne anfangen?", fragte sie leise. „Mit Sicherheit nicht."

Antonio zuckte zusammen, er hatte so gehofft, eine zweite Chance zu bekommen.

„Weißt du Antonio, jetzt wo ich weiß, wie geil der Sex sein kann, werden wir genau da weitermachen, wo wir vor zehn Minuten aufgehört haben und wir werden so einiges in Zukunft ausprobieren. Ich wäre ja blöd, nochmal von vorne anzufangen und die keusche Ehefrau zu spielen."

Antonio war zuerst mehr als überrascht und musste dann herzlich lachen. Es war auch ein Lachen, der großen Erleichterung.

Was darauf folgte, war ein langer, zärtlicher Kuss und Antonio stellte wiederum fest, wie sexy seine Frau doch war.

„Spüre ich da etwa wieder Lust aufkommen?", fragte Finnja mit einem Lächeln auf den Lippen, als sie sah, wie sich Antonios Luststab wieder aufrecht stellte.

„Hm, ich glaube, du musst dich nochmal um ihn kümmern. Er hat viel zu lange auf dich verzichtet", erwiderte Antonio und seine Hände und Lippen gingen bereits ein weiteres Mal auf Entdeckungstour.

Finnja schloss die Augen, spreizte ihre Schenkel und genoss es sehr Antonios Finger erneut in ihrer Muschi zu spüren.

Kapitel 9

„Wow, du siehst ja fantastisch aus", bemerkte Antonio
anerkennend, als Finnja die Treppe herunterkam. „Da wird Herr
Dr. Winter aber Augen machen, wenn er dich in diesem festlichen
schwarzen Minikleid sieht."
Finnja wäre bald über ihre Füße gestolpert, so erschrak sie sich
über diese Äußerung. Sie konnte sich noch sehr gut an das
Telefonat erinnern, wo ihr Mann sie mehr oder weniger darum bat,
sich doch wegen seiner anstehenden Beförderung etwas um Herrn
Dr. Winter zu kümmern. Sie dachte, das Thema hätte sich erledigt,
nach all den letzten schönen, vergangenen Tagen und sehr
erotischen Stunden. „Sollte ich mich jetzt wirklich so in ihm
getäuscht haben?", ging es Finnja durch den Kopf. Aber sie wollte
sich diesen Abend, nicht mit unnötigen Gedanken selbst kaputt
machen. Es kommt eh alles, wie es kommen muss und mit
Sicherheit, wird alles gut. Damit hob sie ihre Laune wieder an und
sie nahm sich vor, diese Weihnachtsfeier, ungeachtet dessen, dass
sie dort arbeiten musste, in vollen Zügen zu genießen.
„Ich habe das Taxi schon gerufen, es wird gleich da sein", sagte
Antonio und küsste seine Frau mitten auf den Mund. Oh ja, er war
stolz auf sie. Er genoss ihren Anblick und ihre erotische
Ausstrahlung.
„Ja, das mit dem Taxi ist eine gute Idee. Auf eurer Feier fließt
sicher wieder sehr viel Alkohol und den Führerschein brauchen wir
beide."
Finnja ging hinüber zum Tisch, um noch ihr Handy zu holen. Als
sie es aufnehmen wollte, fiel es ihr aus der Hand. Sie bückte sich
und streckte dabei, aber eher unabsichtlich, ihren prallen,
wunderbar geformten Hintern ihrem Mann entgegen. Antonio

sah, dass sie, nicht wie sonst eine Strumpfhose trug, sondern halterlose schwarze Strapse mit viel Spitze. Und da wo sonst ein Höschen oder zumindest ein String war, kam nichts mehr, außer zwei wunderschöne pralle Schamlippen. Antonio ließ Finnja nicht wissen, was er da gerade hübsches fleischiges gesehen hatte. Durch das Hupen des Taxis war Finnja abgelenkt und bemerkte so auch nicht, welche große Beule sich in Antonios Hose gerade gebildet hatte.

Zehn Minuten Taxifahrt lagen nun normalerweise vor ihnen, aber dichter Schneefall war dafür verantwortlich, dass der Fahrer sehr vorsichtig und langsam fahren musste und sich so die Fahrtzeit sicher verdoppelte.

„Komm meine Kleine", forderte Antonio seine Frau auf, „rutsche ein bisschen zu mir."

Finnja kam der Aufforderung gerne nach. Sie rutschte ganz eng an ihren Mann und sah dann auch die große Beule in seiner Hose. „Heiland, was ist denn das?" fragte sie und spielte eine verlegene Lady.

„Nach was sieht es denn aus?"

„Na ja," antwortete Finnja, während sie eine massierende Handbewegung über diese Beule machte, „es fühlt sich nach einem Lustbolzen, der gerne massiert werden würde?"

„Du lernst ja richtig schnell." Antonio schmunzelte. Ihm gefiel dieses Professor-Studentinnen-Spiel. Es machte ihn von Sekunde zu Sekunde schärfer.

Finnja sah, wie der Taxifahrer einen Blick in den zweiten Rückspiegel riskierte und diesen dann mit seiner Hand etwas verstellte. „Was ein Schurke", stellte Finnja fest und wusste in diesem Moment, für was dieser zweite Spiegel tatsächlich war. Während ihre linke Hand Antonios Beule massierte, schob sie mit der rechten Hand ihren Rock etwas nach oben. Sie rutschte ein wenig zur Seite, bis sie im Spiegel ihr glänzendes Möschen sehen konnte. Das Taxi hielt gerade an einer roten Ampel an und der Fahrer nutzte die Zeit, um wieder einen Blick in den Rückspiegel zu wagen. Finnja spreizte ihre Beine, strich sich mit dem Finger aufreizend über den Kitzler und schaute den Taxifahrer im anderen Spiegel lächelnd an. Er lächelte zurück, aber sein Atmen wurde etwas schwerer. Gekonnt öffnete Finnja Antonios Reißverschluss. „...Finnja bitte, nicht hier...", sagte er, doch Finnjas Hand war bereits in seiner Hose verschwunden und ehe er weiter protestieren konnte, hatte sie sein pralles steifes Glied bereits aus seinem Gefängnis befreit. Sie schloss ihre Hand fest um seinen Schaft, beugte sich hinab und stülpte ihre Lippen zart über seine Eichel. Ihre Zunge begann sich kreisend zu bewegen.

„Finnja bitte hör auf, sonst spritz ich hier noch ab." Finnja liebkoste seinen Freudenspender noch einmal, bevor Antonio ihn, mit viel Mühe wieder in seiner Hose verstaute.

„Warum kneift Herr Professor? Die Lehrstunde war doch noch gar nicht fertig?", fragte sie betont schamhaft und küsste Antonio ganz zärtlich mit ihrem vollen warmen Lippen.

„Warum ich kneife? Weil ich keine andere Hose dabeihabe und weiße Flecken auf der schwarzen Anzughose machen nicht gerade den besten Eindruck." Antonio grinste. „Aber der Abend ist ja noch nicht vorbei meine Süße. Du wirst auf der Feier noch auf deine Kosten kommen, das verspreche ich dir."

Finnja wurde neugierig und fragte sich, was er damit wohl sagen wollte. Sie fühlte ihre Nässe, erkannte aber sehr schnell, dass jetzt wirklich nicht der richtige Zeitpunkt war, um ihr Döschen zu verwöhnen. Während das Taxi schon vor dem Hoteleingang vorfuhr, nahm Finnja ein Papiertaschentuch aus ihrer kleinen Tasche, tupfte sich unten herum etwas trocken, beugte sich zu dem Fahrer vor und drückte ihm das duftende Papiertaschentuch, mit einem Zwinkern in die Hand. Der Taxifahrer hatte genug Erfahrung mit diesen Situationen und lächelte nur.

„Für den Fall, dass ich Sie heute Nacht wieder abholen soll", sagte er und reichte Finnja im Gegenzug seine Visitenkarte. Nachdem Finnja zunächst ihre Fotoausrüstung in einem Nebenraum des Hotels abgestellt hatte, betraten sie kurze Zeit später den weihnachtlich geschmückten, sehr gemütlichen Festsaal. Mehrere kleine und größere Tische, alle in runder Form, waren mit langen weißen Tischdecken versehen und wunderschön festlich eingedeckt. Im seitlichen Bereich befand sich eine kleine Bühne und direkt daneben die Tanzfläche. Drei Musiker spielten bereits eine dezente Hintergrundmusik und mehrere Kellner boten den Gästen bereits Häppchen an.

„Hallo, herzlich willkommen." Herr Dr. Winter kam freudestrahlend auf Finnja und Antonio zu und begrüßte sie sehr herzlich.

„Wow, liebe Finnja, dieses Kleid steht Ihnen ja ganz wunderbar!" sagte Herr Dr. Winter und zwinkerte ihr zu. Antonio musste schmunzeln, er kannte seinen Chef.

„Sie sind zu beneiden Antonio. Passen Sie ja gut auf, auf Ihre hübsche Frau", bemerkte Dr. Winter mit einem Lächeln, während er Antonio die Hand schüttelte.

„Ach, einen Augenblick bitte. Schatz, würdest du bitte mal kommen", rief Herr Dr. Winter einer blondhaarigen Dame zu. Als sie sich umdrehte, auf die Gruppe zukam und Antonio mit diesem besonderen Blick anschaute, wusste Finnja sofort, dass sie Frau Dr. Winter war.

„Finnja, Sie kennen meine Frau ja noch nicht. Darf ich vorstellen, meine Frau Viola. Viola, das ist Finnja, die Frau von Antonio."
„Ohh, das freut mich sehr, sie auch endlich einmal kennenlernen zu dürfen", kam es mit herzlicher und ehrlich wirkenden Stimme.
„Die Freude ist ganz meinerseits", antwortete Finnja und lächelte. Sie hatte sich Frau Dr. Winter ganz anders vorgestellt. Bei ihrem Blowjob hatten ihre blonden Haare alles verdeckt und so konnte sie von ihrem Gesicht nicht sehen. Aber, sie musste feststellen, dass sie eine sehr hübsche Frau war, auch wenn sie die sechzig schon vor einer Weile überschritten hatte. Sie hatte ein wunderschönes, gepflegtes Gesicht und die Fältchen rund um ihre Augen und Mund zeigten, dass sie schon so einige Lebenserfahrungen gemacht hatte. Trotz ihrer etwas fülligeren Figur, die man keinesfalls mit dick oder kräftig bezeichnen konnte, trug auch sie ein schwarzes, sehr gewagtes trägerloses Kleid, wobei der vordere Teil einen sehr kurz Rock zeigte und der hintere Teil mit einem bodenlang Rock versehen war. Das Oberteil war ein Korsett und der tiefe enge Ausschnitt ließen ihre üppigen Brüste voll zur Geltung kommen. Der kurze Mini-Rock, der teils interessante Einblicke gewährte sowie der ergänzend vorne offenstehende lange Rock, ließen viel Platz für erotische Fantasien.
Die beiden Männer waren in ein geschäftliches Gespräch verwickelt und Finnja schaute Frau Dr. Winter mit einem zaghaften Lächeln an. Sie ertappte sich bei dem Gedanken, dass sie gerne mal einen Blick unter ihren Minirock geworfen hätte, einfach um einmal zu sehen, wie Frau Dr. Winters Vötzchen aussehen würde. Bei dem Gedanken spürte sie eine gewisse Feuchtigkeit zwischen ihren Beinen entstehen und sie genoss dieses erregende Gefühl.

Frau Dr. Winter schien ihre Gedanken auf der Stirn lesen zu können. „Finnja, darf ich mal raten, was Sie gerade denken", fragte sie überaus leise.

Finnja nickte verlegen, sie fühlte sich ertappt.

Frau Dr. Winter beugte sich etwas vor. „Sie würden jetzt wahnsinnig gerne meine Muschi sehen, stimmt's?"

Finnja musste schlucken. Nickte dann eher zaghaft und beschämt.

„Sie sind mir sehr sympathisch Finnja", flüsterte ihr Frau Dr. Winter, „weil sie zu ihren erotischen Gedanken stehen und es gibt überhaupt keinen Grund, sich dafür zu schämen."

Finnja bekam außer einem Nicken nichts zustande.

„Finnja, ich könnte mir vorstellen, dass auch Sie eine wunderbare rosarote Muschi haben, die sicher gerade total nass ist, so wie meine auch." Frau Dr. Winters Augen leuchteten und sie schmunzelte.

Finnja bekam Herzklopfen und überlegte, wie sie aus der Nummer am besten herauskam. Aber auch das schien Frau Dr. Winter zu spüren, zwinkerte ihr nochmal zu und störte dann die Unterhaltung der beiden Männer.

„So aber jetzt ist Schluss mit den geschäftlichen Gesprächen, wir sind schließlich zu unserem Vergnügen hier heute Abend. Antonio, wie geht es Ihnen denn so, wir haben uns ja schon eine ganze Zeit lang nicht mehr gesehen?" säuselte Frau Dr. Winter Antonio zu.

„Vielen Dank Frau Dr. Winter, mir geht es sehr gut. Ich freue mich auf diesen Abend und bedanke mich für die Einladung."

„Was halten Sie beide davon, wenn wir wenigstens heute Abend bei den Vornamen bleiben?" schlug sie plötzlich vor. „Das macht es, so glaube ich etwas einfacher."

Einfacher? Finnja fragte sich, was das zu bedeuten hatte. Meinte sie, dass sie dann einfacher ihren Mann herumkriegen würde oder dass Antonio so einfacher ihr kleines Möschen entdecken würde. Aber sie kam nicht mehr dazu, sich noch weiter mit diesem Thema zu beschäftigen, da Herr Dr. Winter sie aus ihrem Gedanken riss.

„Finnja, haben Sie Ihre Fotoausrüstung nicht dabei?" fragte er etwas irritiert.

„Doch, keine Angst. Ich habe sich in einem Nebenraum abgestellt und werde meinen Fotoapparat auch gleich holen. Ich wollte mich nur zuerst einmal umschauen, um einen ersten Eindruck zu bekommen. Es sollen ja schöne Bilder werden, oder?"

„Ich verlasse mich da ganz auf Sie Finnja. Ich weiß, dass Sie mit 100%iger Sicherheit wunderschöne Bilder machen werden. Aber lassen Sie uns doch nun erst einmal anstoßen", sagte er, als gerade ein Kellner mit gefüllten Sektgläsern vorbeiging.

Die Vier ließen die Gläser klirren und Finnja konnte Frau Dr. Winters Blick beobachten, den sie Antonio beim Zuprosten zuwarf. Dann holte Finnja ihren Fotoapparat und mischte sich unter die Gäste. Immer mit einem Blick zu ihrem Mann, ging sie ihrer Arbeit nach und hielt die Eindrücke fotografisch fest. Die Stimmung war gelöst, die Gäste fühlten sich wohl und das zeigte sich auch auf den Bildern wieder. Finnja war zufrieden mit den bisherigen Ergebnissen. Die Musiker spielten schon etwas langsame Tanzmusik und Finnja konnte ihren Mann und Frau Dr. Winter bei einem langsamen Walzer beobachten.

Dann war die Zeit gekommen, wo Herr Dr. Winter die Gäste offiziell begrüßte und darum bat, dass alle ihre Plätze einnehmen sollten, damit man das Essen servieren könne. Antonio und Finnjas Plätze waren an dem Tisch von Herrn Dr. Winter und seiner Frau.

Finnja war nicht sicher, ob die Platzzuweisung schon von vornherein so war oder ob Frau Dr. Winter die Platzkarten austauschte. Zumindest saß Finnja rechts neben Antonio und Frau Dr. Winter links neben ihm. Neben Frau Dr. Winter saß dann natürlich Antonios Chef.

Zwischen den einzelnen Gängen wurden Reden gehalten, mal ein Sketch aufgeführt oder auch Auszeichnungen vergeben. So war Finnja als Fotografin mehr gefragt war, als ihr lieb war.

„Nun bleiben Sie aber sitzen Finnja und genießen auch mal dieses leckeres Menü", sagte Herr Dr. Winter und forderte Finnja auf, ihren Fotoapparat jetzt mal zur Seite zu legen. Dieser Aufforderung kam Finnja gerade recht und sie setzte sich entspannt neben ihren Mann. Die Kellner servierten gerade das Dessert und Finnja war begeistert von diesen hohen, besonders geformten Kelchgläsern, die mit verschiedenen Eisspezialitäten gefüllt waren. Aufgrund ihrer Höhe wurden extra lange Dessertlöffel gereicht.

„Mama Mia, ist das lecker", stöhnte Finnja und leckte sich genüsslich über die Lippen.

Antonio, Herr Dr. Winter und auch seine Frau mussten herzlich lachen.

„Finnja, jetzt wissen Sie, woher all meine weiblichen Schokoladenkurven kommen", kommentierte Frau Dr. Winter Finnjas kulinarisches Lustgeständnis.

„Aber ich liebe deine weiblichen Kurven", kam es prompt von Herrn Dr. Winter, der seiner Frau zur Bekräftigung noch einen dicken Kuss auf die Wange gab.

Finnja musste herzlich lachen. Was ein sympathischer Mann Herr Dr. Winter doch ist. Es wurde ein wenig gefrotzelt, der eine oder andere zweideutige Witz erzählt und Anekdoten aus der Kanzlei zum Besten gegeben. Finnja fühlte sich sehr wohl und die zwei

Gläser Wein, die sie bereits getrunken hatte, machten sie irgendwie etwas freier. Antonio schaute sie von der Seite an und zwinkerte ihr mit einem Lächeln zu. Sie bekam Lust auf ihren Mann und ließ ihre Hand, unter der Tischdecke, zu seinem Hosenschlitz hinüber wandern. Das, was sie da fühlte, gefiel ihr. Sie rieb mit ihrer Hand leicht über seine harte Beule und beim Blick in sein Gesicht, sah sie, dass er ihr Reiben total genoss. Dann aber zog sie ihre Hand wieder zurück, da Herr Dr. Winter wieder mal mit ihr anstoßen wollte. Unerwartet wurde plötzlich das Licht gedimmt und es folgte auf der Bühne eine weitere kleine schauspielerische Einlage. Finnja schoss ein paar Bilder, setzte sich aber, nachdem Herr Dr. Winter ihr ein Zeichen gegeben hatte, wieder auf ihren Platz. Es schien, als ob sie diesen Abend nun auch genießen konnte.

„Weißt du, an was ich gerade denke?", flüsterte Antonio seiner Frau mit glänzenden Augen zu.

„Nein, sag's mir!" Finnja flüsterte ebenso.

„An das wahnsinnig geile Foto mit dem Dildo in deiner tropfenden Muschi." Antonio schmunzelte.

Finnja musste grinsen, konterte dann aber sehr raffiniert.

„Wünschst du eine Fortsetzung, eventuell gleich hier?" Obwohl sie flüsterte, hatte sie Angst, dass sie jemand hören könnte. Aber alle am Tisch, lauschten sehr angeregt dem kleinen Theaterstück auf der Bühne.

Jetzt musste auch Antonio grinsen. „Ich glaube, ich werde noch einen Augenblick von meinen Fantasien zehren müssen, aber spätestens zuhause, werde ich dich als Nachtisch vernaschen. Obwohl ...., so ein bisschen probieren...." Antonio ließ seine rechte Hand unter dem Tischtuch verschwinden und streichelte ganz zart über Finnjas Oberschenkel.

„Wirst du dich wohl benehmen", flüsterte Finnja und schaute herum, ob sie jemand beobachtete. Aber der Tisch lag so günstig, dass niemand etwas sehen konnte.

„Soll ich mich wirklich benehmen?", flüsterte Antonio mit einem Zwinkern und ließ seine Hand ganz langsam unter ihren Rock wandern.

„Du fühlst dich so angenehm warm an. Weißt du, wozu ich jetzt Lust hätte?"

„Rede nicht so viel und lasse mich deine Fantasien lieber fühlen." Finnja genoss dieses Verbotene.

Antonio küsste sie zärtlich auf den Mund und schob sehr gefühlvoll seine Hand zwischen ihre Schenkel. Seine Finger wanderten ganz langsam die Schenkel entlang, immer weiter nach oben, Stück für Stück. Aber da, wo normalerweise etwas Störendes kommt, kam nichts. Er spürte kein Höschen oder Slip, aber das blanke Möschen hatte er ja schon gesehen, als Finnja sich nach ihrem Handy bückte und ihm so ihren prallen Po entgegenstreckte. Da sah er schon die fleischigen Schamlippen, die normalerweise durch ein Höschen verdeckt sind. Aber jetzt lagen sie so ganz offen da und freuten sich auf das, was gleich kommen würde.

Antonio näherte sich Finnjas heißen, sehr feuchten Spalte und schob den Rock noch etwas höher. Finnja spreizte leicht ihre Schenkel. Antonios Finger fingen an die kleine Lustperle zu massieren. Seine Streicheleinheiten wurden etwas schneller und auch fester. Doch plötzlich spürte Finnja etwas Eiskaltes an ihre Grotte. Sie hatte das Gefühl, als ob Antonio gerade mit einem Eiswürfel über ihre heiße Lustspalte rieb. Sie zuckte etwas zusammen, wollte abwehren, wollte ihre Schenkel zusammendrücken, aber dafür tat es wieder zu gut und so spreizte sie ihre Schenkel sogar noch etwas weiter auseinander. Was war das, was ihr Vötzchen im Moment fast zum Überlaufen brachte?

„Psst, genieße es einfach!" hörte sie Antonio sagen, der das Feuerwerk unter der Tischdecke erahnte.

„Was ist das?" flüsterte Finnja.

„Es ist die Rundung des langen Dessertlöffels."

Finnja stöhnte leicht auf. Das hatte sie noch nie erlebt. Antonio massierte mit der Rundung des Löffels ihren Kitzler. Dann drehte er den Löffel um und strich mit dem extra langen Stiel ganz zart durch ihre Spalte. Nach oben und dann wieder nach unten. Finnjas Atem ging immer schneller. Sie spürte, wie ihre Pflaume tropfte.

„Wenn du jetzt nicht aufhörst, Antonio, bekomme ich gleich hier einen lautstarken Höhepunkt, sodass wir dann sicher hochkantig rausfliegen werden", hauchte Finnja ihm ins Ohr und war kurz davor selbst ihren Kitzler noch zu reiben, um den Orgasmus endlich spüren zu können.

Antonio lachte leise, brachte ganz anständig seine Hand wieder zum Vorschein und flüsterte ihr lächelnd zu: „Wenn du möchtest, werde ich dich nachher in den siebten Himmel befördern."

„Ich kann es kaum abwarten", flüsterte Finnja noch immer sehr erregt. Allein der Blick auf diesen langen Löffel, der vor ein paar Minuten noch für einen wahrhaftigen Feuerzauber an ihrer Muschi sorgte, machte sie total spitz.

Antonio nahm ihr Kinn zärtlich zwischen seinen Daumen und Zeigefinger und schaute ihr tief in die Augen.

„Ich liebe dich, Finnja."

„Ich liebe dich auch, Antonio. Sehr sogar."

Genau in diesem Moment war das Theaterstück fertig, das Licht wurde wieder heller und die Gäste gaben einen tobenden Applaus.

„Entschuldigen Sie mich bitte", sagte Finnja zu den anderen am Tisch, erhob sich und begab sich zur Damentoilette. Ihr Körper war angespannt, die Erregung noch immer nicht abgeklungen. Sie wollte sich gerade Erleichterung verschaffen, da ging plötzlich die Türe auf und Frau Dr. Winter kam herein. Schnell richtete Finnja ihren Rock und tat, als ob sie sich gerade die Hände waschen wollte.

„Das war eine schöne Vorstellung", sagte Frau Dr. Winter. „Ja. Dafür hat die Gruppe sicher sehr lange geübt."

„Diese Vorstellung meine ich nicht", erwiderte Frau Dr. Winter und stellte sich hinter Finnja. „Ich meinte die kleine Nummer da eben an unserem Tisch. Hat Ihre Muschi das Eis-Löffelchen genossen?"

Finnja schluckte. Sie war sich so sicher, dass niemand was mitbekommen hatte. Aber jetzt war es ja auch egal. Sie war mit Antonio verheiratet und egal wo, wann und wie er sie verwöhnte, es war erlaubt.

„Ihr Rock sitzt nicht so richtig", hörte sie Antonios Chefin sagen, die immer noch hinter ihr stand.

Sie fühlte, wie Frau Dr. Winter ihren Rock etwas noch oben schob und ihr dabei mit einer Hand ganz zärtlich über die rechte Pobacke streichelte. Die Tatsache, dass Frau Dr. Winter selbst in dieser Situation die Sie-Form beibehielt, zeigte die Eleganz dieser Dame. Zwischen Finnjas Beinen begann es wie wild zu kribbeln.

Finnja schaute in den riesigen Spiegel vor sich. Sie sah sich darin in voller Größe und der hochgeschobene Rock, gab ihre glattrasiertes Dreieck frei.

„Stellen Sie Ihr Bein bitte auf diese kleine Mauer hier unten", forderte Frau Dr. Winter sie auf, „und dann spreizen Sie Ihre hübschen Schenkel ein wenig."

Die Beleuchtung des großen Spiegels sorgte dafür, dass man alles, aber auch wirklich alles, mehr als gut erkennen konnte. Das künstliche Licht zeigte die Feuchtigkeit, die auf Finnjas Lustgrotte lag.

Frau Dr. Winter, immer noch hinter Finnja stehend, nahm mit der Fingerspitze ein Lust Tröpfchen von ihrer tropfenden Lustspalte auf und verteilte es auf Finnjas magischem Dreieck. Genüsslich bewegte sie ihre Fingerspitze auf deren kleinen festen Knospe ein paar Male hin und her. Finnja stöhnte leise auf. Frau Dr. Winter wusste genau, dass sie Finnja mit ihren Berührungen gleich zu einem unvergesslichen Höhepunkt bringen konnte, aber das wollte sie nicht. Sie wollte die kleine süße Frau ihres Mitarbeiters nur heiß und neugierig machen.

Frau Dr. Winter stellte sich neben Finnja und schaute sie durch den Spiegel verführerisch an. „So und nun darfst du dich hinter mich stellen. Du bist doch auf etwas ganz bestimmtes scharf, oder?" fragte sie mit einem frivolen Lächeln.

Finnjas Knie waren weich. Ihre Spalte pochte immer noch und ihr Herz klopfte wie verrückt. Sie wusste was jetzt kommen würde. Jetzt bekam sie die Möglichkeit Frau Dr. Winters Muschi zu sehen. Wie sie wohl aussehen würde?

Finnja stellte sich hinter die Chefin ihres Mannes. Sie roch den Duft ihrer Haare und vernahm den betörenden Duft ihres schweren lieblichen Parfüms. Im Spiegel sah sie, wie Frau Dr. Winter ihren Mini-Rock etwas nach oben schob und, so wie sie vorher auch, ein Bein auf die kleine Mauer stellte. Dann spreizte sie ihre Beine ein wenig.

„Madre Mia was ist denn das?", fragte Finnja entzückt, als sie in den sehr hell erleuchteten Spiegel schaute.

„Gefällt Ihnen das, was Sie da sehen?" fragte Frau Dr. Winter und ihr Atem wurde etwas schneller.

„Gefallen? Frau Dr. Winter …, das ist wunderbar", kommentierte Finnja mit rauchiger Stimme diesen Anblick. Was sie da sah, war atemberaubend. Frau Dr. Winter trug eine seidene schwarze Strumpfhose, die im Schritt offen war. Alles war bedeckt, nur das Dreieck ihrer feuchten Muschi war zu sehen und bildete zu dem schwarzen Seidenstoff einen wundervollen Kontrast. Finnja war mehr als angetan und strich nun auch mit ihrem Finger zart über Frau Dr. Winters glänzende Knospe. „So bekommt mein Tropfsteinhöhle immer frische Luft und kann frei atmen", lachte Frau Dr. Winter.

Finnja nickte und der Blick in den Spiegel ließ ihre eigene Grotte wie wild pulsieren. Dieser Anblick von Frau Dr. Winters feucht glänzende Lustgrotte, machte sie fast wahnsinnig. Diese Grotte war fleischig rot, glattrasiert und einfach nur wunderschön. Diese reife Frucht aus dem seidenen Höschen blitzen zu sehen, war so was von scharf, dass sie ihren Blick gar nicht mehr davon abwenden konnte.

„Wenn Antonio wüsste, welche reife, leckere Frucht er da verpasst hatte", sagte Finnja leise zu sich selbst, während sie den Kitzler von Frau Dr. Winter zwischen zwei Finger leicht zupfte.

Frau Dr. Winter hörte diese Bemerkung sehr genau, aber sie war viel zu clever, um darauf zu antworten. Sie genoss es sehr, wie Finnja ihren ziemlich großen prallen Kitzler da gerade so zupfte und zwirbelte und freute sich, dass ihre Muschi bei Finnja so gut ankam.

„Frau Dr. Winter, entschuldigen Sie die Frage, aber tragen Sie, ähh..., stecken da Liebeskugeln in ihrer Muschi drin?" fragte Finnja überrascht, als sie ein kleines Bändchen am unteren Ausgang fühlte.

Frau Dr. Winter lächelte. „Ja drei japanische Geisha-Kugeln verwöhnen meine Liebeshöhle gerade. Haben Sie auch schon mal das Gefühl solcher Kugeln in sich gespürt?"

„Nein. Ich habe zwar schon einiges darüber gelesen, aber es noch nie ausprobiert", antwortete Finnja ehrlich. Sie kam sich gerade vor wie eine totale Anfängerin in Bezug auf sexuelle Erfahrungen.

„Das Gefühl ist einmalig und Sie sollten es wirklich einmal ausprobieren."

Finnja nickte und nahm sich vor, solche Kugeln in jeden Fall einmal zu testen.

„Wissen Sie Finnja, sobald die Kugeln beim Tragen in Bewegung geraten, zum Beispiel beim Gehen oder auch beim Tanzen, fangen die kleinen Metallkugeln im Inneren an zu rotieren. Dadurch entstehen Vibrationen, die sich dann in meinem ganzen Unterleib ausbreiten und nicht selten erlebe ich einen Orgasmus, ohne meine Spalte überhaupt berührt zu haben."

„Das hört sich sehr aufregend an", sagte Finnja und ihre Vorfreude auf diese Liebeskugeln wuchs.

„Ja, außerdem trainiere ich damit auch meine Scheidenmuskeln sehr intensiv und das spürt dann natürlich auch der Mann." Frau Dr. Winter lächelte.

„Ihr Mann ist ja wirklich zu beneiden."

„Ohh, meinen Mann habe ich eben gar nicht gemeint. Wir lieben uns zwar, haben aber schon lange keinen richtigen Sex mehr. Wissen Sie, wir schmusen zusammen und ich massiere sein bestes Stück auch sehr gerne, aber reingesteckt hat er seinen Liebesstängel schon lange nicht mehr bei mir."

„Ohh, das tut mir leid", sagte Finnja und war irritiert über so viel Offenheit.

„Das muss Ihnen nicht leidtun, Kleines. Das kann im Alter schon vorkommen, das ist nichts Schlimmes. Aber meine Lustspalte möchte ab und zu doch gerne noch ausgefüllt werden, und Gott sei Dank, laufen da draußen ja auch noch andere wunderschöne männliche Geschöpfe rum. Meine Muschi leidet somit also nicht an Einsamkeit."

Finnja bemerkte, dass sie immer noch an Frau Dr. Winters Möschen herumfummelte, deren Lusttropfen immer mehr wurden und schon langsam an den Beinen herunterliefen.

„Sie haben eine wunderbare kleine Schnecke Frau Dr. Winter. Da bekommt man so richtig Lust darauf, an dieser leckeren Frucht mal zu naschen."

„Ohh, das freut mich sehr, dass sie Appetit auf meine Muschi bekommen haben", lachte Frau Dr. Winter leise. „Doch das hier wäre der falsche Ort, Finnja. Sie können mich aber gerne mal zuhause oder auch im Büro besuchen, dann entführe ich Sie sehr gerne in meine, ganz spezielle erotische Welt."

„Frau Dr. Winter weiß ganz genau, wie sie einen neugierig machen konnte", dachte Finnja so bei sich, aber das war ein Angebot, worüber es sich zumindest einmal lohnte, nachzudenken. Finnja spürte intensiv, dass ihr Frau Dr. Winters Nähe mehr als angenehm war. Ihre warme Stimme, ihr Duft, diese Nässe, die sie so intensiv fühlte. All das lösten in ihr eine, in der Art noch nicht gekannte Erregung aus. Finnja bekam eine Gänsehaut.

„Frieren Sie?", fragt Frau Dr. Winter besorgt und Finnja sah im Spiegel, ihr liebenswertes Lächeln.

„Nein, ganz im Gegenteil, mir ist es gerade wahnsinnig heiß."

„Mir zwar auch, aber ich denke, wir sollten jetzt doch wieder zu unserem Tisch gehen."

Nur wenige Minuten später nahmen die beiden Damen wieder ihren Platz ein.

„Du warst aber lange weg", begrüßte Antonio seine Frau mit einem Kuss auf die Wange.

„Ja, ich weiß. Frau Dr. Winter hat mir ausführlich von ihrem Sportprogramm erzählt."

„Sie treibt Sport, das wusste ich ja gar nicht."

„Ohh ja, es ist eine Kombination aus Ausdauer- und Muskelaufbautraining." Finnja musste innerlich grinsen.

„Respekt! Das hätte ich gar nicht von ihr gedacht."

Bevor Finnja darauf noch etwas sagen konnte, kam ein Tusch von der Kapelle. Herr Dr. Winter nahm das Mikrofon und hielt eine kurze Dankesrede. Dann bat er seine Frau mit auf die Bühne. Nun kam der Zeitpunkt, worauf einige der Anwälte schon sehnlichst gewartet haben, darunter auch Antonio. Wer von den Anwaltsanwärtern bekam die Position des Juniorpartners?

Herr Dr. Winter machte es spannend und bat dann seine Frau den Namen zu verkünden.

„Ja, ich bin sehr glücklich und freue mich, dass wir ab ersten Januar einen Juniorpartner oder auch Partnerin an unserer Seite haben. Es ist Frau ..... oder Herr ...."

Frau Dr. Winter schaute in die Runde und ihre Augen blieben bei Finnja hängen. „... es ist Herr Rechtsanwalt Antonio Berger. Kommen Sie bitte nach vorne Antonio."

Es gab von allen einen großen Applaus und einigen Mitbewerbern sah man die Enttäuschung wirklich ins Gesicht geschrieben. Vor allem ein junger Mann, Rechtsanwalt Karl Gröber, konnte diese Entscheidung so gar nicht verstehen. Er war sich sehr sicher, dass er diese Position bekommen würde.

„Vielen Dank für den Applaus", sagte Antonio zu allen Anwesenden, nachdem Herr und Frau Dr. Winter ihm gratuliert hatten. „Ich möchte gar keine lange Rede halten, aber so ein paar Worte werden ja doch von mir erwartet." Bei den meisten Gästen konnte man ein Lächeln auf dem Gesicht sehen, bei anderen eher einen gelangweilten Gesichtsausdruck, der sich aber in den nächsten Minuten verändern dürfte.

„Natürlich möchte ich mich zunächst erst einmal bei Ihnen, Herr Dr. Winter und auch bei Ihnen Frau Dr. Winter, für Ihr Vertrauen bedanken und dafür, dass Sie mich als Juniorpartner in Ihre Kanzlei aufnehmen möchten. Das ist für mich eine sehr große Ehre."

Diese Worte wurden zunächst mit einem Applaus begleitet und Antonio wartete einen Moment, bis er fortfuhr.

„Ich wünschte mir, wie viele meiner Kollegen und Kolleginnen hier im Raum auch, so sehr diese Aufnahme als Juniorpartner. Und obwohl mein sehnlichster Wunsch gerade in Erfüllung gegangen ist, werde ich diese Beförderung nicht annehmen."

Murmeln und Raunen gingen durch den Saal und man spürte, dass sich die lockere Stimmung plötzlich auflud, so wie kurz vor dem Beginn eines Feuerwerks.

Finnja dachte zuerst sie hätte ihren Mann akustisch nicht richtig verstanden. Aber anhand der Reaktionen, erkannte sie sehr schnell, dass ihr Mann gerade etwas getan hat, was sie bis zu diesem Augenblick, niemals für möglich gehalten hätte. Aber warum? Warum nahm er diese riesige berufliche Chance nicht wahr?

Gespannt waren unzählige Augenpaare auf Antonio gerichtet. Jeder erwartete jetzt eine Erklärung von ihm.

Und gerade als Antonio diese abgeben wollte, vernahm man aus den hintersten Reihen die Stimme des Anwaltes Karl Gröber.

„Wer gegen ein Schulmädchen, den wohl wichtigsten Prozess einer Kanzlei verliert, hat in der Chefetage auch nichts zu suchen."
Den Gästen stockte der Atem und man hätte eine Stecknadel fallen hören, so still war es plötzlich. Herr Dr. Winter kam mit leicht verzerrten Mundwinkeln auf Antonio zu und wollte das Mikrofon übernehmen, aber Antonio zeigte ihm mit einer verständlichen Geste und einem Nicken, dass alles in Ordnung sei. Dann setzte er seine Rede fort, die fast einem Abschluss Plädoyer gleichkam.
„Sehr geehrter Herr Dr. Winter, sehr geehrte Frau Dr. Winter, sehr geehrte Gäste. Ja ich kann das Raunen und auch das momentane Unverständnis für meine Entscheidung verstehen, und deshalb möchte ich zumindest versuchen, es Ihnen zu erklären.
Ich bin damals Anwalt geworden, weil ich helfen wollte. Ich wollte denjenigen zu ihrem Recht verhelfen, denen ein Recht zustand. Ich wollte, dass jemand etwas zurückbekommt, was ihm ungerechtfertigt abgenommen wurde. Ich wollte, dass jemand, der einem anderen Schaden oder Leid zugefügt hatte, auch dafür bestraft wird. Das war meine Absicht, sozusagen meine Berufung Anwalt zu werden und genau das habe ich damals in meiner kleinen Kanzlei auch umgesetzt. Natürlich war auch das Honorar wichtig, Geld braucht man schließlich zum Leben. Aber es stand immer an zweiter Stelle und da stand es sehr gut.
Und dann habe ich eine Position, hier in der Kanzlei bei Herrn und Frau Dr. Winter angeboten bekommen. Ich war wahnsinnig stolz, nun in einer der renommiertesten Kanzleien mitarbeiten zu dürfen. Wir alle, die wir hier arbeiten dürfen können stolz sein. Aber in so einer großen Kanzlei läuft vieles anders und ich musste erkennen, dass hier nicht der Urgedanke des Helfens, sondern das Streben nach Erfolg und Geltung ganz weit oben steht. Ja und so habe ich nur durch etwas Verhandlungsgeschick erreicht, dass eine

Unterschlagung ein harmloses Kavaliersdelikt war, dass eine Fahrerflucht mit Todesfolge mit Zahlung einer relativ geringen Geldstrafe eingestellt wurde und ich konnte einem Mörder zu einem Freispruch verhelfen.

Das alles nennt man Ehrgeiz, Machtstreben, Geschäftigkeit, und die Gier nach Ruhm. Aber wo sind meine Prinzipien, meine Überzeugungen und Lebensregeln geblieben?"

Die Stille im Raum war unerträglich und Finnja liefen bei den Worten ihres Mannes Tränen übers Gesicht. Ja, das war der Mann, in den sie sich damals so verliebte, das war der Anwalt mit Herz.

„Ja meine sehr verehrten Damen und Herren und genau passend zu meinen Ausführungen, ist doch auch der Spruch meines Kollegen Herrn Anwalt Karl Gröber, den wir ja soeben alle gehört haben «Wer gegen ein Schulmädchen, den wohl wichtigsten Prozess einer Kanzlei verliert, hat in der Chefetage nichts zu suchen». Macht und Gier bestimmen diesen Satz. Und ich muss ehrlich zugeben, dass durch diesen Fall mein Selbstbewusstsein lange Zeit sehr angegriffen war. Leider, lieber Herr Kollege Gröber, habe ich erst vor kurzem erfahren, dass unmittelbar vor diesem besagten Prozess etwas stattgefunden hatte, wo jeder Anwalt, egal von welcher Kanzlei auch immer, von vornherein auf der Verliererposition gestanden hat."

Nun war es nicht mehr ruhig im Raum. Das war eine Aussage, die alle Gemüter bewegte, insofern es dabei um das Berufsethos des Berufsstandes ging.

„Ruhe bitte, meine sehr verehrten Damen und Herren", forderte Herr Dr. Winter die Anwesenden auf.

„Vielen Dank Herr Dr. Winter, ich bin auch gleich fertig." Antonio legte eine kurze Pause ein und ließ seinen Blick zu Finnja wandern, bevor er weitersprach. „Nach diesem verlorenen Prozess hatte ich nur noch wenige Personen an meiner Seite, die auch weiterhin zu mir standen. Eine ganz wichtige Person, die bedingungslos hinter mir stand, die persönlich aber am meisten leiden musste, war meine liebe Frau Finnja."

Finnjas Herz klopfte bis zum Hals. Die Anspannung wurde für sie unerträglich.

„Finnja, ich möchte dir für alles danken. Für die gemeinsame Zeit, für deine Liebe und dein Vertrauen. Komm bitte mal nach vorne, hier zu mir."

Finnja stand auf und zählte im Kopf rückwärts von zehn bis eins. Alle Augenpaare waren auf sie gerichtet und sie kämpfte mit der Angst, auf dem Weg nach vorne in Ohnmacht zu fallen. Es waren zwar nur ein paar Meter, aber mit Pudding in den Knien war jeder Meter zu viel. Antonio machte kein großes Aufheben mehr. Er nahm sie in den Arm und küsste sie mitten auf den Mund. Dann zog er einen Umschlag aus der Jackentasche und wand sich Herrn Dr. Winter zu. Das Ehepaar Winter wusste diese Situation sehr gut zu meistern und gingen beide auf Antonio zu.

„Liebe Eheleute Winter, ich danke Ihnen vielmals für die Zeit, die ich bei Ihnen tätig sein durfte, aber mein Herz liegt woanders und deshalb werde ich mich wieder als Einzelkämpfer in der Welt da draußen durchschlagen. Das hier ist meine Kündigung." Antonio übergab Herrn Dr. Winter den Umschlag und Finnja spürte, was für ein großer Stein ihrem Mann gerade vom Herzen gefallen ist.

Es kehrte für einige Sekunden absolute Stille ein, bis plötzlich, eine Person anfing langsam zu klatschen. Es war Frau Dr. Winter. Sie stand langsam applaudierend da, mit erhobenem Haupt, einem wundervollen Lächeln im Gesicht und einem Ausdruck der Stolz signalisierte. Ja, sie war stolz auf Antonio, einem Mann, der seinem Herzen folgte. Und dann applaudierten alle Gäste.

„Lass uns gehen", bat Antonio seine Frau und steuerte sie ganz sanft in Richtung Türe.

Frau Dr. Winter begleitete Antonio und Finnja noch bis zur Hotelhalle. „Finnja, es war wirklich sehr schön, Sie kennengelernt zu haben." Sie reichte Finnja mit einem Lächeln die Hand und es schien fast so, als wenn nichts passiert wäre. Aber am Glanz ihrer Augen sah Finnja, dass Frau Dr. Winters reife Lustgrotte gerne darauf wartete, einmal von Finnjas Zunge verwöhnt zu werden. „Die Freude ist ganz meinerseits", erwiderte Finnja. „Vielleicht sehen wir uns ja irgendwann einmal wieder." Frau Dr. Winter nickte und lächelte, drehte sich um und ging zurück in den Ballsaal.

„Frau Dr. Winter und du, ihr versteht euch ja wirklich gut, oder täusche ich mich da?" fragte Antonio, als sie wenig später im Taxi saßen.

„Deine Chefin ist ein sehr kluge und intelligente Frau. Von ihr kann man noch sehr viel lernen."

Finnja schloss die Augen und ließ ihre Gedanken noch einmal zu dem riesig großen Spiegel zurückkehren. Dieser Anblick war einfach atemberaubend und obwohl sie hier im Taxi saßen, konnte sie immer noch Frau Dr. Winters Nässe spüren. Ihr Möschen reagierte bei diesen Gedanken prompt sofort und Finnja war froh, als sie endlich zuhause waren.

Antonio ging zum Barschrank und holte den Cognac heraus. „Möchtest du auch einen Cognac?"

Finnja schüttelte den Kopf. Sie wollte jetzt etwas ganz anderes und wusste auch ganz genau was, wo und wie. „Ich mache mir einen Tee, willst du auch einen?" fragte sie und begab sich, ohne eine Antwort abzuwarten in die Küche.

Im ersten Augenblick war Antonio etwas irritiert, doch dann erinnerte er sich an exakt diesen Satz und er ahnte, auf was Finnja hinauswollte. Als er in die Küche kam, hantierte Finnja mit dem Wasserkessel.

„Du siehst so richtig scharf aus mit dem halb geöffneten Kleid und diesen prallen Brüsten, die aussehen, als ob sie gleich rausspringen wollten", sagte Antonio mit rauchiger Stimme und einem lüsternen Blick.

Finnja schaute gespielt erschrocken auf ihr Dekolleté. Sie hatte die oberen Knöpfe des Oberteils beim in die Küche gehen geöffnet, und ihre üppigen Brüste waren wirklich kurz vorm rausspringen. Nun begann sie mit ihrem Spiel. Sie öffnete sehr aufreizend, nach und nach jeden Knopf, ganz langsam und genüsslich.

„Dass dir meine Brüste überhaupt noch auffallen, wundert mich jetzt doch jetzt etwas", raunte Finnja mit einem angriffslustigen Funkeln in den Augen. Sie spürte, wie das Pochen in ihrem Unterleib fast unerträglich wurde und sich ein intensives Verlangen nach etwas sehr Hartem einstellte.

„Deine Brüste müssen einem ja auffallen, so groß und prall, wie sie sind." Antonio stand nur scheinbar bewegungslos da. In seinen Lenden pochte es und er musste sich zwingen, gelassen zu wirken. Er schwenkte sein Glas, ohne den Blick von Finnja abzuwenden.

Finnja drehte sich um und ging, wie damals hinüber zu dem großen hölzernen Küchentisch, der direkt vorm Fenster stand. Ihr Herz klopfte wild und ihre Muschi war so nass, als ob sie schon eine ganze Zeit lang intensiv bearbeitet worden wäre. Und dann stand Antonio hinter ihr.

Fordernd legte er seine Hände auf ihre Hüften. Sie musste sich wieder leicht am Küchentisch abstützen, um nicht umzufallen. Sie spürte seinen Atem in ihrem Nacken, roch seinen männlichen Duft und fühlte seine Männlichkeit an ihrem Po. Ihre Gedanken kreisten wirr in ihrem Kopf herum. Sie musste wieder an den Besuch in

Antonios Büro denken und an die blonde Frau, die Antonios Penis damals so genussvoll verwöhnte. Und genau diese Frau massierte vor einigen Stunden ihre nasse Grotte, massierte ihren Kitzler und brachte sie fast zum Explodieren. Finnjas Muschi wurde bei dieser Vorstellung von Sekunde zu Sekunde feuchter. Antonio hatte mittlerweile auch die restlichen Knöpfe von Finnjas Kleid geöffnet und streifte es ihr vom Körper.

Nun stand sie da, genauso wie damals, fast nackt, nur noch mit schwarzen High Heels, halterlosen Strümpfen und einem BH bekleidet.

„Schade, dass du keinen String anhast. Ich hätte diesen jetzt so gerne wieder, mit einem richtig festen Ruck nach hinten gezogen, sodass dieser deine beiden Schamlippen teilte."

Allein diese Worte machten Finnja total spitz.

„Komm erzähl weiter, was du jetzt vorhast", forderte sie ihn ungeduldig auf.

„Kann es sein, dass diese Worte mein kleines Luder so richtig aufheizen?", fragte Antonio mit rauchiger Stimme.

„Ohh ja, bitte erzähl weiter. Mach mich heiß." Finnja erlebte gerade ein regelrechtes Déjà-vu.

„Okay meine kleine Süße, dann bringen wir mal das zu Ende, was du vorhin im Taxi angefangen, aber nicht beendet hast." Gekonnt nahm er Finnja an ihrer Taille, drehte sie um und setzte sie mit einem Ruck auf den Küchentisch. Dann spreizte er ihre Beine ein wenig.

„Ah, das sieht ja richtig einladend aus", bemerkte er schmunzelnd und berührte mit seinem Daumen, kaum spürbar Finnjas Kitzler.

„Wenn du noch lange so weiter machst und mich weiterhin so lustvoll quälst mein lieber Schatz, dann mache ich es mir gleich selbst", sagte Finnja schwer atmend und ihre Finger begannen bereits ihren geschwollenen Kitzler zu umkreisen.

„Nein, mein Schatz, du brauchst nicht selbst Hand anzulegen", grinste Antonio. „Schau was ich hier für dich habe ..."

Und dann spürte Finnja was Neues und doch Bekanntes an ihrer heißen Muschi. Es war kalt, eiskalt, glitschig, rund und ....

Sie genoss dieses wunderbare Teil in vollen Zügen und schwebte von einer heftigen Gefühlswelle zur anderen. Von da an gehörte das Ausprobieren zu ihrem erotischen Ritual einfach dazu und sie wussten, dass sie noch lange nicht am Ende angekommen waren.